KB126505

케스 – 매와 소년

케스 – 매와 소년

배리 하인즈 | 김태언 옮김

녹색평론사

커튼은 걸려있지 않았다. 창문은 밤하늘 빛깔의 네모난 덩어리였다. 침실 안의 어둠은 모래알이 버석이는 듯한 느낌이었다. 어둠 속에서 옷장과 침대의 윤곽이 분명치 않게 보였다. 정적.

빌리가 침대 바깥쪽으로 몸을 움직였다. 쥬드도 그와 함께 움직여서 침대의 절반이 비었다. 쥬드는 킁 하고 콧소리를 내고 코를 문질렀고, 빌리는 짜증스러운 소리를 냈다. 그들은 자리를 잡았다. 바람이 창문을 때리고 바깥벽을 쓸고 지나갔다.

빌리가 돌아누웠다. 쥬드도 따라서 돌아누우며 빌리의 목에다 기침을 해대었다. 빌리는 양쪽 귀까지 담요를 끌어올리고, 담요로 목을 닦았다. 이제 침대의 거의 전부가 비었고, 빈 공간은 금방 식었다. 정적. 그러자 자명종이 울었다. 그 소리에 빌리는 벌떡 일어나 어둠 속에서 눈을 꼭 감은 채 시계를 더듬었다. 쥬드는 신음소리를 내고, 차가운 홑이불 위로 몸을 굽혔다. 손을 뻗었고, 침대 옆 바닥으로 시계를 넘어뜨렸고, 더듬다가 더 멀리로 쳐 보냈다.

"에이, 망할 것."

쥬드는 몸을 뻗어 두 손으로 시계를 잡았다. 곡면을 이룬 유리가 한 손바닥에 잡혔고, 다른 손의 손가락으로는 시계 뒤의 나사며 손잡이들을 더듬었다. 그는 레버를 찾았고, 소리는 멎었다. 그리고 그는 시계를 눕혀놓은 채 다시 침대 속으로 몸을 웅크렸다.

"빌어먹을."

그는 침대의 자기 쪽 절반을 여전히 차지하고서 신음소리를 내며 자꾸 몸을 뒤척였고, 빌리는 그에게 등을 돌린 채 누워서 듣고 있었다. 그러곤 뺨을 베개에서 조금 들었다.

"쥬드?"

"왜?"

"일어나야 돼."

대답이 없다.

"시계 울었잖아."

"모르는 줄 아냐?"

쥬드는 담요를 바싹 잡아당기고 베개에 머리를 파묻었다. 둘 다 잠잠히 누워있었다.

"쥬드?"

"뭐야?"

"늦겠어."

"어유, 닥쳐!"

"시계가 빠른 거 아니잖아."

"닥치라고 했어."

그는 담요 속에서 주먹을 휘둘러 빌리의 아랫배를 쳤다.

"하지 마! 아파!"

"그럼 닥치고 있어."

"엄마한테 이를 테야."

쥬드는 또한번 주먹을 휘둘렀다. 빌리는 훌쩍거리며 차가운 침대 가장자리로 몸을 피했다. 쥬드는 일어나서 잠시 침대 가에 앉아 있다가, 일어서서 전등 스위치가 있는 방 저편으로 더듬어 갔다. 빌리는 침대 가운데로 기어가 담요 밑으로 사라졌다.

"시계 좀 맞춰줘, 일곱시에 울게."

"네가 해."

"해줘. 일어났잖아."

쥬드는 빌리의 스웨터를 셔츠에서 떼어내 조끼 삼아 입었다. 빌리는 쥬드의 자리로 꿈틀거리며 옮겨 갔고, 침대 용수철이 삐걱거리는 소리를 내었다. 쥬드는 불룩하게 된 담요를 바라보더니 걸어와서 담요를 잡아채어 침대에서 아주 벗겨버렸다.

잠시 동안 빌리는 몸을 꼬부린 채 누워있었다. 두 손은 허벅다리 사이에 끼운 채. 그러고는 일어나 앉아 담요를 되찾으려고 침대 아래쪽으로 기어갔다.

"나쁜 자식, 지가 일어나야 되니까."

"두어 주일만 지나 봐라, 너도 나랑 같이 일어나야 될걸."

그는 층계참으로 걸어나갔다. 빌리는 한쪽 팔꿈치를 짚고 몸을 일으켰다.

"불이나 꺼!"

쥬드는 아래층으로 내려갔다. 빌리는 침대 가에 앉아 자명종을 다시 맞추고, 리놀륨 바닥을 달려가 전등을 껐다. 그가 다시 침대로 들어갔을 때에는 온기는 거의 다 사라졌다. 그는 몸을 떨고, 따뜻한 자리를 찾으려고 홑이불 속을 더듬었다.

ଓ

빌리가 일어나 아래층으로 내려갔을 때 밖은 아직 어두웠다. 거실 커튼은 내려진 채였고, 전등을 켜자 방 안은 불기 없이 춥고 을씨년스러웠다. 그는 시계를 벽난로 선반 위에 놓고 나서 긴 의자에서 어머니의 스웨터를 집어들어 셔츠를 입은 위에 껴입었다.

그가 쓰레기통에 재를 비우고 있는데 자명종이 울었다. 뚜껑을 떨어뜨려 덮자 먼지가 얼굴로 피어올랐다. 집 안으로 달려갔지만 시계에 도달하기 전에 소리는 멈추었다. 그는 빈 화덕 앞에 무릎을 꿇고 신문을 공 모양으로 느슨하게 뭉쳐 받침쇠 위에 수국 꽃다발처럼 모아놓았다. 그리고 손도끼를 집어들었고, 나무토막을 화덕에 놓고 가운데를 내리쳤다. 날이 나무를 찍고 물린 채 있었다. 그는 날이 나무에 물린 채로 손도끼를 쳐들었다가 내리쳤다. 나무는 두 쪽으로 갈라졌고, 도끼날이 타일을 찍었다.

2분의 1쪽을 4분의 1쪽으로, 8분의 1쪽으로, 16분의 1쪽으로 쪼개어 종이뭉치 위에 토막집의 버팀목 모양으로 배열하였다. 그는 석탄덩이를 느슨하게 조개 모양으로 쌓아올렸다. 그 틈 사이로 나뭇조각과 종이가 보였다. 첫번째 성냥으로 종이에 불이 붙었고, 불꽃이 재빨리 아래로 번져서 쌓아올린 틈으로 연기가 나오고 나무토막이 딱딱 소리를 내었다. 그는 첫번째 불꽃이 석탄 건축물 뒤로 솟구쳐 오를 때까지 기다렸다. 그러고는 일어서서 부엌으로 걸어가 저장실 문을 열었다. 마른 콩 한봉지와 반쯤 찬 식초병이 선반 위에 있었다. 빵 그릇은 비어있었다. 문간 바로 안쪽에 있는 전기계량기 원판이 유리케이스 속에서 천천히 돌았다. 붉은 화살이 나타났다가, 사라졌다. 빌리는 문을 닫고 바깥문을 열었다. 계단에 빈 우유병이 두개 서있었다. 그는 주먹 옆으로 문설주를 쳤다.

"맨날 똑같애. 이제부터는 밤에 뭘 좀 감춰둬야겠어!"

그는 안으로 몸을 돌리다가 멈추고 다시 밖을 내다보았다. 차고문이 열려있었다. 그는 띠 모양으로 된 콘크리트 바닥을 가로질러 달려가서 부엌의 불빛으로 안을 들여다보았다.

"그래, 못하는 짓이 없군."

빌리는 기름깡통을 차고 끝까지 차서 보내고, 다시 집 안으로 달려들어갔다. 석탄에 불이 붙어서 노란 불꽃이 약간의 온기를 내고 있었다. 빌리는 운동화를 끈도 풀지 않은 채 꿰어 신고, 겉옷을 움켜잡았다. 지퍼가 망가져 있어서, 그가 현관문을 뛰어나가 길을 달려올라갈 때 옷이 뒤쪽으로 늘어졌다.

하늘은 회색이었다 — 공영주택지 뒤쪽 들판 상공은 창백한 회색이었으나 머리 위쪽으로 오면서 어두워져 저편 도시 위쪽 하늘은 검정색이었다. 가로등이 아직 켜져있었고, 불이 켜진 몇개의 창들이 커튼 색깔대로 빛나고 있었다. 빌리는 말없이 야간근무에서 돌아오는 두명의 광부를 지나쳤다. 작업복을 입은 사내가 천천히 페달을 밟으며 자전거를 타고 지나갔다. 그들 넷은 한 지점에 모였다가, 저마다의 속도로 제각기 목적지를 향하여 흩어졌다.

빌리는 놀이터에 다다랐다. 정문이 잠겨있어서 그는 두어걸음 물러섰다가 서로 엮인 철사울타리 위로 뛰어올라가, 곧 내려갈 수 있도록 한 발을 꼭대기에 놓았다. 콘크리트로 된 두 기둥 사이의 울타리 전체가 빌리의 몸무게로 부르르 떨었다. 빌리는 한쪽 손과 한 발을 꼭대기에 두고, 다른 팔로 균형을 잡으려고 안간힘을 썼다. 그러나 애를 쓰면 쓸수록 울타리는 더 흔들려서 결국 건너편

키 큰 풀숲으로 떨어지고 말았다. 그는 일어섰다. 운동화와 바지가 흠뻑 젖었고 한쪽 손에는 개똥이 묻어있었다. 그는 풀에다 손을 닦고 냄새를 맡아보고, 축구장을 가로질러 달려갔다. 골대 뒤에는 아이들용 그네의 줄들이 모두 가로버팀대에 감겨있었다. 그는 건너편 울타리에서 개구멍을 찾아 시티로드로 기어 나갔다. 이층버스가 지나가고, 두대의 승용차가 바싹 뒤따라 갔다. 그들 엔진소리가 사라지고 다른 차량은 나타나지 않았다. 가로등이 꺼지고, 잠시 동안 어스름한 새벽 속에 들리는 소리라곤 길을 건너가는 빌리의 운동화가 쩔벅거리는 소리뿐이었다.

그가 가게에 들어설 때 종이 딸랑거렸다. 포터 씨는 흘깃 올려다보고는, 카운터 위 신문대에 신문을 늘어놓는 일로 돌아갔다.

"안 오는 줄 알았다."

"왜요, 안 늦었잖아요?"

포터는 조끼 주머니에서 시계를 꺼내어 스톱워치인 양 손바닥에 들었다. 그는 시계를 들여다보고는 도로 넣었다. 빌리는 카운터 전면에서 가방을 집어들었다. 그리고 몸을 움츠려, 가방끈을 머리와 어깨 너머로 걸었다. 가방은 그의 엉덩이께에 늘어졌다. 그는 끈이 꼬인 것을 바로하고, 가방덮개를 들어 신문과 잡지 뭉치를 들여다보았다.

"그런데 거의 그럴 뻔했어요."

"무슨 말이냐?"

"늦는 거 말예요. 우리 쥬드가 내 자전걸 타고 탄광에 갔어요."

포터는 신문을 선별하던 일을 멈추고 건너다보았다.

"그럼 어쩔 참이냐?"
"걷지요."
"걷는다고! 그래, 그러면 얼마나 걸릴 것 같냐?"
"오래 걸리진 않을 거예요."
"사람들이 신문을 제날에 읽고 싶어하는 건 알지?"
"제 잘못은 아니에요. 내가 자전거 타고 가라고 한 것도 아니잖아요?"
"그래, 그렇지만 너더러 버릇없이 굴라고 하지도 않았다. 알아들어?"
빌리는 알아들었다.
"네 자리를 차지하려고 기다리는 애들이 십리나 되게 줄을 서있다는 걸 알겠지. 그중엔 큰 아이들도 있고 말야. 퍼즈힐 부근의 애들까지 줄서 있어."
빌리는 발을 바꿔 디디며 가방 속을 흘깃 내려다보았다. 마치 큰 아이들 중의 하나가 그 속에서 기다리고 있을 수도 있다는 듯이.
"그렇게 오래 걸리진 않을 거예요. 전에도 해봤어요."
포터는 고개를 젓고, 잡지 한더미의 네 귀퉁이를 카운터에 대고 두드려 간추렸다. 빌리는 옆걸음으로 라디에이터 쪽으로 다가가 두 발을 벌리고 손을 뒤로 하고 그 앞에 섰다. 포터가 쳐다보자 그는 양손을 옆으로 내려뜨렸다.
"모르겠다, 늘 이 모양이니."
"왜 그러세요? 아직 실망시킨 적 없잖아요? 아니에요?"
종이 딸랑거렸다. 포터는 미소를 지으며 몸을 폈다.

"안녕하십니까, 선생님? 날씨가 또 좋질 않군요."

"플레이어 스무갑 주시오."

"네, 드리지요."

그는 돌아서서 담배가 쌓인 선반을 손가락으로 훑었다. 손가락이 플레이어에 이르러 쌓여있는 담뱃갑을 기어올라갔다. 빌리는 손을 내밀어 카운터 옆 진열대에서 초콜릿바 두개를 집어올렸다. 그리고 포터가 돌아설 때 그것들을 가방 속으로 떨어뜨렸다. 포터는 담배를 팔고 돈 서랍을 찰칵 열었다.

"고맙습니다." 그의 말꼬리가 종이 울리는 것과 때를 맞춰 올라갔다.

"안녕히 가십시오."

그는 남자가 가게 밖으로 나가는 걸 지켜보고 나서 빌리를 향해 돌아섰다.

"내가 널 썼을 때 사람들이 뭐라고 했는지 너도 알지?"

그는 말을 멈추고 기다렸다. 빌리가 대답하기를 기대하기라도 하는 듯이.

"사람들 말이, 눈을 똑바로 떠야 된다고 그러더라. 저 공영주택지 사람들은 다 똑같으니까. 조심하지 않으면 목숨이라도 뺏어간다고 말이다."

"저는 아무것도 뺏어가지 않았잖아요?"

"내가 그럴 기회를 주질 않았기 때문이지."

"그러지 않으셔도 돼요. 전 이제 말썽 안 부려요."

포터는 입을 벌렸고, 눈을 깜빡이고는 시계를 끄집어내어 시간을 보았다.

"너 온종일 거기 서있을 참이냐?"

그는 시계를 흔들고 한쪽 귀에 갖다 댔다.

"이제 곧 어째서 신문이 제때 배달되지 않느냐고 전화통에 불이 날 거야."

빌리는 상점을 나섰다. 이제 시티로드에 차들이 줄을 이었고, 시내로 가는 버스정류장마다 사람들이 줄지어 서있었다. 빌리는 시내 반대쪽을 향하여 그들을 지나쳐 갔다. 그는 서로 간격을 두고 한줄로 서있는 집과 방갈로들에 신문배달을 하기 시작했다 — 자갈을 박은 벽면과 돌, 납틀 창문이 있는 집들. 그는 이제 큰길을 벗어나 퍼즈힐로 올라갔다. 언덕은 가팔랐다. 다듬어진 화단을 따라 일정한 간격을 두고 나무가 심어져 있었고, 집들은 안쪽으로 쑥 들어앉아 나무와 높은 생울타리로 길에서 그리고 서로 가려져 있었다. 빌리는 위쪽에 뾰족하게 못이 박혀있는 연철 대문 앞에서 멈췄다. 문기둥 하나에 '잡상인 사절, 방문객 사절'이라는 표지판이 붙어있었다. 빌리는 진입로를 내려다보고, 초콜릿 두조각을 입 안으로 던져넣었다. 그는 대문을 절반쯤 활짝 열어놓은 채 안쪽에 있는 집으로 향했다. 바로 현관문까지 진입로 양편으로 사철나무 덤불이 우거져 있었다. 빌리는 편지함 뚜껑을 밀었다. 뻣뻣했고, 용수철이 삐걱거리는 소리를 냈다. 그는 집 모퉁이 쪽을 살펴보면서 신문을 천천히 밀어넣고 편지함 뚜껑을 내려 신문이 물리게 했다. 건물 전면의 모든 창문에는 커튼이 드리워져 있었다. 정원은 황폐했고 이끼와 풀들이 자동차 진입로의 아스팔트를 뒤덮고 있었다.

빌리는 이끼와 풀을 디딤돌 삼아 몇야드 남은 곳까지 나와서는 대문을 쾅 닫으며 뛰어나왔다. 그는 마지막 두조각 초콜릿 포장지를 벗기고 뒤돌아보았다. 티티새 한마리가 사철나무 덤불에서 달려나와 아스팔트 갈라진 틈의 흙 속에서 벌레를 물어 당기기 시작했다. 새는 벌레 위에 서서 점박이 목을 드러내며 부리를 하늘로 향하고 수직으로 잡아당겼다. 벌레는 쭉 늘어났지만 땅에서 빠져나오지는 않았다. 티티새는 고개를 낮추고 물러서서는 더 가파른 각도로 잡아당겼다. 벌레는 여전히 붙어있었고 티티새는 다가서서 늘어진 부분을 잡아챘다. 벌레가 땅에서 떨어져 나왔다. 티티새는 그것을 물고 다시 덤불 밑으로 달려들어갔다. 빌리는 초콜릿 껍질을 문 안으로 던져 넣고 지나갔다.

우유마차가 언덕을 낑낑거리며 올라왔다. 인도 쪽 바퀴가 홈에 빠질 때마다 상자 속에서 우유병들이 달그락거렸다. 마차가 멈춰서고, 마부가 휘파람을 불며 뛰어내렸다. 그는 뒤쪽에서 상자 하나를 끌어내어 길 건너편으로 들고 갔다. 빌리는 마차 쪽으로 다가가면서 주위를 흘깃 둘러보았다. 언덕 위에는 달리 아무도 없었다. 그는 오렌지주스 한병과 달걀 한상자를 집어서 가방에 얼른 집어넣었다. 마부가 돌아왔을 때 빌리는 다른 집에 신문을 배달하고 있었다. 마차는 다시 그를 지나쳐 더 위쪽으로 갔다. 마부는 마차를 멈추고, 빌리가 자기와 같은 높이에 올 때까지 기다리면서 담배에 불을 붙였다.

“애, 잘돼가니?”

빌리는 걸음을 멈추고 마차에 털썩 기댔다.

"뭐, 그리 나쁘진 않아요."

"뭘 타고 다니지 그래?"

마부는 씩 웃으며 마차를 토닥거렸다.

"이게 걷는 것보단 낫다구."

"그렇긴 해도 크게 나을 건 없죠."

빌리는 뒷바퀴를 발로 찼다.

"이걸로는 한시간에 5마일밖엔 못 가요."

"그래도 걷는 것보단 낫지, 안 그래?"

"난 애들 스쿠터를 타고도 더 빨리 갈 수 있어요."

우유배달부는 담배를 꺼내 끝을 불었다.

"내가 늘 하는 말이 뭔지 아니?"

"뭔데요?"

"3급으로 타고 다니는 게 1급으로 걸어다니는 것보단 낫다는 거야."

그는 장부를 작업복 가슴주머니에 찔러 넣고 양손에 우유 두병씩을 들고서 길을 건너갔다. 빌리는 열려있는 짐마차 너머로 그를 살펴보고, 가방 속에 손을 넣어 오렌지주스를 찾았다. 그는 엄지와 새끼손가락을 이용해, 병을 수평으로 들었다가 공기방울이 병의 길이대로 움직이도록 기울였다가 했다. 위에서 아래로, 위로 아래로, 위로 아래로. 나중에는 작은 기포들이 유리로 된 눈보라처럼 와글거렸다. 그는 엄지손가락으로 마개를 뚫고 내용물을 두모금에 삼켰고, 병을 상자 속에 다시 떨어뜨리고, 언덕 위쪽으로 갔다.

퍼즈힐 꼭대기는 오솔길이 가로지르고 있어 T자 모양을 이루고 있었다. 빌리는 길을 따라 왼쪽으로 돌았다. 보도가 없어서 자동차가 다가올 때마다 그는 길을 건너거나 길가 긴 풀숲으로 들어서서 차가 지나가기를 기다렸다. 들판과 산울타리 관목 조금이 골짜기까지 경사를 덮고 있었다. 시티로드를 따라서 장난감처럼 보이는 차량들이 움직이고 있었고, 길 건너편 골짜기 아래쪽에 공영주택지가 무질서하게 뻗어있었다. 도시 쪽으로는 지붕 꼭대기들 너머로 탄광 굴뚝과 갱구의 감아올리는 장치가 보였다. 그리고 공영주택지 뒤로는 검은색, 회색 그리고 창백한 겨울 녹색의 땅조각들이 멀리 저편 경사지에 잉크 반점처럼 뚜렷이 보이는 숲과 연이어져 있었다.

바람이 황무지 꼭대기 위로, 그리고 길을 건너 웅웅거리며 불어오자 빌리는 웃옷 앞을 여미었다. 그러나 지퍼가 망가져 있어서 옷은 다시 벌어졌다. 그는 길을 건너서 담에 등을 대고 쭈그리고 앉았다. 돌들이 젖어있어서 광택을 낸 가죽처럼 갖가지 음영의 갈색과 초록색으로 빛났다. 빌리는 가방을 열고 뒤적거렸다. 그는《멋쟁이》를 꺼내어서 곧바로 〈대책 없는 댄〉을 찾았다.

댄은 결혼식에 갈 참이다. 조카와 질녀가 준비를 거들고 있다. 질녀가 그의 실크해트를 의자 위에 놓는다. 댄이 그 의자에 앉자 와지끈! 하고 모자는 찌그러져버린다. 그는 새 모자를 사러 가지만 모두 너무 작다. 이것이 우리 가게에서 제일 큰 겁니다, 하고 점원이 말한다. 댄은 모자를 써본다. 거의 쓸만하군, 하고 말한다. 그러나 모자를 조금 내려 쓰려고 하는데, 차양이 찢어져 얼굴 위로 내려와버린다. 아니, 이런! 하고 그는 차양 너머로 내다보며 말한다. 상점 밖으로 나와서 그는 좋은 생각이 떠올라, 그림에는 보이지 않는 어떤 것을 가리키며 "아! 바로 저거다!"라고 말한다. 그러나 우선 그가 하려는 행동을 아무도 보지 못하게 광장을 비워야 한다. 모퉁이를 돌아서 그는 몸을 굽히고 소화전을 입을 대고 분다. 광장의 분수에서 물이 터져나와 사람들을 적시고, 사람들은 모두 집으로 가고 광장은 텅 빈다. 좋아, 이제 내가 원하는 걸 가질 수 있겠군, 하고 댄이 말한다. 다음 그림에서 댄은 커다란 회색 모자를 써본다. 그는 기분이 좋은 모양으로, "바로 이거야! 게다가 썩 잘 맞는걸" 하고 말한다. 그는 결혼식에 참석한다. 그리고 피로연장에서 그는 자기 모자를 휴대품 보관소의 직원에게 건네준다. 직원이 모자를 들지 못해서 모자는 쿵 하고 발 위로 떨어진다. "아이쿠!" 하고 그가 소리친다. 그는 모자를 집어 들려고 애를 쓰며, "좀 도와주세요! 뭐 이런 모자가 있어! 이건 돌로 만들어졌잖아!" 한다. 마지막 그림은 모자가 어디서 온 것인지를 보여준다. 광장에 있는 동상의 머리에 있던 것이다 —'윌리엄 스미스 캑터스빌 시장, 1856~1886년, 하이눈에서 블랙 제이크에게 저격됨'.

빌리는 무릎을 펴고 바람 속으로 일어나 다시 길로 나섰다. 그는 달리기 시작했다. 엉덩이께에서 털썩거리며 끌려오지 않도록 가방을 한쪽 팔에 끼고서. 그는 《멋쟁이》를 신문 하나와 몇권의 잡지와 함께 한 농가에 배달했다. 마당에 들어갔다 되돌아 나올 때까지 내내 콜리종 개가 뒤따라 다니며 짖어대었다. 개는 길까지 따라 나와서는 그가 고개 너머로 보이지 않게 될 때까지 연신 짖었다. 빌리는 다시 달리기 시작했다. 그는 신문을 말아 망원경처럼 만들어 들고 달리면서 살펴보았다. 길에서 쑥 들어서 있는 돌집이 보일 때까지. 돌집이 보이자 신문을 펴서 처음 말았던 것이 펴지도록 반대쪽으로 말면서 걸음을 늦추었다.

집 옆에는 회색 벤틀리가 열려진 차고 앞에 세워져 있었다. 빌리는 다가가면서 자동차에서 눈을 떼지 않았다. 진입로 끝에 이르자 그는 옆으로 돌아가서 운전석 앞을 들여다보았다. 집의 현관문이 열리자 빌리는 얼른 차에서 물러나 돌아섰다. 짙은 색 양복을 입은 남자가 나오고 교복 차림의 두 소녀가 따라 나왔다. 그들은 모두 차 앞좌석에 탔다. 화장가운을 입고 문간에 서있는 여자에게 소녀들은 손을 흔들었다. 빌리는 그녀에게 신문을 건네주고 여자 뒤쪽으로 집 안을 들여다보았다. 홀과 계단에는 양탄자가 깔려있었다. 유리선반이 달린 라디에이터가 한쪽 벽을 따라 있고 선반 위에는 싱싱한 수선화가 담긴 화병이 있었다. 자동차는 기어를 넣지 않은 채 진입로를 내려가 길로 꺾어 들어갔다. 여자는 신문을 들고 손을 흔들고는 문을 닫았다. 빌리는 되돌아가서 현관문에 달린 편지 넣는 구멍의 뚜껑을 밀어올리고 들여다보았다. 목욕물 흐르는 소리가 들렸다. 라디오가 켜져있었다. 여자는 트랜지스터를 가지고 계단을 올라가고 있었다. 빌리는 뚜껑을 내리고 걸어나왔다. 자동차 타이어가 진입로에 두줄 띠를 찍어놓았는데, 뱀 등의 무늬를 연상시켰다.

ꕥ

빌리는 가게 앞에서 계란상자를 배달가방에서 꺼내어, 입고 있는 재킷 안감에 꿰매어져 있는 커다란 주머니로 옮겼다. 주머니는 그 무게로 축 늘어졌지만 재킷을 여미자 겉에서는 불룩한 것이 표가 나지 않았다.

종소리에 포터 씨가 돌아보았다. 그는 카운터 뒤 사다리에 올라서서 새로 온 신문으로 선반을 다시 정리하고 있었다.

"왔니?"

"제가 오래 안 걸릴 거라고 했죠?"

"어떻게 한 거야, 반은 담장 너머로 던져버렸냐?"

"그럴 필요 없어요. 돌아오는 지름길을 알거든요."

"물론 그렇겠지. 필시 남의 집 마당을 가로질러 왔겠지."

"아네요. 들판을 건너왔어요. 그럼 굉장히 가까워요."

"농부가 널 보지 않았기 망정이지, 봤으면 엉덩이까지 거름통에 빠졌을 거다."

"뭣 때문에요? 풀밖에 없었는걸요."

빌리는 가방을 반으로 접어서 카운터 위에 놓았다.

"거기 말고 — 어디다 두는지 알잖니."

빌리는 카운터를 돌아가서 사다리 옆으로 빠져나갔다. 포터는 그가 지나갈 때까지 계속 일을 하다가 빌리가 카운터 뒤쪽 서랍을 열고 가방을 쑤셔넣는 것을 지켜보았다.

"다음번엔 내게 그 사람들을 달래 달라고 하게 될 거야."

빌리는 서랍을 무릎으로 닫고서, 그를 올려다보았다.

"몇시예요?"

"학교에 가야 할 시간이야."

"그렇게 늦진 않았을 텐데요."

포터는 고개를 설설 가로저으며 선반을 향해 다시 몸을 돌렸다.

"너한테 뭘 가르치는 게 내 일이 아니어서 천만다행이다."

옆으로 빠져나가면서 빌리는 사다리를 흔들었고, 포터의 다리를 붙들었다.

"조심하세요, 아저씨!"

포터는 선반 쪽으로 기울어져 두 팔을 쫙 벌리고 버틸 것을 잡으려고 허우적거렸다.

"괜찮아요. 제가 붙잡았어요!"

빌리는 포터가 선반으로부터 몸을 떼어 균형을 잡을 동안 그의 다리를 붙잡고 있었다. 그의 얼굴과 머리의 벗겨진 부분이 땀으로 번들거렸다.

"멍청이 녀석. 도대체 뭐하는 짓이냐. 날 죽일 셈이냐?"

"비틀했어요."

"네놈이 지나가지 못하게 하는 건데."

그는 사다리를 두 손으로 붙잡고 뒷걸음으로 계단을 내려왔다.

"정말 심장이 철렁했다."

그는 바닥에 다다라 한 손을 재킷 가슴주머니 위에 얹었다. 마음이 가라앉자 카운터 뒤에 있는 의자에 앉아 요란하게 소리를 내며 숨을 내쉬었다.

"괜찮으세요, 포터 아저씨?"

"괜찮냐고? 그래, 나야 튼튼한 사람이니까!"

"그럼 전 갈게요."

그는 가게를 가로질러 문으로 갔다.

"저녁에 늦지 마."

☙

공영주택지는 아이들로 들끓고 있었다. 엄마 손을 잡은 꼬마들, 혼자서 나온 꼬마들, 끼리끼리 어울린 꼬마들 그리고 초등학생들과 꼬마들, 중학생들. 혼자서, 둘씩 셋씩 짝지어, 무리를 지어. 자전거를 타고, 말없이 걷기도 하고 담 위로 걷기도 하고 조용히 얘기하며 걷고, 소리 높여 웃으면서 달리고 쫓고 놀이를 하고 욕을 하고 담배를 피우고 벨을 울리고 외쳐 부르고 — 모두들 학교 가는 길이었다.

빌리가 집에 도착했을 때 앞쪽 창문에는 모두 아직 커튼이 드리워진 채였다. 그러나 거실에는 불이 켜져있었다. 그가 앞마당을 질러갈 때 한 남자가 집 옆을 돌아 나타나서 대문으로 난 길을 걸어갔다. 빌리는 그가 진입로를 걸어내려가는 것을 지켜보았다. 그리고 뒷문으로 달려가 부엌으로 들어갔다.

"당신이야, 렉?"

빌리는 문을 쾅 닫고 거실로 걸어들어갔다. 어머니는 속치마 바람으로 서서 립스틱을 입에 대고 거울 속으로 문간을 바라보고 있었다. 빌리를 보자 그녀는 립스틱을 바르기 시작했다.

"아, 너였구나, 빌리. 아직 학교에 안 갔니?"

"그 자식 누구예요?"

어머니는 위아래 입술을 서로 꼭 누르고 립스틱통을 벽난로 위에 탄환처럼 세웠다.

"렉이야. 너 렉 알잖아?"

그녀는 벽난로 위에서 담뱃갑을 집어들고 흔들었다.

"제길! 하나 달랠 걸 잊어버렸네."

그녀는 담뱃갑을 화덕에 떨어뜨리고는 빌리를 향했다.

"얘, 너 혹시 한대 안 갖고 있니?"

빌리는 식탁으로 가서 찻주전자를 두 손으로 감싸 잡았다. 어머니는 스커트를 끌어올리고 엉덩이에 있는 지퍼를 올리려고 했다. 지퍼는 반밖에 닫히지 않아서 그녀는 옷핀으로 허리춤을 여몄다. 그녀가 움직이자마자 지퍼는 다시 벌어졌고, 벌어진 곳이 럭비공 모양이 되었다. 빌리는 손가락을 찻주전자 주둥이에 밀어넣었다.

"어젯밤에 같이 온 게 그 사람이었어요?"

"한잔 마시고 싶으면 더운 차가 좀 있다만. 우유가 왔는지 안 왔는진 모르겠다."

"그 사람이었어요?"

"아이, 귀찮게 굴지 좀 마라! 안 그래도 늦었어."

그녀는 스웨터를 타이어 모양으로 뭉쳐서 머리칼이 닿지 않도록 애를 쓰면서 구멍 속으로 머리를 집어넣었다.

"내 부탁 좀 들어줘라, 얘. 상점에 달려가서 담배 좀 가져와."

"아직 안 열었을 거예요."

"뒷문으로 가면 돼. 하디 씨는 신경쓰지 않을 거야."

"못 가요. 지각할 거예요."

"좀 갔다 와, 얘. 다른 것도 좀 가져와. 빵하고 버터 또 계란도 몇개 — 그런 거 말야."

"엄마가 가세요."

"시간이 없어. 장부에 써놓으라고 그래. 주말에 갚는다고."

"다 갚기 전에는 아무것도 안 준다고 하던데요."

"늘 하는 소리야. 가면 은전 하나 줄게."

"필요 없어요. 난 이제 학교 가요."

그는 문 쪽으로 움직였다. 그러나 어머니가 건너와서 길을 막았다.

"빌리, 가게에 가서 시킨 대로 해."

그는 고개를 저었다. 어머니가 다가섰으나 빌리는 물러서서 둘 사이의 거리를 일정하게 유지했다. 너무 멀리 있었지만 그녀는 손을 휘둘렀고, 빌리는 그녀의 손이 자신의 얼굴에 닿지 못한 채 오가는 것을 보았지만 그래도 본능적으로 고개를 뒤로 젖혀 피했다.

"안 가요."

그는 식탁 뒤로 갔다.

"안 가? 어디 보자."

두 사람은 탁자를 사이에 두고 마주섰다. 당장 연주를 시작하려는 두명의 피아니스트처럼 손가락을 상보 위에 펼친 채.

"네가 가나 안 가나, 어디 보자. 이 뻔뻔스런 망나니 같은 녀석."

빌리는 오른쪽으로 움직였다. 어머니는 자기의 왼쪽으로 움직였다. 그는 모서리에서 섰다. 그래서 식탁 한변의 길이만이 그들을 갈라놓고 있었다. 어머니가 그를 잡으려고 했다. 빌리는 탁자 뒤로 달려가 다른 모서리를 돌았다. 그러나 어머니는 자리를 지키며 기다리고 있었다. 그녀가 앞으로 달려들자 빌리는 냉큼 물러서서 그들은 다시 처음의 위치에서 대치하게 됐다.

"잡기만 하면 죽여버릴 테야."

"그만 좀 해요. 학교에 늦겠어요."

"시킨 대로 하지 않으면 늦는 정도가 아닐걸."

"또 지각하면 때린댔어요."

"나한테 잡혀만 봐. 그런 건 문제도 안될 테니."

빌리는 식탁 아래로 몸을 굽혔다. 그의 어머니도 균형을 유지하려고 탁자를 붙잡은 채 몸을 굽혔다. 그들은 식탁 아래에서 대치했다. 빌리가 앞으로 움직이는 체했다. 어머니는 달려들어 헛손질을 했다. 빌리는 뛰어 일어나 그의 어머니가 마루에 쭉 뻗어있는 동안 식탁을 돌아 달려나갔다.

"빌리, 돌아와! 안 들려? 돌아오라구!"

그는 부엌문을 홱 열고 마당으로 달려나갔다. 진입로를 반쯤 내려갔을 때 어머니가 헐떡이며, 손가락으로 찌르는 시늉을 하며 나타났다.

"두고 봐, 너! 오늘 밤에 보자!"

그녀는 다시 들어갔고 문을 쾅 닫았다. 빌리는 돌아서서 마당 아래로, 담장 너머로 들을 바라다보았다. 종달새 한마리가 지저귀며 날아올랐다. 높이, 더 높이. 하늘에 노랫소리만 남기고 보이지 않을 때까지. 그는 재킷을 열고 호주머니에 손을 넣었다. 계란상자가 찌그러져 있었다. 그는 상자를 열었다. 두칸에는 걸쭉한 노란 액체와 계란 껍질이 들어있었다. 그는 성한 계란들을 살그머니 꺼내 길 위에 한데 놓았다. 껍질이 끈끈했다. 그래서 그는 조심스레 하나씩 차례로 닦아서 다시 모아놓고 쭈그리고 앉아서 그걸 내려다보았다. 그러고는 하나를 집어서 손바닥에 놓고 무게를 달아보고는, 집 쪽으로 높이 던졌다. 달걀은 공중에 포물선을 그리고 슬레이트 지붕 위에 떨어졌다. 그는 나머지도 빠르게 연속해서 던졌다. 앞의 것이 아직 공중에 있는 동안 몸을 굽혀 또 집어 던졌다. 부엌문이 열리고 어머니가 나왔다. 빌리는 왼손으로 오른팔 이두근을 문지르면서 길 아래쪽으로 후퇴했다. 그녀는 열쇠로 문을 잠그고 돌아섰다.

"내가 잊어버렸다고 생각진 말아. 난 잊지 않았어!"

그녀는 열쇠를 계단의 튀어나온 부분 밑으로 밀어넣고, 머리스카프의 끝을 턱 아래로 바싹 잡아당겼다.

"그리고 우리 쥬드가 걸겠다는 내깃돈 있지. 너 그거 잊지 말아야 돼."

"난 그거 가져가지 않을 거예요."

"하는 게 좋을걸."

"그거 하는 데 신물났어요. 자기가 하면 될 거 아냐."

"어떻게 할 수가 있니, 이 멍청아. 그 시간까지 집에 오질 않는데?"

"알 게 뭐예요. 난 안 가져가요."

"그럼 맘대로 하렴."

그녀는 집을 돌아서 서둘러 길을 올라갔다. 빌리는 어머니가 가는 쪽으로 V 자 모양을 해 보이고 입으로 방귀소리를 냈다. 대문이 쾅 닫히는 소리를 듣자 그는 돌아서서 마당 끝에 있는 헛간으로 걸어갔다. 헛간 앞에는 조그만 네모진 땅이 자갈로 덮여있고, 흰칠이 된 벽돌을 비스듬히 이어 박아 테를 두르고 있었다. 헛간 지붕과 옆면은 방수포로 말끔히 대어져 있었다. 문은 새로 페인트칠이 되어있었고, 위쪽 절반이 네모나게 잘려나가고 수직으로 깨끗하게 나무 살창이 대어져 있었다. 창살 뒤쪽 선반 위에 새매 한마리가 앉아있었다.

적갈색 얼룩무늬의 가슴, 등과 날개에는 짙은 가로무늬, 끝이 뾰족한 날개가 엉치와 줄무늬진 꼬리 위에 모여있다. 빌리는 혀를 차는 소리를 내고 나직하게 불렀다. "케스, 케스, 케스, 케스." 매는 그를 바라보고 주의를 기울였다. 맵시있는 머리를 단단한 어깨 위에 높이 들고. 갈색 눈은 둥글고, 긴장되어 있었다.

"너 들었니, 케스? 엄마가 또 잔소리 하는 거? … 늙은 암소 같으니. 이거 해라, 저거 해라. 이 집 일은 내가 다 해야 된다구…. 인제 끝이야. 난 쫓겨다니는 게 지긋지긋해…. 늘 누군가 나한테 달려들려 하거든."

그는 천천히 한 손을 올려서 집게손가락으로 창살을 하나 문지르기 시작했다. 매는 시종 그것을 지켜보고 있었다.

"그리고 우리 쥬드, 그 자식이 제일 나빠. 언제나 날 들볶는다구…. 늘 그랬어. 지난여름에 내가 널 데려오던 날처럼 말이야. 그

때도 날 쫓아왔었지…"

ꕥ

… 빌리가 아래층에 내려왔을 때 쥬드는 아침을 먹고 있었다. 그는 시계를 흘깃 올려다보았다. 6시 25분 전이었다.

"웬일이야, 침대에 똥이라도 쌌냐?"

"새집 찾으러 갈 거야. 티비랑 맥이랑."

그는 쉭 소리를 내며 커튼을 젖혀 열고, 전깃불을 껐다. 아침 빛살이 물처럼 맑게 비쳐 들어와 그들 둘 다 창문 쪽을 바라보았다. 해는 아직 뜨지 않았지만 벌써 공기는 훈훈했고, 건너편 집 지붕 위로 구름 없는 하늘을 배경으로 굴뚝이 윤곽을 드러내고 있었다.

"오늘도 멋진 아침이구나."

"내가 가는 곳에 간다면 그런 소린 않을 거야."

그는 차를 또 한잔 따랐다. 빌리는 마지막 방울이 주전자 주둥이를 떠나는 것을 바라보고, 가스에 성냥을 그어 대었다. 주전자는 금방 끓는 소리를 내기 시작했다.

"생각 좀 해봐. 우리가 숲으로 올라갈 때 형은 승강기 타고 내려가고 있겠지."

"홍, 이것도 생각해봐. 내년에는 너도 나랑 같이 내려갈 거라구."

"아냐."

"아니라구?"

"그래, 난 탄광에서 일하진 않을 거니까."

"그럼 어디서 일할 거냐?"

빌리는 끓는 물을 주전자 속의 얼룩진 잎사귀 위에 부었다.

"몰라. 그렇지만 탄광에선 일하지 않을 거야."

"그러시겠지. 왜 그런지 내가 말해드릴까?"

쥬드는 부엌으로 가서 재킷을 들고 돌아왔다.

"… 첫째로는 읽고 쓸 줄을 알아야 일을 시켜줄 테고, 둘째로는 너같이 비리비리한 애송이는 쓰질 않을 테니까."

그는 재킷을 입고 나갔다. 빌리는 차를 한잔 따랐다. 쥬드의 점심이 빵종이 자른 것에 싸여 아직 식탁 위에 있었다. 빌리는 차를 홀짝홀짝 마시면서 손가락으로 그것을 빙글빙글 돌렸다. 그는 차를 한잔 더 따랐다. 그러고는 꾸러미를 풀고 샌드위치를 먹기 시작했다.

부엌문이 꽝 소리를 내며 열리고 쥬드가 헐떡이며 달려들어왔다.

"점심을 잊었어."

그는 풀어진 꾸러미를 보고는, 들쭉날쭉 베어 먹은 샌드위치 반쪽을 들고 있는 빌리를 바라보았다. 빌리는 그것을 입에 쑤셔넣고, 의자에서 미끄러져 내려오면서 의자를 뒤집어놓았다. 쥬드는 의자에 부딪쳐 그 위에 사지를 뻗고 넘어졌다. 빌리는 그를 지나쳐서 마당으로 달려나가 울타리를 넘고 들로 달려갔다. 몇초 후 남은 점심을 싸들고 쥬드가 나타났다. 그는 그것을 든 손으로 빌리에게 삿대질을 했다.

"이따 와서 널 그냥 죽여버릴 거야!"

그러고는 그것을 재킷 주머니에 쑤셔넣고 집 모퉁이를 돌아 급히 사라졌다. 빌리는 울타리로 기어올라가 하늘을 둘러보았다.

주택지를 건너가서 티비네 집에 닿았을 때는 동쪽에서 해가 낮게 구름 뒤로 솟아오르고 있었다. 하늘 높이 아직도 엷은 막같이 달이 있었는데, 해가 구름을 비추며 솟아오르자 차츰 희미해져가고 있었다. 마침내 해가 구름을 금빛으로 물들이며 나왔고, 달은 밝고 따뜻해진 하늘에서 사라졌다.

빌리는 드리워진 커튼을 쳐다보며 집을 한바퀴 돌았다. 부엌문을 밀어보고는 물러서서 침실 창문을 향해 나직한 소리로 불렀다.

"티비, 티비."

커튼은 닫힌 채 있었다. 그는 콘크리트로 된 땅바닥을 이리저리 찾아서 흙덩어리를 집어들었다. 겉은 이슬로 축축했지만 그것을 부수자 안쪽은 마르고 퍼석거려서 손에서 먼지가 풀썩 났다. 그는 집 가까이 다가서서 침실 창문을 향해 던졌다. 흙은 창유리에 부딪치고 문턱으로 떨어져서는 다시 콘크리트 위로, 커다란 호를 그리며 빌리의 얼굴 위로 떨어졌다. 그는 고개를 움츠리고, 침을 뱉고 입을 닦았다. 그리고 쳐다보며 눈을 떴다. 오른쪽 눈이 깜짝여지더니 눈물이 나기 시작했다. 그는 주먹으로 눈을 비볐으나 흰자위만 붉어지고 계속 눈물이 났다. 그래서 엄지와 검지로 속눈썹을 비틀어 쥐고 눈꺼풀을 잡아 내리면서 그 밑으로 눈을 깜박이고, 다른 쪽 눈으로 창문을 쳐다보았다. 커튼은 닫힌 채였다. 그는 눈꺼풀을 놓았다. 눈은 한번, 두번 감기더니 그대로 있었다.

맥의 집에서는 그는 작은 자갈을 썼다. 하나씩 창문에다 던졌다.

핑, 핑, 핑. 한줌에서 절반을 쓰고 나자 커튼이 쳐들리고 맥도월 부인이 나타나 자리옷을 목 부분에서 움켜쥐고 내려다보았다. 그녀는 손짓으로 빌리에게 가라는 시늉을 했지만 그는 쳐다보면서 말했다.

"일어났어요?"

그녀는 창을 밀어 열고 몸을 내밀었다.

"이 시간에 뭘 하자는 거야?"

"맥, 일어났나요?"

"물론 안 일어났지. 지금 몇신지 아니?"

"지금 안 일어나요?"

"천만의 말씀이다. 곤히 자고 있어."

"웃기는 녀석이네. 처음에 하자고 한 게 그 녀석이라고요."

"소리 좀 지르지 마라. 이웃사람 다 깨라고 그러니?"

"그럼 그 녀석 안 나올 건가요?"

"그래 안 나가. 만나려면 아침 먹고 나서 오너라."

그녀는 창을 닫았고, 커튼이 제자리로 내려왔다. 빌리는 손 안의 자갈들을 한바탕 절그럭거리고 창유리를 쳐다보았다. 그는 그것들을 던졌다. 그리고 첫번째 돌이 유리를 때리기 전에 달아나고 있었다.

그는 공영주택지를 가로질러 달려서 길을 똑바로 내려갔다. 온도계의 아래쪽 끝처럼 둥근 모양의 막다른 길까지 다다랐을 때는 보통 걸음이 되어있었다. 그는 두 집 사이의 울타리를 가로질러, 공영주택지를 뒤로하고 들판으로 나섰다.

해가 떠올라 있었고 동쪽의 구름이 지평선 위에 한줄로 가늘어져 천공을 맑게 남겨두었다. 대기는 고요하고 맑았다. 종달새 소리가 오솔길 양옆으로 뻗어있는 목초밭 너머로 멀리 퍼져갔다. 미나리아재비의 커다란 무더기가 들판을 가로질러 펼쳐져 있었고, 노란색과 초록이 뒤섞인 가운데 승아의 적갈색과 대조를 이루며 데이지꽃이 흰 얼굴을 보이고 있었다. 밑에는 온통 흰색 분홍색 자주색의 클로버인데, 오솔길 옆으로 풀들이 짧은 곳에 데이지와 어디에나 있는 질경이가 함께 모습을 자랑하고 있었다.

푹신한 안개가 들판 위에 덮여있었다. 이슬이 풀을 적셨고, 간간이 이슬방울이 반짝여서, 지나가는 빌리의 눈길을 끌었다. 풀 한무더기가 은빛 불꽃이었다. 그는 빛의 근원을 찾으려고 무릎을 꿇었다. 이슬 때문에 풀잎이 거의 땅에 닿을 지경이었고 풀잎의 굽어진 면에 이슬은 신비로운 새의 알처럼 놓여있었다. 빌리는 이슬이 반짝이도록 머리를 좌우로 움직였다. 방울에 햇빛이 붙잡히자 그것은 은빛 비늘과 수정의 조각들을 내쏘며 폭발했다. 그는 천천히 아주 조심스럽게 고개를 숙이고, 혀끝으로 그것을 건드렸다. 방울은 수은처럼 떨었지만 맺힌 채로 있었다. 그는 몸을 굽히고 다시 건드렸다. 그것은 부서져 풀잎의 골을 따라 땅으로 흘러내렸다. 천천히 풀잎은 펴지기 시작했다. 시계의 바늘처럼 꾸준히 일어섰다.

빌리는 일어서서 걸음을 계속했다. 그는 울타리 사이 층계문을 넘어 소떼들 사이로 길을 따라갔다. 풀을 뜯고 있던 소들은 되새김질을 하면서 느리게 머리를 쳐들었다. 풀 위에 누워있던 소들은 장난감 목장에 늘어놓은 장난감 소들처럼 꼼짝 않고 그대로 있었다.

자고새 몇마리가 그의 발밑에서 튀어나오는 바람에 그는 펄쩍 뛰며 소리를 질렀다. 새들은 날갯소리를 내며 들판 위로 날아가버렸다. 그 무딘 몸체들이 포탄처럼 똑바로 날아갔다. 빌리는 잽싸게 돌멩이를 들어 새들에게 던졌으나 새들은 이미 산울타리 너머로 보이지 않았다. 돌멩이는 티티새 한마리를 놀라게 했다. 그놈은 재재거리며 산울타리 밑을 달려서 더 먼 쪽 수풀 속으로 사라졌다.

그는 숲으로 통하는 층계문에 이르러 거기에 올라서서 뒤돌아보았다. 들판과 담장과 생울타리들. 해는 하늘에 있었다. 소리라고는 계속해서 이어지는 새소리뿐이었다. 숲에 들어서자 곧 빌리는 오솔길을 버리고 둑을 올라가 낮은 덤불 속으로 들어갔다. 그는 눈을 찌르지 않도록 나뭇가지를 밀어내며 마지막까지 붙들고 있다가 놓아서, 뒤에 있는 잎사귀들을 가지가 휙 때리게 하였다. 그는 어린 느릅나무 가지를 꺾어 지팡이 정도의 길이가 되게 다듬어서 앞길에 나타나는 가지들을 치고 무찌르며 나아갔다.

낮은 덤불이 성글어지고, 나무들 사이의 풀 많은 공터로 이어졌다. 머리 위에는 나뭇가지들이 서로 얽혀 초록색 지붕을 이루고 있었고, 군데군데 햇빛이 새어들어 회녹색 나무둥치에 무늬를 이루고, 풀과 나무 잎사귀의 색깔을 밝게 비추었다. 빛과 그림자. 잎새들이 움직일 때마다 빛과 그림자가 끊임없이 유희를 하고 있었다. 이곳에는 새소리가 그리 잦지는 않았지만 더 분명했다. 어딘가 가지 사이에 숨은 되새가 굴곡이 있는 긴 소리를 내는데, 한마디 끝날 때마다 요란한 떨림이 있었다. 산비둘기가 굵은 소리로 몇번 꾸꾸거렸다. 울음의 한소절을 끝낼 때마다 가슴이 너무 아파서 계속

할 수가 없는 양, 갑작스런 "쿠" 소리를 냈다. 이들 새소리 사이의 정적이 빌리가 나아가며 내는 소리를 더욱 두드러지게 하였고, 새들은 스치고 부러지는 소리에 일찌감치 물러났다. 로빈새 한마리가 틱— 틱— 틱— 울고, 굴뚝새 한쌍이 새앙쥐만한 몸집에 어울리지 않게 높은 소리를 내고, 어치 한마리는 나뭇가지 사이로 흰 몸통을 번뜩였다.

빌리는 나무들 사이를 천천히 지그재그로 걸으면서 나무둥치 둘레에 자란 풀들 전부를 뒤져보고는 물러서서 가지를 쳐다보았다. 그는 가시덤불이 있는 오솔길을 마치 깊은 눈 속을 걷듯이 발을 번쩍번쩍 쳐들면서 발밑의 풀을 밟으며 걸었다. 아래쪽에서 소리를 듣고 네개의 주둥이가 벌어졌다. 그는 티티새 둥지 위로 몸을 굽혔다. 네마리의 어린 것들은 깃털이 거의 다 나 있었는데, 완성된 그림맞추기 판처럼 둥지에 꼭 맞게 들어앉아 있었다. 빌리는 손가락 하나로 그놈들의 등을 살그머니 토닥거려주고는 일어서서 둥지 위 가시덤불을 다시 잘 매만져놓고 지나갔다.

그는 숲 속의 승마로에 다다라 잠시 동안 자작나무 둥치에 등을 기대고 멈추었다. 미풍이 나무 꼭대기에서 계속 웅얼거리고 있었고, 햇볕이 뚫고 들어오지 않는 자작나무 잎사귀 아래는 서늘했다. 넓은 초록색의 띠가 회색빛 나무둥치를 기어오르고 있었다. 빌리가 엄지손가락으로 그것을 긁어올리자 서늘하고 축축한 이끼의 부스러기가 이스트처럼 떨어져 나왔다. 그는 승마로를 가로질러 천천히 스코틀랜드소나무 한그루에 다가갔다. 그 꼭대기 잔가지들 가운데 높이 지어져 있는 짙은 색 둥지 덩어리를 내내 올려다보면서. 그는 그 밑에 멈춰서서 손을 호주머니에 넣고 나무둥치를 살펴보았다. 그것은 전신주처럼 곧고 굵었다. 아래쪽 15피트에는 아무것도 없었다. 거기서부터 옹이며 죽은 가지 같은, 발판을 할만한 것들이 시작되어 꼭대기의 초록 잎새가 성근 데까지 이르고 있었다. 그는 나무껍질을 손가락으로 더듬으며 만져보았다. 껍질은 딱딱하고 거칠었고 갈라진 틈이 있었다. 빌리는 나무껍질을 한조각 벗겨내고, 마치 겨냥을 하듯 나무둥치를 곁눈으로 올려다보았다. 그러고는 고개를 젓고 물러서서 멈추었다가 다시 다가가며 재킷을 벗기 시작했다. 손바닥에 침을 뱉고 마주 문질렀다. 그리고 둥치를 껴안고 기어오르기 시작했다. 그는 애벌레처럼 조금씩 기어올랐다. 팔로는 끌어안았다가 잡아당기고, 다리로는 움켜잡았다가 밀어내고. 위로 천천히 위쪽으로. 손가락으로 나무둥치를 긁으며 운동화로 마찰음을 내면서. 그는 첫번째 죽은 가지에 이르러 한 발을 가지와 둥치의 연결부분에 끼워넣고 쉬었다. 턱에서 땀이 떨어지고 있었다. 그는 내려다보고 올려다보고, 다시 기어오르기 시작했다. 튀어나온 부분마다 손으로 만져보고 약간의 버팀을 얻기 위해서만 사용했다. 나무둥치가 약간 흔들리기 시작했다. 꼭대기의 가지들이 마치 빳빳한 바람이 부는 듯이 흔들렸다. 그는 둥지 바로 밑에서 멈추고 둘러보았다. 이제 그는 많은 나무 꼭대기들보다 더 높은 곳에 있었다. 나무 잎새의 지붕들이 그의 주위에 초록색 구릉을 이루며 펼쳐져 있었다.

까마귀 한마리가 들로부터 나무 꼭대기 위로 낮게 날개를 치며 날아왔다. 빌리는 나무둥치에 얼어붙은 듯이 매달려 그것을 기다렸다. 그리고 휘파람을 불었다. 까마귀는 선회해서 마치 굴로 뛰어드는 토끼처럼 잎새의 구름 속으로 떨어져 들어갔다. 빌리는 싱긋 웃고 조심스레 나뭇가지로 얽은 둥지의 벽 위를 만져보았다. 둥지는 마른 잎새와 나뭇가지로 가득 차있었다.

"젠장."

그는 한줌을 집어내어 움켜쥐었다 던져버렸다. 그것들은 감자칩처럼 버석이며 부스러졌다.

땅에서 10피트쯤 떨어진 곳에서 그는 나무둥치에서 몸을 떼고 떨어졌다. 낙하산을 타듯이 구르며 땅에 내렸다. 그는 일어서서 둥지를 쳐다보았다. 가쁜 숨을 쉬고 있었고 얼굴은 상기되어 있었다. 손바닥을 들여다보니 마치 식어가는 불쏘시개가 검댕 속에서 불그스레하게 보이듯이 벗겨진 상처가 흙먼지 밑으로 내다보였다.

숲은 마찻길의 한편을 따라 있는 산사나무 생울타리에서 끝이 나있었다. 마찻길 건너 과수원 너머에 수도원 농장이 있었고, 그 옆에는 수도원의 폐허와 담이 하나 남아있었다. 빌리는 생울타리 아래를 따라 빠져나갈 길을 찾으며 걸었다. 구멍을 하나 찾아냈다. 그가 기어나갈 때 매 한마리가 수도원 담에서 날아 나와서 들을 가로질러 농장 뒤쪽으로 선회해 갔다. 빌리는 무릎을 꿇고 그것을 지켜보았다. 눈을 두번 깜빡일 동안에 그것은 저 멀리 한 점이 되었다. 그러고는 휘돌아서 돌아오기 시작했다. 빌리는 그것이 담의 면을 가로질러 마찻길로 미끄러져 올 때까지 꼼짝도 하지 않았다. 과수원 중간쯤에서 그것은 얕은 호를 그리며 위쪽으로 미끄러지듯 올라가 마찻길 옆 전신주에 매끈하게 내려앉았다. 매는 주위를 둘러보고 깃털을 부스스 일으켰다가 등 위로 날개를 포개고는 자리를 잡았다. 빌리는 그것이 몸을 돌리기를 기다리며 내내 지켜보면서 조심스럽게 생울타리 바닥에 몸을 펴고 누웠다. 매는 긴장하고 몸을 곧게 일으켰다. 그리고 수도원 저쪽 먼 곳을 바라보았다. 빌리도 같은 쪽을 바라보았다. 하늘은 맑았다. 까치 한쌍이 과수원에서 날아올라 숲으로 날아갔다. 그것들은 빠른 날갯짓으로 간신히 몸이 공중에 뜰 수 있는 것 같았다. 그것들은 가까이 있는 나무에 자리를 잡고 깍깍거리기 시작했다. 그 소리의 한토막 한토막이 축구공이 털털거리며 구르는 소리처럼 들렸다. 매는 그것들을 무시하고 먼 곳을 계속 바라보고 있었다. 하늘은 아직 맑았다. 그러자 점 하나가 수평선 위에 나타났다. 그것은 별처럼 머물러 있다가는 떨어져 사라졌다. 없어졌다. 잠시 후에 지평선 위 더 멀리에 나타났다. 사라졌다가 나타났다가 어떤 때는 하늘 속의 한 점에 불과했다. 빌리는 눈을 가늘게 뜨고 눈을 비볐다. 전신주 위의 매는 꼼짝 않고 멋지게 앉아있었다. 점은 천천히 커져서 매의 모습이 되더니 농장 주위의 들을 맴돌며 살폈다.

매는 공중에서 멈춘 채 내려다보았다. 날개깃은 공기의 흐름을 잡으려고 떨렸고, 꼬리는 펼쳐서 땅을 향해 기울고 공중에 머물러 있었다. 그러고는 날개를 모으고 몇야드 옆으로 미끄러지더니 날개를 저으며 다시 날기 시작했다. 이번에는 꾸준히 날다가는 조금씩 수직으로 떨어지고 하다가, 이윽고 날개를 접고 담 뒤로 쏜살같이 내려갔다. 노획물을 발로 단단히 움켜잡고 솟아올라서 재빨리 들을 가로질러 날아왔다. 전신주 위에서 경계하고 있던 매는 소리를 지르며 제 짝을 만나러 날아갔다. 그것들은 둘 사이의 거리가 가까워지는 대로 계속해서 소리를 질렀는데, 만나서 노획물을 옮겨 받을 때 절정에 도달했다. 수컷은 숲 너머로 사라졌다. 매는 높이 솟아올라 수도원 담의 한 구멍 속으로 날아 들어갔다. 빌리는 그 장소를 눈여겨 보아두었다. 몇초 후에 매는 다시 나타나서 들 위로 날아갔다가 넓은 호를 그리며 전신주 위로 돌아왔다.

빌리는 편하게 자리를 잡았다. 그 앞의 수도원 폐허에는 참새와 찌르레기들이 들끓었다. 제비들이 폐허와 농장의 주위를 지지배배거리며 날아다녔고, 한쌍은 과수원 나무들 사이를 날았다. 앞선 놈이 너무 빠르게 이리저리 몸을 움직이며 날아서 뒤쫓는 놈이 그렇게 가까이 따라가는 것은 불가능한 것 같았다.

담이 제 그림자를 농가 위로 던지고, 집 뒤 뜰에서 개 한마리가 짖었다. 두 남자가 서로 외쳐 부르고 한 아이가 큰 소리로 웃었다.

빌리는 풀줄기 하나를 골라 나뭇잎들 뒤로부터 조심스레 뽑아올렸다. 줄기 밑부분에서 초록색이 엷어져 흰빛이 되어있었다. 빌리는 색이 옅은 쪽을 이 사이에 넣고 잘근잘근 씹어서 빨기 시작했다. 매가 고개를 돌려 마찻길 위쪽을 바라보더니 소리없이 전신주를 떠나 반대편으로 날아갔다.

한 남자가 마찻길의 굽어진 곳을 돌아 나타났다. 빌리는 가만히 누워있었다. 그는 다가오면서 자갈을 하나 굴려서 옆발질로 길을 따라 멋지게 차 보내었다. 자갈은 딱딱한 이랑을 건너 튀어서 생울타리 아래로 사라졌다. 남자는 미소를 짓고 휘파람을 불며 지나갔다.

빌리는 팔베개를 하고 눈을 감았다. 그가 깨어났을 때 매는 전신주 위에 돌아와 있었고, 해는 농장 바로 위에 있었다. 그는 하품을 하고 발가락을 뻗치고 나무둥치에 손을 버티고 힘껏 기지개를 켰다. 매는 휘둘러보고 그가 생울타리의 구멍으로 머리를 내밀자마자 날아갔다. 빌리는 매가 가는 것을 지켜보고, 길을 건너 담을 기어올라 과수원으로 들어섰다. 그가 폐허에 거의 도달했을 때 농가 앞에서 놀고 있던 어린 소녀가 그를 보았다. 아이는 뜰로 뛰어 돌아가더니 아버지와 함께 돌아왔다.

"야! 뭐하니?"

빌리는 걸음을 멈추고 숲 쪽을 힐끗 돌아보았다.

"아무것도 안해요."

"그럼 썩 나가. 여기가 사유지인 줄 모르냐?"

"저기 매 둥지에 올라가도 돼요?"

"무슨 매 둥지?"

빌리는 수도원 담을 가리켰다.

"저 담 위에요."

"거긴 둥지가 없어. 그러니까 썩 가라구."

"있어요. 날아 들어가는 걸 봤어요."

농부는 폐허 쪽으로 걷기 시작했다. 어린 소녀는 그를 따라 오느라 달음질을 했다. 그리고 빌리는 그들 사이에 내내 같은 간격을 유지하며 물러났다.

"그래, 올라가선 어떡할 셈이야. 알을 몽땅 꺼내가려구?"

"알은 없어요. 새끼들이라구요."

"그럼 올라갈 이유가 없잖아, 안 그래?"

"좀 보고 싶어서 그래요. 그뿐이에요."

"그래? 저길 기어올라가려다간 목이 부러지고 말걸."

"그럼 그 밑에 가서 볼 수 있어요?"

농부는 담 밑에 서서 그를 건너다보았다.

"보게 해주세요, 아저씨. 매 둥지를 찾은 건 첨이에요."

"와봐, 그럼."

빌리는 싱긋 웃고 과수원 가장자리를 따라 달렸다. 농부 있는 곳에 닿자마자 그는 담 위를 가리켰다. 손가락으로 확실히 한 점을 가리키면서.

"저기예요. 보세요. 저 창문 옆의 저 구멍이오."

농부는 그를 흘깃 내려다보고 웃음을 띠었다.

"알고 있어. 거기 둥지를 튼 지가 꽤 오래됐어."

"세상에! 전 전혀 몰랐다구요."

"아는 사람이 별로 없지."

"거기 올라가보셨어요?"

"아니, 그렇게 높은 데까지 기어올라가는 건 생각도 안해봤다."

"저쪽 숲 속에서 지켜보고 있었어요. 보셨으면 좋았을 텐데. 한 놈은 저기 전신주 위에 되게 오래 앉아있었어요."

그는 몸을 돌려 전신주를 가리켰다.

"전 바로 그 밑에 있었어요. 그러고는 수놈도 봤어요. 굉장히 먼 데서 와서는 공중을 맴돌았어요. 바로 저 위에요."

빌리는 팔을 뻗어 손을 펄럭거리며 떠서 나는 시늉을 했다.

"그러더니 저 담 뒤로 다이빙해 들어가더니 발에 뭘 잡아가지고 올라왔어요. 보셨으면 좋았을걸. 아저씨, 멋졌다고요."

농부는 웃고 자기 바지 자락을 붙잡고서 바로 뒤에 서있는 어린 소녀의 머리칼을 헝클었다.

"우린 매일 본단다. 안 그러냐, 얘야?"

"맨날 저 전봇대에 앉아요. 그치, 아빠?"

"저도 날마다 볼 수 있음 좋겠어요."

빌리는 담의 앞면을 살펴보았다. 그가 오래 말이 없자 농부와 소녀도 그와 함께 쳐다보았다. 표면은 얽은 자국이 있는 화강암과 푹 패인 사암이 뒤섞여 올라가 있었다. 한군데씩 빠져나갔고 그 빈 데를 벽돌로 채워넣었는데, 그것도 삭아서 빠져나가 있었다. 구멍과 돌들 사이 석고가 부서져나간 틈에 이끼와 풀이 자라있었고 새들이 둥지를 틀어놓고 있었다.

"벌써 몇년째 이걸 무너뜨리려고 하고 있지."

"뭣 땜에요?"

"위험하니까. 난 딸애를 이 가까이에선 놀지 못하게 해."

농부는 뒤쪽으로 손을 내밀었다. 아무것도 안 잡히니까 돌아보았다. 어린 소녀는 폐허에서 돌에서 돌로 건너뛰기를 하고 있었다.

"누가 올라가본 일이 있어요?"

"내가 알기론 없다."

"나라면 올라갈 수 있어요."

"그렇지만 내가 그럴 기회를 안 주겠어."

"전 여기 산다면 새끼를 잡아서 훈련을 시키겠어요."

"아, 그래?"

그 묻는 듯한 어조 때문에 빌리는 그를 쳐다보았다.

"훈련시킬 수 있어요."

"어떻게 훈련시키는데?"

빌리는 농부의 시선을 마주하고 있다가, 아랫입술을 깨물면서 눈길을 돌렸다. 그는 한동안 운동화에 집중하고 있다가 재빨리 고개를 들고 쳐다보았다.

"아저씬 알아요?"

"아니, 그런 거 아는 사람 별로 없어."

"그런 거 어디서 배울 수 있어요?"

"그래서 내가 아무도 가까이 오지 못하게 하는 거야. 잘 돌보지 못하면 범죄야."

"매를 기르는 사람 누구 아세요?"

"한두 사람 알지. 그렇지만 늘 날려 보내고 말더라. 어떻게 할 수가 없어서 말야. 매들은 다른 새처럼 길이 들지 않는 모양이야."

"그럼 어디서 배울 수 있어요?"

"모르지. 아마 책에 있겠지. 매 다루는 법에 관한 책이 있을 거야."

"도서관에 있을까요?"

"시립도서관에 있을 게야. 거기엔 온갖 책이 다 있어."

"그럼 전 가요. 안녕히 계세요, 아저씨."

빌리는 들을 가로질러 자기가 오던 길로 되돌아 달려갔다.

"얘!"

"왜요?"

"문으로 가거라! 저 담을 타넘다간 무너뜨릴 거야!"

빌리는 방향을 바꾸어 처음 가던 방향과는 직각으로 담 옆을 따라서 달렸다.

ᘓ

"매에 관한 책이 있나요?"

카운터 뒤의 젊은 여성은 쟁반 위 색색의 표딱지들을 분류하고 있다가 고개를 들었다.

"매?"

"매 다루는 법에 대한 책을 보려고요."

"잘 모르겠다. '조류학'에서 찾아보지 그러니?"

"그게 뭔데요?"

"동물학 항목에 있어."

그녀는 책상 위로 몸을 기울여 서가 사이의 한 골목을 가리켰다. 그러다 멈추고 빌리를 훑어보았다.

"너 회원이니?"

"무슨 말이세요, 회원이라니?"

"도서관 회원 말이야."

빌리는 책상 위의 잉크패드에 손가락을 눌러 손가락 끝에 생긴 자줏빛 무늬를 들여다보았다.

"전 그런 건 몰라요. 그냥 매 다루는 법 책을 하나 빌리려는 것뿐이에요."

"회원이 아니면 책을 빌릴 수 없어."

"하나만 보면 돼요."

"이 신청서를 썼니?"

그녀는 집게손가락에 침을 묻혀 푸른색 용지를 집어올렸다. 빌리는 고개를 저었다.

"그럼 넌 회원이 아니구나. 너 이 구역에 사니?"

"무슨 말이세요?"

"시(市) 말이다."

"아뇨, 전 밸리공영주택지에 살아요."

"거기도 이 구역에 속해있잖니?"

한 남자가 다가와서 책 두권을 카운터 위에 소리를 내며 내려놓았다. 여자는 곧 그의 시중을 들었다. 펼쳐서 도장 찍고 펼쳐서 도장 찍고. 카드들을 그의 표 사이에 밀어넣어 쟁반 위에 철을 했다. 남자는 책을 카운터 끝으로 잡아당겨 그것이 기울어질 때 붙잡았다. 그러고는 흔들리는 문을 어깨로 밀고 나갔다.

"그럼 인제 책 볼 수 있어요?"

"우선 이 종이를 집에 가져가서 아버지 서명을 받아와야 돼!"

그녀는 카운터 너머로 빌리에게 신청서 종이를 건네주었다. 그는 그것을 받아서 점선들과 빈칸들을 내려다보았다.

"아빤 집에 없어요."

"그럼 오실 때까지 기다려야겠구나."

"그런 식으로 없는 게 아네요. 집을 나갔다구요."

"아, 알겠다…. 그렇다면 너희 어머니가 서명을 하셔야겠구나."

"일하러 갔어요."

"집으로 돌아왔을 때 서명을 하실 수 있겠지, 그렇지?"

"알아요. 그렇지만 저녁때까진 안 돌아와요. 그리구 내일은 일요일이고요."

"바쁠 거 없지, 안 그래?"

"그렇게 오래 기다리고 싶지 않아요. 난 오늘 보고 싶어요."

"기다릴 수밖에 없겠는걸."

"보세요, 그냥 가서 있는지 보게만 해주세요. 저기 책상에 앉아서 읽을게요."

"그럴 순 없어. 넌 회원이 아니야."

"아무도 모를 거예요."

"규칙 위반이야."

"그렇게 해주세요. 그럼 월요일에 이 종이를 갖고 올게요."

"안돼! 집에 가서 신청서에 서명을 받아와."

그녀는 몸을 돌려 조그만 유리칸막이 방으로 들어갔다.

"저…"

빌리는 손짓으로 여자를 불러내었다.

"또 뭐?"

"책방이 어디 있어요?"

"아케이드 위쪽에 프라이어즈 책방이 있지. 거기가 제일 좋은 데야."

"아 네, 알아요."

빌리는 햇빛 속으로 나섰다. 사람들이 인도에 가득했다. 차도에는 자동차가 두개의 곧은 대열로 빽빽이 서서 경음기를 울리고 있었다. 빌리는 신청서 용지를 뭉쳐서 하수구 구멍에 떨어뜨렸다. 그것은 가로쇠에 튕겼다가 틈으로 떨어졌다. 그는 승용차와 버스 사이를 비집고 들어가, 차도의 중앙선을 따라 달려갔다. 창틀에 팔을 걸치고 있던 운전사들이 그가 지나칠 때 쳐다보았다. 한쪽 줄의 맨 앞의 차가 움직이기 시작했다. 빌리는 빠져나와서 다시 인도로 올라섰다.

그는 창에 진열된 것을 들여다보았다. 그리고 열려진 문간을 지나, 염가판 책들이 있는 그물선반 쪽으로 걸어갔다. 선반 주위를 걸으면서 그물선반을 반대쪽으로 돌리며, 책들과 철사 받침대 사이로 언뜻언뜻 보이는 서점 안을 살폈다. 네 벽에는 모두 책들이 들어차 있었다. 방 둘레에 염가판 책이 쌓인 책꽂이와 진열대들이 배열되어 있고 가운데에 돈서랍과 책 무더기들이 있는 탁자가 있었다. 몇사람이 책을 구경하고 있었고 한 젊은 남자가 책을 사고 있었다. 책방은 도서실처럼 조용했다.

그는 한쪽 구석에서 시작했다. 꼭대기 선반에서 시작하여 아래로, 위로, 아래로 칸을 따라 움직이며 흰 카드에 인쇄하여 선반 가장자리에 붙여놓은 항목을 훑어보았다. 공예 … 사전 … 종교 … 소설 … 원예 … 역사 … 운전 … 자연-동물, 한칸, 두칸, 조류, 조류, 조류. 《매 길들이기 안내서》. 빌리는 손을 뻗었다. 그 책은 책꽂이 중간에 단단히 끼어있었다. 그는 책등의 꼭대기를 눌러 책을 자신 쪽으로 기울여서 그것이 떨어지는 것을 잡았다. 그는 책을 열어 뒤에서 앞으로 주루룩 책장이 넘어가게 하면서 그림이나 도

표가 있는 곳에서는 멈추어 살펴보곤 했다. 번들거리는 종이로 된 책 겉장에서 새매 한마리가 쳐다보고 있었다. 빌리는 힐끗 둘러보았다. 남자 점원과 여자 점원 한사람은 손님의 시중을 들고 있었다. 다른 여자 점원은 그에게 등을 돌리고 책을 책꽂이에 꽂고 있었다. 다른 사람들은 모두 고개를 숙이고 있었다. 빌리는 그들에게 등을 돌리고 책을 재킷 안에 슬쩍 넣었다. 남자 점원과 여자 점원은 계속 손님들의 시중을 들고 있었다. 다른 여자 점원은 계속 책꽂이 정리를 하고 있었다. 빌리는 벽을 따라 계속해서 걸어서 문으로, 바깥 상가로 나왔다.

ꢀ

"읽지도 못하면서 그건 뭘 하려고 그래?"

쥬드가 빌리 어깨 너머로 손을 뻗어 손에서 책을 나꿔채갔다. 빌리는 부엌 계단에서 벌떡 일어나 거실로 그를 쫓아 달려갔다.

"돌려줘! 이리 줘!"

쥬드는 그를 밀어내며 책을 든 손을 내뻗은 채, 펄럭이면서 열렸다 닫혔다 하는 책의 제목을 읽으려고 고개를 기울였다.

"'매 길들이기'라구! 네가 매 길들이기를 뭘 알아?"

"돌려줘."

쥬드는 그를 긴 의자로 밀어내고는 천천히 책을 살펴보기 시작했다.

"《매 길들이기 안내서》라. 어디서 났어?"

"빌렸어."

"슬쩍했을 테지. 어디서 났냐구?"

"시내 책방에서."

"너 돌았구나."

"무슨 소리야?"

"책을 슬쩍하구."

그는 그림을 들여다보았다. 그러고는 탁 덮었다.

"돈이라면 또 몰라. 웃기는 새끼야."

그는 책을 방 저쪽으로 휙 던졌다. 겉장이 펄럭이며 열렸다. 빌리는 그것을 움켜잡자 책장들을 펴고 매만졌다.

"니가 어쨌나 좀 봐! 난 이 책을 잘 간수할 거란 말야."

빌리는 구겨진 쪽들을 펴고 겉장을 덮어 단단히 눌렀다.

"누가 봤으면 보물이나 되는 줄 알겠다."

"아주 멋져! 오후 내내 읽고 있었어. 벌써 반쯤 읽었는걸."

"그래, 다 읽고 나면 무슨 수가 나냐?"

"나지. 매 새끼를 구해서 훈련을 시킬 거야."

"훈련을 시켜! 벼룩 한마리도 훈련시키지 못할걸!"

쥬드는 웃어대었다. 입을 벌리고 고개는 젖히고. 웃음이라기보다 으르렁거림에 더 가까웠다.

"어쨌든, 어디서 매를 구할 거야?"

"둥지를 알아."

"모르면서."

"그래, 모른다고 해둬."

"어디야?"

"말 안할 거야."

"어디냐잖아?"

그는 긴 의자로 달려와서 빌리 위에 걸터앉아 얼굴을 방석에 밀어붙이고 한 팔을 등 뒤로 꺾어 올렸다.

"어디냐고 했어."

"놔줘, 쥬드. 팔 뿌러져!"

"어디냔 말야?"

"수도원 농장."

쥬드는 팔을 놓고 일어서면서 빌리의 머리를 쥐어박았다.

빌리는 뺨의 눈물을 닦아내며 팔을 문지르며 일어나 앉았다.

"바보자식, 팔이 뿌러질 뻔했어."

"총을 갖고 거길 가봐야겠는걸."

"그럼 농부한테 이를 거야."

"농부가 무슨 상관이게?"

"매를 지킨다구."

"매를 지켜! 웃기는 소리 마! 매는 농부들한텐 두통거리야, 닭 같은 걸 다 잡아먹는다구."

"맞아. 소한테 달려들어서 잡아가고 그러지."

"웃기는 새끼."

"니가 멍청한 소릴 했잖아. 매가 얼마나 크다고 생각하는 거야? 새매는 생쥐나 벌레나 가끔 작은 새나 먹는다구."

"너 뭘 좀 안다 싶은 모양이구나?"

"너보단 더 알지 뭐, 적어도."

"그렇기도 할 거야. 넌 그 거지 같은 숲에서 살다시피 하니까. 니가 야만인이 안되는 게 이상하다."

그는 혀를 아랫입술 밑에 쑤셔넣고 툴툴거리면서 겨드랑이를 긁어 보였다. 그러고는 씩 웃으며 몸을 세웠다.

"빌리 카스퍼! 숲의 야만인! 널 우리에다 가둬야겠구나. 떼돈을 벌겠지."

빌리는 긴 의자 위에 올라가서 양팔을 수평으로 들고 짧고 힘찬 동작으로 날갯짓을 했다.

"너도 오늘 그놈들을 봤어야 되는데. 번개같이 날아가더라구!"

그는 팔을 가만히 멈추고 몸통을 수평으로 굽혀 팔이 각을 이루게 했다.

"그놈들을 지켜보면서 몇시간이나 누워있었어. 세상에서 제일 멋진 놈들이야."

쥬드는 넥타이를 매느라고 턱을 쳐들고 목을 쭉 빼고 거울 속으로 그를 지켜보았다.

"오늘 밤엔 내가 새구경을 하며 누워있을 참인데. 하지만 이 새는 깃털을 달고 있진 않을 거야. 어쨌든 온몸에는 아니지."

그는 혼자서 싱긋 웃고 옷깃을 접어 넥타이의 뒷부분을 덮었다.

"봤으면 좋았을 거야, 쥬드."

"우선 몇잔 마시고 —"

"그리고 한놈이 다이빙해 내려오는 걸 봤어야 되는데."

"그러곤 똑바로 리시움으로 건너가는 거지."

"담 뒤로 똑바로 떨어져 내려왔다구. 슈욱!"

빌리는 손가락을 벌려 구부리고 똑바로 긴 의자 위로 뛰어내렸다. 카스퍼 부인이 자기자신을 내려다보며 스웨터의 주름을 쓰다듬어 펴면서 현관참에서 들어왔다. 손바닥으로 앞을 쓸어내릴 때마다 그녀의 젖가슴이 옷 아래에서 출렁거렸다.

"이 시끄러운 놈들아. 저 너머에서도 너희들 소리가 들릴 거다. 뭣 때문에 걜 악을 쓰게 했니, 쥬드?"

"건드리지도 않았어요."

"안 건드리기도 했겠다! 내 팔을 뿌러뜨릴 뻔했어요. 그뿐이라고요."

"다음번엔 모가지를 뿌러뜨릴 테야."

"아유, 닥쳐. 둘 다."

"저건 커다란 애기라구."

"그리구 넌 커다란 깡패지."

"닥치랬잖아."

그녀는 아이들 사이에 서서 이쪽저쪽을 번갈아 보았다. 그러고는 화덕 쪽으로 가서 거울을 들여다보았다.

"저녁은 좀 먹었니, 빌리?"

"아니오."

"그럼 좀 먹어라. 어디 있는지 알잖아."

"책 보느라 바빠서 먹을 새도 없대요."

"말들은 오늘 어떠냐, 쥬드?"

"괜찮아요. 두배 된 것도 있어요."

"얼만데?"

"충분해요."

"그럼 오늘 저녁에 우리한테 한턱 낼 거냐?"

"저녁마다 누가 엄마한테 한턱 내잖아요."

"정말 그렇다면 근사하겠다. 비켜, 빌리."

그녀는 빌리를 긴 의자 앞으로 잡아당기고 그의 뒤에서 방석을 하나 끌어내었다. 그 밑에는 스타킹 한켤레가 책갈피에 끼워둔 꽃처럼 납작해져 있었다. 그것을 그녀는 창문을 향해 쳐들고 아래위로 살펴보고는 한쪽 발을 긴 의자에 올리고 끼워 말아 올리기 시작했다.

"그럼 오늘 밤에 어딜 가니, 쥬드. 특별한 데라도 가니?"

"가던 데지요, 뭐."

"또 취해서 돌아오진 마라."

"왜요, 손님 접대를 할 건가요?"

"까불지 마."

"어쨌든 술 취해서 돌아오는 얘길 하려고 했잖아요."

"난 취해서 오는 일 없어."

"안 그러시겠죠."

"그래, 적어도 토요일 밤마다 취해서 온 집을 뒤집어놓진 않아."

"이 집은 아닌 모양이죠."

"그건 무슨 뜻이지?"

"토요일 밤마다 여기 오지는 않잖아요. 안 그래요?"

"내 구두 봤니, 빌리야?"

그녀는 둘러보았다. 의자와 식탁 밑을 그리고 무릎을 꿇고 긴 의자 밑을 더듬었다. 쥬드는 양복저고리를 꿰어 입고 거울을 통해 옆모습으로 자신에게 미소를 지으며 어깨를 폈다.

"어떤 새인지 오늘 밤 재수 좋겠다."

그는 앞머리를 부풀려 올리고 휘파람을 불며 걸어나갔다.

카스퍼 부인은 구두를 손에 들고 거꾸로 했다가 손가락에 침을 묻혀 뒤꿈치에 있는 흠을 지우려고 했다. 그러고는 구두에 입김을 불어 식탁보 가장자리로 문질렀다.

"구두약을 칠하면 좋을 텐데. 하지만 괜찮아, 곧 어두워질 테니까."

그녀는 구두를 신고서 다리 뒤쪽을 돌아보았다.

"이 스타킹 나간 데 없지, 빌리?"

빌리는 그녀의 다리를 바라보고 고개를 저었다.

"안 보여요."

"그럼 됐어. 오늘 밤 너 뭘 할 거니, 얘?"

"책 읽을 거예요."

"그거 좋구나. 무슨 책이지?"

"매 길들이기요. 난 새매 새끼를 갖다 훈련시킬 거예요."

"새매라구. 그게 뭐냐?"

"매 종류지 뭐겠어요?"

"어머나, 몇시지?"

"난 아래 헛간을 벌써 치워놨어요. 그리구 오렌지 상자로 조그만 둥지도 꾸며놨고…"

"십분 전 여덟시! 이크, 또 늦겠구나."

그녀는 현관참으로 달려가서 난간에 걸쳐있는 옷더미를 뒤지기 시작했다. 자기 코트가 나올 때까지 벗겨내어 던지면서.

"자, 2실링 여기 있어. 소다수랑 감자튀김이나 뭘 사 먹어."

그녀는 2실링짜리 플로린화를 벽난로 위 선반에 올려놓고 거울 속으로 자신에게 미소를 지었다.

"그리구 내가 올 때까지 깨있지 마."

그녀는 서둘러 부엌으로 나가 문을 쾅 닫고, 조용한 집을 뒤로 하고 가버렸다. 빌리는 책을 열었다. 읽던 자리를 손가락으로 짚고, 손가락이 행의 아래를 기어가는 데 따라 입술을 움직이며 단어들을 읽기 시작했다.

ꕤ

계단에서 나는 발소리를 듣자마자 빌리는 책을 베개 밑에 밀어 넣고 전등 스위치로 달려갔다. 발소리는 무거웠고, 올라오는 소리는 간간이 멈칫거렸다.

그러나 결국 발소리는 층계 꼭대기에 도달했고, 전등이 찰칵 켜지고 쥬드가 웅얼거리며 비틀비틀 침실로 들어섰다. 그는 침대 발치에서 멈추었다. 마치 바닥이 움직이고 있는 듯 연신 발을 바꾸어 디디면서.

"빌리, 너 자냐. 빌리?"

빌리는 얼굴을 이불 속에 감추고 가만히 누워있었다. 쥬드는 물러서서, 얼굴을 찡그리고 눈을 가늘게 뜨고서 보려고 애쓰면서 셔츠의 맨 위 단추를 더듬기 시작했다. 그의 가쁜 숨은 이 단순한 일에 요구되는 에너지의 양과는 전혀 걸맞지 않아서, 차라리 크로스컨트리 육상선수의 노력에 흡사했다. 그는 위의 두 단추를 어찌어찌 끄르고는 셔츠를 머리 위로 잡아당겨 단추가 채워진 소매에서 손을 뽑아내며 옷을 뒤집어놓았다. 그는 바지를 내려뜨리고 한 발을 들어올렸다. 몸을 숙이고 내려다보려다 곧 균형을 잃었고, 넘어지지 않기 위해 몇걸음 깡충깡충 뛰어 나아갔다. 벽이 그를 막아섰다. 그는 벽지에 있는 장미를 보고 이를 드러내 웃고 몸을 돌렸고, 머리로 장미를 덮어 가렸다.

"야 임마, 야."

그는 벽에 기대어 자기 발목에 엉켜있는 바지를 내려다보았다.

"빌리! 일어나, 빌리!"

그는 족쇄를 채운 사람 같은 모습으로 방을 건너갔다.

"빌리, 일어나!"

그는 침대 옆에 멈춰서 홑이불을 잡아당기려 했다.

빌리는 돌아누우며 홑이불을 놓치지 않으려 했다.

"놔, 쥬드. 자잖아."

"옷 벗는 거 도와조, 빌리. 취했어. 취해서 바질 못 버껫어."

그는 낄낄거리며 침대 위로 털썩 넘어졌다. 빌리는 그의 몸 밑에서 빠져나와 침대에서 내려섰다. 쥬드는 자기 자리로 몸을 웅크리고 눈을 감았다. 얼굴에는 멍청한 미소를 띠고 있었다.

"불 꺼, 빌리. 그리구 자."

빌리는 그를 바로 눕히고 구두를 벗겼다. 바지 아랫단을 뒤꿈치 너머로 벗기고 발 위로 잡아당겼다.

"이따위 짓, 지긋지긋해. 토요일 밤마다 똑같애!"

쥬드는 잠이 들었다. 코를 골며 입을 벌린 채.

"돼지가 코를 고는 것 같군…. 술 취한 돼지 … 술 취한 돼지 쥬드."

그는 쥬드의 입을 탁 닫아서 손가락으로 입술을 쥐고 있었다. 쥬드는 목에서 웅얼거리는 소리를 내더니, 고개를 흔들어 빼냈다. 눈꺼풀이 떨렸다.

"머야? 머야?"

"잠이나 자 … 돼지야 … 수퇘지 … 암퇘지 … 술 취한 개새끼 … 개새끼 소리 듣기 싫지. 안 그래, 이 개새끼야? 이 돼지야." (오른손으로 쥬드에게 주먹질을 하며) "수퇘지." (왼손으로) "암퇘지." (다시 오른손) "술 취한 개새끼." (한음절마다 주먹질 한번씩)

"돼지 수퇘지 암퇘지 술 취한 개애새끼.

돼지 수퇘지 암퇘지 술 취한 개애새끼."

느리게 침대 주위를 돌면서 치는 시늉을 하며 한걸음마다 연호하며.

"개애새끼, 개애새끼, 술 취한 돼애지.

개애새끼, 개애새끼, 술 취한 돼애지."

더 빨리 더 큰 소리로 침대를 돌면서.

"돼지 수퇘지 암퇘지, 술 취한 개새끼.

돼지 수퇘지 암퇘지, 술 취한 개새끼.

개새끼 개새끼 술 취한 돼지."

개새끼 개새끼 술 취한 … 퍽— 이미 치는 시늉을 하고 있던 터에 빌리의 주먹은 무심코 단단히 쥐어져서, 쥬드가 돌아눕는데 그 귀싸대기를 퍽 하고 갈겼다. 잠시, 쥬드 귀 위에 움켜진 주먹을 쳐든 채 빌리는 얼어붙어 있었다. 그러자 그 괴물이 투덜거리기 시작했다. 빌리는 의자에서 자기 옷을 잡아채어, 달려나가며 전등을 끄고 아래층으로 뛰어내려갔다. 부엌문의 자물쇠를 더듬을 때에는 서두른 나머지 손가락이 말을 듣지 않는 지경이었다. 손이 잘 움직이지 않자 빌리는 뒤를 흘깃 돌아보며 공포와 흥분으로 낮은 비명을 질렀다. 문이 열리자 그는 긴장을 풀고 계단에 멈춰서서 귀를 기울였다. 정적. 계속 정적. 그래서 그는 되돌아 들어가서 재킷과 운동화를 가져왔고, 달빛에 의지해 문간에서 천천히 옷을 입었다.

ꝏ

달은 거의 완전했다. 이지러지는 쪽의 원형이 흐트러진 것 외에는 윤곽이 선명했다. 하늘에는 구름이 없었다. 공기는 아직 훈훈했으나 그가 들에 도착했을 때는 보다 상쾌하고 날카로운 맛을 띠며 약간 선선해졌다. 달빛이 들을 밝히고 풀잎에 은빛 광택을 주고 있었으며, 암소의 얼룩덜룩한 가죽이 이 은색의 빛 속에서 분명하게 보였다. 숲은 들 저편에 좁고 검은 띠를 이루고 있었는데, 빌리가 다가감에 따라 점점 커져서 이윽고 그의 앞에 장막이 되어 펼쳐졌고, 장막의 꼭대기는 바로 위에 있는 별들에 닿아있는 것처럼 보였다.

그는 숲과 통하는 층계문에 기어올라 숲 속을 들여다보았다. 오솔길의 양편은 어두웠으나 길 바로 위로는 나뭇잎들이 엷어서 달빛이 뚫고 들어와 길을 밝히고 있었다. 빌리는 층계문에서 내려서서 숲으로 들어섰다. 오솔길 양편의 나무둥치와 가지들은 어두운 내부로 통하는 층계가 있는 문간의 문틀 같았다. 그는 좌우를 흘낏흘낏 돌아보며 서둘러 지나쳐 갔다. 왼편에서 무엇이 버스럭거렸다. 그는 오른편으로 물러서서, 달리기 시작했다. 그의 발소리와 숨 헐떡이는 소리가 숲 속으로 멀리까지 스며들어갔다. 우 — 후 — 우 — 후우. 우 — 후 — 우 — 후우. 그는 멈춰서서 귀를 기울였다. 자신의 호흡을 가누려 애를 쓰며. 우 — 후 — 우 — 후우. 저 앞 어디에선가 기다란 떨림이 나무들 사이로 내뿜어져 되돌아왔다. 빌리는 손을 깍지 끼고 엄지손가락을 마주 대고 그 사이 빈틈으로 숨을 불었다. 공기가 빠져나가는 소리만 났다. 그는 입술을 축이고 다시 불어서 휘익 하는 소리를 내었는데, 곧 그것을 후우 하는 소리로 만들어 드높게 올빼미 울음소리를 흉내 내었다. 그는 귀를 기울였다. 아무 반응이 없었다. 그래서 그는 다시 했다. 이번에는 더 부드럽고 더 떨리는 소리가 되도록 입김을 울림통에 떨듯이 불어넣었다. 그러자 마치 나팔 소리처럼 맑고 깨끗하게 소리가 났다. 그의 부름에 당장 응답이 왔다. 빌리는 싱긋 웃고 다시 답을 했다. 그는 다시 걷기 시작했고, 숲을 통과하며 남은 거리 내내 올빼미와 교신을 했다.

농가는 어둠 속에 있었다. 빌리는 조심스레 담을 넘어 과수원에 들어서서 폐허 쪽으로 몸을 굽히고 달렸다. 그는 담에서 물러서서 그것을 올려다보았다. 달이 담을 비추고 있었고, 돌 하나마다 튀어나온 부분을 드러내었고, 그 사이의 틈과 빈 곳에 그늘을 지우고 있었다. 빌리는 타고 오를 곳을 골랐다. 발디딤을 찾고, 손 버틸 곳을 찾고 그리고 기어오르기 시작했다. 아주 느리게 그리고 아주 조심스레. 버틸 것마다 거기에 체중을 싣기 전에 철저히 시험을 해보면서. 손가락이 빈틈을 찾으면 마치 흔들리는 이빨을 찾듯이 주변의 돌들을 하나씩 잡아당겨보았다. 돌이 하나라도 움직이면 그는 다시 다른 곳을 더듬어 찾았다. 만족스런 것을 찾을 때까지 꼼짝 않고서. 천천히. 손, 발, 손, 발. 몸을 절대로 펴지 않고, 결코 급하게 움직이지 않고. 순간순간 치밀성과 균형을 유지하며. 때로는 벌어진 돌틈을 움켜잡기도 하고, 때로는 다른 길을 찾으려 이미 올라왔던 길을 되짚어 내려오기도 하면서 — 그러나 꾸준히 위로, 가장 높은 곳에 나있는 창구멍을 향하여 구불구불 돌아 올라갔다.

기어올라가면서 그의 손과 발이 석고와 돌 부스러기를 떨어뜨렸고, 새들이 둥지 구멍에서 날아서 나오면서 그의 손가락을 스치기도 했다. 때때로 작은 돌이나 석고덩이가 떨어지기도 했는데, 빌리는 이런 일이 생겼다고 느꼈을 때는 그것이 떨어지는 동안 그리고 그것이 땅에 떨어진 후에도 한참 동안 멈추어 있곤 했다.

그러나 아무런 기척도 없었다. 그는 창구멍에 다다라 왼팔을 돌로 된 창턱에 걸쳤다. 그는 돌을 탁 치고 창턱 저쪽의 구멍을 향해 쉬 쉬 소리를 내었다. 아무 일도 일어나지 않았다. 그래서 그는 창턱에 올라 걸터앉아 둥지 쪽으로 더듬어 갔다. 들여다보았으나 아무것도 보이지 않았다. 그래서 창턱에 배를 납작 붙이고 구멍 속을 더듬었다. 몸을 꿈틀거려 뻗고서 팔을 더 깊이 밀어넣었다. 그는 이리저리 더듬다가 버둥거리는 매 새끼를 하나 움켜쥐고 손을 꺼냈다. 그리고 일어나 앉아 새를 손에 가두었다가 재킷 안쪽의 커다란 주머니에 조심스레 넣었다. 다섯번 구멍 속을 더듬어서 번번이 어린 매를 한마리씩 꺼냈다. 어떤 놈은 다른 것보다 조금 컸고 어떤 놈은 깃털이 더 나서 머리와 잔등에 솜털이 더 적었다. 그러나 모두 다 헐떡이며 주둥이를 벌리고 다리로 공중을 휘저으면서 들려 나왔다.

둥지를 다 비우자 그 과정을 거꾸로 되밟았다 — 주머니에 손을 넣어 매 새끼를 꺼내어 한 손에 들고 다른 놈과 견주어보면서 하나씩 매 새끼를 다시 둥지 속에 가져다 놓았다. 깃털이 제일 많이 나고 머리 위에 솜털이 조금만 남은 것 하나만 남겼다. 그는 그것을 다시 주머니 속에 내려놓고, 달빛이 비추이게 손을 쳐들었다. 손등과 손바닥이 모두 마치 아가위나무 생울타리라도 뒤진 것처럼 긁히고 피가 나고 있었다.

그는 담 아래에 도달하자 재킷을 벌리고 주머니 안에 대고 혀 차는 소리를 냈다. 주머니 바닥 쪽의 묵직한 것이 조금 움직였다. 그는 한 손을 그 밑에 받치고 과수원을 가로질러 돌아오기 시작했다. 담을 넘고 나자 그는 휘파람을 불기 시작했고, 집으로 오면서 내내 휘파람을 불고 콧노래를 했다 …

ଓ

… 빌리가 너무나 꼼짝 않고 서있어서 매는 그에게 흥미를 잃었고, 선반으로부터 헛간 뒤쪽의 횃대로 날아갔다. 그는 얼굴을 살창 가까이 대고 매를 마지막으로 한번 바라보고, 돌아서서 길을 걸어 올라가 공영주택지를 가로질러 학교로 갔다.

앤더슨?	네!	/
아미티지?	네!	/
브리지스?	결석이요.	○
카스퍼?	네!	/
엘리스?	예!	/
피셔?	저먼 바이트.	/

크로슬리 선생은 볼펜을 멈칫했다. 너무 늦었다. 검은 선이 네모진 칸에 비스듬히 그어져버렸다. 그는 천천히 학급을 향해 얼굴을 들었다. 소년들은 모두 빌리를 바라보고 있었다.

"무슨 소리야?"

"카스퍼예요, 선생님."

"뭐라고 했니, 카스퍼?"

"네, 선생님. 저는…."

"일어나!"

빌리는 일어섰다, 빨개져서. 소년들은 그를 쳐다보았다. 싱글거리고 웃으며, 잔뜩 기대감에 차서 걸상에 기대앉았다.

"그래, 카스퍼. 뭐라고 했지?"

"저먼 바이트라고 했습니다."

빌리를 뺀 나머지 학급은 웃음을 터뜨렸다. 몇은 관자놀이에 손가락을 대고 돌리며 빌리 쪽으로 고개를 까딱였다.

"저 녀석 돌았어요, 선생님!"

"대책이 없어요!"

"조용히."

조용해졌다.

"네 딴에는 그걸 농담이라고 한 거냐, 카스퍼?"

"아닙니다."

"그래, 그럼 무슨 생각이었지?"

"모르겠어요. 선생님께서 피셔라고 하셨을 때 그냥 나왔어요. 피셔 — 저먼 바이트. 출항예보예요, 선생님. 피셔 다음에 저먼 바이트가 와요. 피셔, 저먼 바이트, 크로마티 — 전 그걸 다 외요. 밤마다 듣거든요. 그거 듣는 걸 좋아해요."

"그래서 넌 나와 학급에 그 바보 같은 지식을 알려주겠다고 생각했니?"

"아닙니다."

"불쑥 소리를 질러 내 출석부를 망쳐놓고."

"그냥 나와버렸어요."

"너도 그렇다, 카스퍼. 돌 밑에서 그냥 튀어나왔지."

교실에는 다시 웃음이 터졌다. 고개를 젖히며 의자를 뒤로 밀고 책상 뚜껑을 쾅 덮고 손이 닿는 아무나의 등이며 팔을 때리며. 그

농담을 소동을 부릴 핑계로 삼았다.

"조용히 해! 조용하란 말야."

그의 눈초리가 학급을 훑어보면서 각각의 얼굴에서 소리를 죽였다. 종이 울렸다. 크로슬리는 빌리를 주시하고 있었다, 종이 울리는 동안 계속, 그리고 종이 그친 뒤에도 한동안.

"또 내놓을만한 주옥같은 지혜가 있나, 카스퍼?"

"아닙니다."

"그럼 앉아!"

빌리는 앉으면서 자리에서 몸을 미끄러뜨려 머리카락이 걸상 등받이의 첫째 가로막대에 쓸릴 때까지 내려가 기대었다. 크로슬리는 볼펜을 낚시의 찌처럼 수직으로 세워서 다시 출석부로 가져갔다. 교실 밖 복도는 강당으로 가는 아이들로 가득했다.

"브리지스와 피셔 외에 결석생 있나?"

조사하는 동안 침묵.

"없습니다."

"좋아. 이제 가거라. 한번에 한줄씩."

소년들은 느릿느릿 문 쪽으로 나아갔다. 그리고 문에서 한줄이 되어 복도의 큰 흐름에 끼어들었다.

"야, 카스퍼. 무슨 뜻이야, 독일놈이 깨문다니?"('저먼 바이트'는 '독일사람이 깨문다'라는 말과 소리가 같음 — 역주)

"야, 입 닥쳐."

크로슬리는 남은 '출석' 표시를 마저 했다. 그리고는 검정 볼펜을 빨간 것으로 바꾸어, 아주 조심스레, 출석부에 몸을 굽히고 피셔에 그어진 사선 표시를 동그라미로 고치려고 애를 썼다. 작은 네모 속에 덧칠을 하고 또 하여 결국은 이상하게 칠해진 달걀처럼 만들었고, 그것은 전체 격자무늬에서 초점이 되었다.

ഋ

"찬송가 175번, '아침마다 새로운 사랑'."

짙은 청색의 찬송가 책 겉장은 아이들 옷의 짙은 빛깔을 배경으로 별로 눈에 띄지 않더니, 책을 펼쳐 페이지를 넘기자 온 강당에 하얗게 피어났다. 책장을 넘기는 소리는 점점 커가는 기침과 목을 고르는 소리에 천천히 잠겨버렸다. 이윽고 독경대 뒤에 서있던 그라이스 선생이 분통이 터져 지휘봉을 쳐들고는 독경대를 내리치기 시작했다.

"그 지긋지긋한 기침 좀 그쳐!"

지휘봉을 내리치는 모습과 소리에 소음이 멈추었고, 소년들의 대열 뒤에 일정한 간격을 두고 배치되어 있던 선생들은 모두 강단을 쳐다보았다. 그라이스는 뒷발로 서있는 불독처럼 독경대 위로 몸을 기울이고 있었다.

"아침마다 똑같아! 찬송가 제목이 떨어지자마자 온통 기침을 해대니! 흠흠! 흠흠! 강당이 아니라 육상 경기장 같아!"

아 — 하는 소리는 강당 안을 울리고, 창문들을 때리고는 거기에 소리굽쇠 떨림처럼 머물러 있었다.

아무도 꼼짝하지 않았다. 발 하나도 소리를 내지 않았다. 책장

하나도 움직이지 않았다. 선생들은 엄숙하게 소년들의 줄 사이를 들여다보았다. 소년들은 모두 그라이스가 자기를 바라보고 있다고 확신하며 그를 쳐다보고 서있었다.

침묵이 짙어졌다. 소년들은 목젖을 삼키기 시작했고, 꼼짝 않고 있는 머리들에서 눈동자들만 이리저리 잽싸게 움직였다. 선생들은 서로 흘긋거리다 곁눈으로 강단을 쳐다보다 했다.

그때 한 소년이 기침을 했다.

"누가 그랬어?"

모두들 주위를 돌아본다.

"누가 그랬느냔 말야?"

선생들이 가까이 다가들었다. 폭동진압대처럼 경계태세를 갖추고.

"크로슬리 선생! 그 근처예요! 못 보셨소?"

크로슬리는 낯을 붉히고 공포에 찬 아이들을 밀치며 소년들 사이로 달려들어갔다.

"거기요, 크로슬리 선생! 거기서 났소! 그 주위요!"

크로슬리는 한 소년의 팔을 잡고 넓은 데로 확 끌어냈다.

"제가 아니에요. 선생님!"

"아니긴 뭐가 아냐."

"아니에요, 선생님. 정말예요!"

"우기지 마, 내가 봤어."

그라이스는 콧구멍으로 씩씩 숨을 내뿜으며 독경대 너머로 턱을 내밀었다.

"맥도월! 역시 너였구나! 내 방으로 가!"

크로슬리는 맥도윌을 강당에서 데리고 나갔다. 그라이스는 문의 흔들림이 멎길 기다려 지휘봉을 제자리에 놓고 전교생에게 말했다.

"좋아, 다시 해보자. 찬송가 175번."

반주자가 화음을 눌렀다. '조금 느리게'라고 책에 쓰여있었으나 이 지시를 전교생은 무시했다. 그들이 내는 박자는 몹시 느렸고, 가사는 지독히 단조롭게 흘러나왔다.

"아침마 — 다 새로 — 운 사랑 / 잠깨 — 어 일어나 — 며 느끼네. / 자 — 암과 암흑 속을 온전히 지나 / 새 — 생명과 궈 — 언세와 사고에로."

"중지."

반주자는 연주를 멈추었다. 소년들은 노래를 멈추었다.

"이 소음은 도대체 뭐냐? 도살장에서도 이보단 듣기 좋은 소리가 날 거야! 이건 기쁨의 찬송가야. 장송곡이 아니라구! 고개 들고, 책을 쳐들고, 입을 벌려. 노래를 하란 말야."

그라이스가 독경대를 돌아나와 강단의 가장자리에 서서 강당의 낮은 쪽을 내려다보자, 많은 학생들이 등을 곧게 세우고 고개를 들었다.

"제대로 안하면 본때를 보여주겠어."

그 말은 낮은 소리로 나왔지만, 그의 턱 밑에서 올려다보고 있는 작은 소년들뿐만 아니라 강당의 뒤쪽에 있는 큰 소년들에게도 다 들렸다.

"2절 — 돌아오는 날마다 새로운 자비."

그라이스는 퇴각했다. 그리고 남은 네절은 중단되지 않고 불려졌다. 2절은 큰 소리로, 3절과 4절에서 점점 작아져서 마지막 절은 다시 처음과 같은 단조로운 소리로 끝이 났다.

찬송가 책이 채 다 덮이지도 않고 노래의 마지막 가락이 아직 채 사라지기도 전에 강단 뒤쪽 커튼 뒤에서 한 소년이 걸어나왔다. 그리고 걸음을 멈추지도 않은 채 가슴에 바싹 붙여 들고 있는 성경을 읽기 시작했다.

"오늘아침성경봉독은마태복음십팔장…"

"더 크게, 그리고 입속에서 웅얼거리지 마."

"이 작은 미물도 비웃지 말라. 내가 이르노니 그들에게는 하늘에 수호천사가 있어 내 아버지 하느님의 얼굴을 늘 바라보고 있느니라. 한사람이 백마리의 양을 가지고 있고 그중 한마리가 길을 잃으면 그가 아흔아홉마리 양을 가슴에 남겨두고 길 잃은 한마리를 찾아가지 않겠느냐. 그리고 그것을 찾으면 내가 이르노니 그는 그 한마리를 길 잃지 않은 아흔아홉마리보다 더 기뻐하리라. 이 작은 미물이 길을 잃으면 너희 아버지 하느님이 그와 같으리라. 여기서 오늘 아침 성경봉독을 마칩니다."

그는 성경을 덮고 물러섰다. 그의 안도감은 보기에 딱할 지경이었다.

"이제 주기도문을 외겠습니다. 눈 감고 고개 숙이고."

빌리는 눈을 감았다. 그리고 가슴에다 대고 콧구멍으로 하품을 내보냈다.

"하늘에 계신 우리 아버지…"

ଓ

… 이름을 거룩하게 하옵시고. 그는 헛간 자물쇠를 열고 살짝 들어서서 뒤로 소리없이 문을 닫았다. 매는 헛간 뒤편 벽 사이에 버티어놓은 나뭇가지 위에 앉아있었다. 헛간에는 다른 부속물이라곤 두개의 선반뿐이었다. 하나는 문의 살창 뒤에 붙어있고 다른 하나는 벽 위에 높이 붙어있었다. 벽들과 천장은 희게 회칠이 되어있고, 바닥에는 마른 모래가 두텁게 깔려있었는데 횃대와 선반들 밑에는 더 두텁게 깔려있었다. 문에 달린 선반에는 두군데 마른 새똥이 눈에 띄었는데, 모두 두껍고 희었으며 가운데에 마치 타고 남은 성냥꼭지처럼 검게 뭉쳐진 새똥이 쌓여있었다.

빌리는 천천히 매에게 다가갔다 — 비스듬히 매를 향해 혀 차는 소리를 내고, 나지막이 "케스 케스 케스" 하고 부르면서. 매는 머리를 쳐들고 횃대를 따라서 자리를 옮겼다. 빌리는 승마용 가죽장갑을 낀 손으로 쇠고기 조각을 내밀었다. 매는 몸을 내밀어 부리로 고기를 물고 그의 장갑에서 떼어내려고 했다. 빌리는 고기를 엄지와 집게손가락으로 단단히 잡고 있었다. 매는 힘을 더 쓸 수 있도록 그의 주먹 위로 올라섰다. 그는 고기를 주었다. 그러고는 매의 다리 뒤쪽을 나무에 닿게 해서 매가 뒷걸음으로 횃대에 올라서도록 하여 횃대로 돌려보냈다. 그는 허리춤에 차고 있는 가죽주머니에 손을 넣어 고기를 또 한점 꺼내어 매에게 내밀었다 — 이번에는 매가 내미는 부리에 조금 못 미치는 위치에. 매는 머리를 쳐들고 약간 앞으로 기울 듯하다가 다시 균형을 잡고, 그리고 자신 없는 듯이 흘깃 둘러보았다. 마치 난생처음 상갑판에 올라간 사람처럼.

"이리 와, 케스. 와봐."

빌리는 가만히 서있었다. 매는 고기를 바라보고 그러고는 장갑 위로 뛰어올라 고기를 낚아챘다. 빌리는 미소를 짓고 그것을 질긴 고기로 바꿔놓았다. 그리고 매가 그것을 물어뜯느라 바쁜 동안 매의 발목에 달려있는 발목끈에다 회전고리를 달고, 발목끈을 장갑의 첫째와 둘째 손가락 사이로 밀어넣고, 가죽끈을 찾아 가방 속을 더듬었다. 매가 먹던 것에서 고개를 들었다. 빌리는 고깃점이 움직이도록 엄지와 검지를 비볐다. 그리고 매가 다시 고기에 정신을 팔자 가죽끈을 회전고리의 아래쪽 고리에 꿰어 반대편 끝에 있는 매듭이 고리에 걸리도록 끈을 모두 빼내었다. 그는 가죽끈을 장갑에 두번 감고, 끝을 새끼손가락에 동여매어 안전장치를 완성했다.

그는 문으로 걸어가 천천히 밀어 열었다. 매는 올려다보았다. 그리고 그가 환한 바깥으로 나서자 매의 눈은 커지는 것 같았고 몸은 깃털을 납작 붙이며 긴장했다. 매는 머리를 쑥 빼올렸다. 한번, 두번, 그러고는 급히 날개를 쳐서 옆으로 장갑으로부터 떨어져서 거꾸로 매달려서 날개를 치며 소리를 질렀다. 빌리는 매가 멈출 때까지 기다려 살그머니 새의 가슴 밑에 손을 대고 다시 장갑 위에 올려 앉혔다. 매는 다시 날갯짓을 했다. 그리고 다시 또 다시, 그리고 번번이 빌리는 매를 조심스레 바로 앉혔다. 드디어 매는 그대로 앉아있었다. 부리를 반쯤 벌리고 헐떡이며 주위를 휘둘러보면서.

"왜 그러니, 케스? 왜 그러는 거야? 누가 보면 한번도 밖에 나와보지 않은 줄 알겠다."

매는 깃털을 부스스 일으켰다가 고기를 향해 몸을 숙였다. 자기의 이상한 행동은 잊은 듯이.

빌리는 매를 데리고 마당을 걸어서 돌았다. 계속 조용하게 말을 하면서. 그리고 매의 반응을 지켜보면서 집 옆의 샛길을 돌아 앞문으로 다가갔다. 차가 한대 다가왔다. 매는 긴장했다. 자동차가 지나가는 것을 지켜보고 그러고 나서 차가 속력을 내어 가로를 달려 올라갈 때 다시 먹이를 먹기 시작했다. 건너편 보도에서 어린 소년이 세발자전거를 타고 좁은 원을 그리며 돌다가 고개를 들어 그들을 보고는 곧 방향을 돌려 인도를 벗어나 똑바로 건너왔다. 자전거가 보도의 턱을 덜컹 내려서자 양철로 된 바퀴덮개가 시끄러운 소리를 냈다. 빌리는 매가 성깔을 부릴지 몰라 아이에게서 멀리 떨어지게 했다. 그러나 매는 그 소리에도, 아이가 다가와 세발자전거를 이쪽 인도에 걸쳐놓는 것에도 주의를 기울이지 않았다.

"야아, 멋지다. 그게 뭐야?"

"뭐 같냐?"

"부엉이야?"

"이건 매야."

"어디서 났어?"

"찾았지."

"길들인 거야?"

"훈련을 받았지. 내가 훈련시켰어."

빌리는 자신을 가리키고 매를 바라보며 미소를 지었다.

"사납지 않아?"

"사나워."

"죽여서 잡아먹고 그래?"

"물론 그러지. 자전거 탄 꼬마들을 죽여."

아이는 웃었지만 표정은 긴장하고 있었다.

"아니지?"

"이놈이 지금 먹고 있는 게 뭘 거 같냐, 그럼?"

"고기 조각이지 뭐."

"이놈이 어제 잡은 꼬마의 다리야. 꼬마들을 잡으면 자전거 핸들에 앉아서 조각조각 찢는다구. 눈부터 빼먹고."

아이는 크롬으로 된 자전거 핸들을 내려다보고, 그것을 좌우로 흔들어 앞바퀴가 자동차 와이퍼가 만들어내는 것 같은 부채꼴을 그리게 했다.

"난 쓰다듬을 수 있어."

"안 건드리는 게 좋을걸."

"난 할 수 있다구."

"만지려고 하면 이놈이 손을 물어뜯을 거야."

아이는 세발자전거에 다리를 걸친 채 일어섰다. 그리고 천천히 한 손을 매 쪽으로 쳐들었다. 매는 먹이를 날개로 감싸고 비늘무늬가 있는 노란 다리를 박차고 소리를 지르며 발톱으로 그 손을 할퀴려고 했다. 아이는 너무나 급히 손을 웅크렸고, 그 여력으로 온몸이 세발자전거 너머로 땅에 넘어져버렸다. 아이는 급히 일어나, 매처럼 큰 눈을 하고, 자전거를 타고는, 보도 아래편으로 날아갔다. 페달을 밟는 아이의 다리가 꿀벌의 날개처럼 빠르게 움직였다.

빌리는 아이가 가는 것을 지켜보고 문을 열고 길을 걸어올라갔다. 꼭대기에서 길을 건너서 저쪽 길의 막다른 데까지 걸어내려갔다가 돌아서 자기 집으로 다시 올라왔다. 길에서는 내내 사람들이 쳐다보았다. 어떤 사람은 가까이 보려고 길을 건너오기도 하고 어떤 사람은 뒤돌아보기도 했다. 그리고 매는 사람들의 동작마다 경계를 하며 사람들이 고개를 돌리고 지나갈 때까지 그들을 빤히 마주 바라보곤 했다.

ꝏ

"카스퍼, 카스퍼!" 빌리는 눈을 떴다. 학생들은 모두 바닥에 앉아서 킬킬대며 그를 올려다보고 있었다. 빌리는 힐끗 둘러보았다. 그러고는 낯을 붉히고, 트럼프 카드로 만든 집이 무너지듯 재빨리 주저앉았다.

"일어나, 카스퍼! 일어서!"

잠시 주저하다가 빌리는 일어섰다. 그가 다시 시야에 들어오자 흥분의 웅얼거림이 일어났다.

"조용히 해 — 같이 일어서고 싶지 않거든."

그라이스는 빌리를 침묵 속에, 고개를 숙이고 화끈거리는 얼굴을 가슴에 묻고 서있게 두었다.

"고개를 쳐들어. 그러지 않으면 또 잠이 들 테니까!"

빌리는 얼굴을 들었다. 땀방울이 이마와 코 옆에 맺혀있었다.

"자고 있었지? … 엉? 대답해!"

"모르겠습니다."

"나는 안다. 넌 선 채로 쿨쿨 자고 있었어, 안 그래?"

"그렇습니다."

"주기도문을 외는 동안 잠을 자다니! 매맛을 보여주겠어, 못된 놈 같으니!"

그는 독경대 옆면을 두번이나 두드렸다.

"피곤했었나?"

"모르겠습니다."

"몰라? 밤새도록 나쁜 짓이나 하며 길거리를 싸돌아다니는 대신 잠을 잤으면 피곤하지 않을 테지!"

"네, 선생님."

"아니면, 새벽까지 쓸데없는 텔레비전 프로를 봤겠지. 조회 끝나고 바로 내 방으로 와. 나한테 혼이 나고 나면 좀 피곤할 게다!"

빌리는 앉았고, 그라이스는 성경 책장 사이에서 얄팍한 종이뭉치를 꺼내어 그 위에 놓았다.

"이제 공지사항입니다 — 오늘 오전 휴식시간에 중급 축구팀 모임이 있겠습니다."

그는 첫째장을 독경대 위에 놓았다.

"청소년 취업담당관이 오늘 오후에 부활절에 졸업할 학생들을 만날 예정임을 다시 한번 말합니다. 각 교실에 부르러 보낼 테니 인터뷰가 있을 양호실로 오도록. 부모님들께 이미 통지가 갔겠지만 잊어버린 학생이 있으면, 그리고 자기 부모가 이 인터뷰를 참관하고 싶어하리라고 생각하면 중앙게시판에 가서 보고 적절한 시간을 찾아보도록."

밑에 있는 종이들을 한 손으로 누르면서 그는 다른 손으로 공지사항을 치웠다. 그런데 거기에 첫째 종이의 가장자리가 걸려, 독경대에서 떨어졌다. 그라이스는 그것을 잡으려 했으나 종이는 살짝 미끄러져 두어바퀴 돌고는 강단 위에 멋지게 살짝 내려앉았다. 그라이스는 그것을 건너다보고, 또 올려다보고 있는 얼굴들의 줄들을 내려다보고, 그리고 강단 뒤쪽의 성경 낭독자를 손짓으로 불러 앞으로 나와서 그것을 집어올리게 했다.

"또 어제 내가 시간이 없어서 못 본 흡연가 세사람. 조회 끝나고 내 방으로 오도록. 이상. 해산."

ଊ

세명의 흡연 학생, 맥도월 그리고 빌리가 그라이스의 방 앞 복도에 둘러서 있었다.

"기침한 건 내가 아니었어. 그렇게 다 말할 거야."

"말을 하나 안하나 마찬가지야. 그라이스는 안 들어."

"매를 때리면 우리 아버지를 데리고 올 거야, 어쨌든."

"뭣 땜에 맨날 아버질 불러오니? 와도 별수도 없는데. 지난번에 느이 아버지 왔을 땐 그라이스가 느이 아버지도 때렸다며?"

흡연 학생 세명은 물러서서, 절반만 타일을 붙인 벽에 기대어 지켜보고 있었다.

"적어도 난 데려올 아버지가 있잖아. 너보단 낫다구, 카스퍼."

"주둥이 닥쳐, 맥도월!"

"왜, 말하면 어쩔래?"

그들은 다가섰다. 가슴을 맞대고, 마주 노려보며, 불끈 쥔 주먹을 허리춤에 겨누고서.

"혼쭐이 날걸."

"좋아 그럼. 쉬는 시간에 보자."

"언제고 좋을 대로."

"좋아, 그럼."

"좋아."

그들은 복도를 걸어오는 발소리에 서로 떨어졌다. 한 소년이 모퉁이를 돌아와서 그라이스의 방문을 두드렸다.

"안에 없어."

줄의 앞에 섰던 흡연 학생이 고갯짓으로 뒤쪽을 가리켰다.

"매 맞으러 왔으면 줄 끝에 서. 조회에서 아직 안 돌아왔어."

"난 매 맞으러 온 게 아니야. 크로슬리가 말을 전하라고 보냈어."

빌리는 벽에 기대어 줄의 제자리에 섰다.

"늘 하는 짓이야, 이거. 일부러 기다리게 한다구. 그게 우릴 더 괴롭힌다고 생각하는 거야."

두번째 흡연 학생이 이 사이로 침을 뱉고 그것을 한쪽 신 바닥으로 문질러서 붉은색 타일을 번들거리게 했다.

"네시까지 여기 세워놔도 난 아무렇지도 않다. 수업 받는 거보단 매를 맞는 게 나아."

그는 자기 주머니를 뒤져 한 손에 담배꽁초 한줌과 뚜껑 없는 라이터를 끌어모았다. 그는 그것을 말 전하러 온 학생에게 내밀었다.

"야, 이것 좀 갖고 있어줘. 혹시 주머니를 뒤지면 다 빼앗기고 두대 더 맞을 거니까."

말 전하러 온 학생은 그것을 받지는 않고 그 손을 내려다보았다. 다른 두 흡연가들도 자기들 주머니를 뒤지느라 바빴다.

"안 받을 거야. 나까지 곤란하게 만들지 마."

"누가 널 곤란하게 만드니? 나중에 바로 돌려주면 되잖아."

학생은 고개를 저었다.

"난 싫어."

"그럼 주먹맛 좀 볼래?"

흡연가들이 그를 둘러쌌다. 셋 모두 담배 등속을 내밀고서. 말을 전달하러 온 학생은 그것을 받았다. 빌리는 복도를 건너 창살을 댄 유리문을 통해 강당을 들여다보고, 벽에서 떨어져 바로 섰다.

"야, 바로 서. 멍청이 그라이스 온다."

그들은 함께 간추려진 트럼프 카드 패처럼 매끈하게 정렬했다. 그라이스는 마치 그들이 그곳에 없다는 듯이 그들을 지나쳐 방으로 들어갔다. 그러나 문은 연 채로 두었으며, 잠시 후 늘 하는 말로 아이들을 불러들였다.

"들어와, 이 타락자들아!"

그는 전기난로를 등지고, 막대기를 공중곡예 그네의 가로대처럼 엉덩이 아래에 붙이고 서있었다.

소년들은 창문 앞에 열을 짓고 카펫을 사이에 두고 그와 마주섰다. 그라이스는 마치 시원찮은 상품들 중에서 물건을 하나 골라야 하는 사람처럼 번번이 고개를 저으며 하나씩 그들을 살펴보았다.

"늘 보는 얼굴이군. 어째서 항상 같은 얼굴이지?"

심부름 온 학생이 한 발 나서서 한쪽 손을 들었다.

"저, 선생님?"

"끼어들지 마, 내가 말하고 있을 때."

그는 물러서서 줄의 빈자리를 다시 채웠다.

"난 너희들이 지긋지긋하다. 너희들이 날 죽일 거야. 하루도 처리해야 할 녀석들 없이 지나가는 날이 없어. 하루도 없었어, 하루도. 내가 이 학교에 온 뒤로 내내. 그게 얼마나 됐는지 알아? … 십 년이야. 그런데 개교 이래 나아진 게 하나도 없어. 난 이해할 수가 없어. 도통 이해할 수가 없다구."

소년들도 역시 이해할 수가 없었다. 그래서 선생이 그들의 얼굴에서 대답을 찾으려는 듯 살필 때 시선을 떨구었다. 거기서 대답을 찾지 못하자, 그는 눈을 돌려 창밖을 바라보았다.

학교 전면의 철책까지 펼쳐져 있는 잔디에는 벌레가 파들어간 자국들이 흩어져 있었고, 헐벗어 있었다. 잔디밭과 자동차 진입로를 나누는 경계는 흙으로 변해버렸고, 잔디밭 가운데 조그마한 둥근 화단에 은빛 자작나무가 있었다. 나무의 몸통이 길 건너편에 있는 집과 그 위 회색과 검정이 뒤섞인 하늘의 한조각을 잘라내고 있었다. 가지들은 아직 헐벗었지만 나무둥치의 흰빛은 봄을 암시하고 있었고, 그것은 칙칙한 초록색과 빨강색과 회색을 배경으로 풍경 전체에서 유일하게 깨끗한 모습을 보여주고 있었다.

"나는 이제 이 도시에서 서른다섯해 이상 가르쳐왔다. 너희 부모들 중 상당수가 과거 공영주택지가 세워지기 전, 시립학교에서 내 밑의 학생이었다. 그런데 그동안 확실히 지금처럼 다루기 힘든 세대를 만난 적이 없어. 나는 내가 젊은 사람들을 이해한다고 생각했다. 나만큼 경험을 쌓았으면 이해할 수 있어야겠지. 그런데 요즈음은 정말 무서운 일이 일어나고 있어. 이게 모두 시간낭비였다고 느끼게 만드는 일이…. 여기 서서 너희들에게 얘기를 하고 있는 것이 시간낭비인 것처럼 말이야. 너희들은 내가 하는 말을 도대체 조금도 알아들으려 하지 않으니까. 너희들이 지금 무슨 생각을 하고 있는지 난 알아. 너희들은 저 사람이 왜 빨리빨리 끝내고 보내주지 않고 저렇게 서서 지껄이고만 있나 하고 생각하고 있어. 너희들이 생각하고 있는 건 그거야. 안 그래? 안 그러냐, 맥도월?"

"아닙니다, 선생님."

"아니긴 뭐가 아냐. 너희들 눈을 보면 알 수 있어. 다 쓰여있다고. 너희들은 관심이 없어. 아무도 너희들에게 뭘 말해줄 수가 없어. 그렇지, 맥도월? 너희들은 다 알지, 그 복장이며 음악이며—너희들이 세련됐다고 생각하지. 그런데 문제는 그것이 다만 피상적일 뿐이라는 점이지. 그 밑에 가치있는 것이나 확고한 것은 아무것도 없는, 번쩍거리는 껍질뿐이라구. 내가 아는 한 규범이나 품위나 행실이나 도덕이나 아무런 진전이 없어. 그래, 내가 어떻게 그걸 아는지 아느냐? 내 말해주지. 아직도 날마다 이걸 사용해야 되기 때문이다."

그는 막대기를 소년들이 볼 수 있게 등 뒤에서 앞으로 꺼냈다.

"터무니없지 않냐, 이 과학만능의 멋지고 굉장한 시대에 이 학교를 효과적으로 운영해나가려면 매로 다스리는 수밖에 없다는 건? 도대체 왜 그런 거야? 이제는 그럴 필요가 없어야 돼. 너희들은 쉽게 모든 걸 얻었으니까.

20년대, 30년대에 우리가 이걸 사용해야 했던 까닭은 이해할 수 있어. 그때는 어려운 시절이었고, 사람들은 거칠었지. 그래 그들을 다루려면 심한 방법이 필요했어. 그렇지만 그 시절 사람들은 오늘날 너희들은 조금도 갖고 있지 않은 자질을 가진 사람들이었어. 우선 존경심이 있었지. 그때 우린 저마다 자기 위치를 알고 있었다. 지금도 그들은 길에서 나를 불러서 '안녕하세요, 그라이스 선생님. 절 기억하세요?'라고 말을 걸지. 그리고 함께 이런저런 얘기를 하고, 내가 자기를 때렸던 얘길 하며 웃곤 하지.

그런데 너희들에게서 내가 받는 건 뭐냐 — 커다란 고물차 운전석에 앉은 번들거리는 젊은 녀석이 울려대는 경적소리나, 나를 지나친 다음에 던지는 야비한 말이 고작이야.

예전 사람들은 그걸 받아들였지만 이제는 안 그래. 아이놈들마다 자기 권리가 어쩌고 하고, 내가 쳐다보기만 해도 아버질 데리러 집으로 쫓아가고 하는 이 너절한 인간들의 시대에는 말이야 — 아무런 기백도 없고, 줏대도 없고…. 너희들에겐 이거다 하고 내놓을 게 아무것도 없어. 너희들은 그저 대중매체의 먹잇감에 불과해!"

그는 그들의 가슴 앞에서 회초리를 휘익 내리쳐서 공기를 가르는 소리를 냈다. 그러고는 돌아서서 고개를 저으며 팔을 쭉 뻗어 벽로선반에 기댔다. 소년들은 서로 눈짓을 했다.

"난 모르겠다. 정말 모르겠다."

그는 천천히 돌아섰다. 소년들은 심각한 표정을 하고, 마치 그의 문제를 풀기 위해서 온 힘을 다하고 있는 듯, 이마를 찡그리고 입술을 꽉 다물고 그를 마주보았다.

"그러니, 달리 해결책이 없어서 계속 매를 사용하는 거야. 너희들이 또다시 매를 맞으러 오게 될 줄 알면서. 너희 담배 피는 놈들이 손을 비틀며 이 방을 나가서는 또 계속 담배를 필 줄 알면서. 그래, 너희들 빙글거려도 좋아. 너희 주머니에는 바로 지금도 필요한 게 다 들어있는 줄 안다. 안 그래? 안 그러냐구? 자, 주머니를 털어내. 어서 너희들 모두 주머니에 있는 걸 내놔!"

세명의 흡연가와 빌리와 맥도월은 온갖 잡동사니를 내놓기 시작했다. 말을 전하러 온 학생은 전기난로의 열선처럼 벌겋게 얼굴이 달아올라서, 공포에 잠겨 그들을 지켜보았다. 그는 다시 한걸음 나섰다.

"저, 선생님…"

"조용히 해. 그리고 호주머니를 비워내!"

호주머니의 것을 꺼내기 시작하면서 아이의 얼굴은 백지장처럼 하얗게 식었다. 그라이스는 한명씩 손바닥을 조사하면서 줄을 따라서 움직였다. 아주 불쾌하다는 듯이 너저분한 물건들을 뒤지고 조사하면서.

"이럴 리가 없어. 믿을 수 없어."

그는 막대기를 책상 위에 놓았다.

"손을 내민 채 있어."

그러고는 아이들의 옷을 빠르고 능숙하게 뒤지면서 다시 한번 줄을 따라 움직였다. 말을 전하러 온 학생에게 도달했을 때 그는 만면에 미소를 띠었다.

"아! 아!"

"저, 선생님…"

흡연가들은 몸을 앞으로 기울이고 턱을 각지게 하고 이를 드러내 보였다. 눈물이 그 학생의 눈에 고였다. 그는 코를 훌쩍이기 시작했다.

"너야말로 담배공장이로구나, 엉?"

이 주머니 저 주머니에서 그라이스는 열개비짜리 담뱃갑 두개 — 그것은 그가 흔들었을 때 달각거리는 소리를 내었다 — 꽁초 한줌, 라이터 세개, 성냥 한통을 꺼냈다.

"이 정직하지 못한 놈. 그런 얄팍한 속임수로 빠져나갈 수 있을 거라고 생각하진 않았겠지, 설마?"

그는 성큼성큼 걸어가 자기 책상 옆 휴지통 속에 그것 모두를 떨어뜨렸다.

"인제 잡동사니는 주머니에 다시 넣고, 손 내밀어."

그는 책상에서 회초리를 집어들고 공중에다 시험을 해보았다. 첫번째 흡연가가 한걸음 나와서 오른손을 내밀었다. 그는 엄지손가락을 옆으로 바싹 붙이고 약간 손을 굽혀서 내밀었다. 손바닥의 살이 주름져 볼록볼록 올라왔다.

그라이스는 회초리 끝으로 거리를 가늠해보고, 자리를 잡고서, 천천히 팔꿈치를 굽혔다. 손이 귀와 같은 높이가 되었을 때 팔꿈치가 활짝 펴지면서 소년의 손바닥으로 회초리가 떨어졌다. 소년은 눈을 껌뻑이고는 왼손을 내밀었다. 매는 그 손에 닿았다가, 호를 그리며 시야 밖으로 나갔다가, 쌩하고 돌아와 손가락 위에 딱 하고 떨어졌다.

"됐어. 이제 나가."

창백한 얼굴을 하고 그는 그라이스로부터 몸을 돌려 소년들 앞을 지나 문으로 걸어가며 눈을 찡긋거렸다.

"다음."

그들은 차례대로 한걸음 나섰다. 모두들 처음 소년처럼 손을 약간 굽힌 채 내밀었다. 말을 전하러 온 학생만은 예외였다. 그는 손을 뻣뻣하게 펴고 손가락들을 벌리고 엄지손가락을 위로 한 채 내밀었다. 두번의 매가 손가락 마디뼈 옆을 정통으로 때리며 그의 엄지손가락을 먼저 내리쳤다. 첫번째 매에 눈물이 쏙 빠졌다. 두번째 매에 그는 현기증이 일어났다.

ೞ

문이 열리고 빌리가 교실로 들어서자 학생들은 모두 고개를 돌렸다. 파아딩 선생은 책상 끝에 옆으로 걸터앉아 있었는데, 하던 말을 멈추고 그가 다가오기를 기다렸다.

"그라이스 선생님께 갔었습니다."

"그래, 알아. 이번에는 몇대야?"

"두대요."

"아프냐?"

"괜찮아요."

"좋아. 그럼 앉아."

그는 빌리가 제자리에 가서 앉는 것을 지켜보고, 학생들이 다시 주의를 돌리기를 기다려서 말을 계속했다.

"좋아. 4C반, 계속한다. '사실'."

그는 한팔을 휙 돌려서 자기 뒤에 있는 칠판을 가리켰다. 그곳에는 이렇게 쓰여있었다.

사실과 허구

"사실이란 뭐라고 했지, 아미티지?"

"일어난 어떤 일입니다."

"맞아. 일어났던 어떤 일. 우리가 실제로 있었다고 알고 있는 일. 우리가 신문에서 읽거나 뉴스로 듣는 것. 사건, 사고, 모임, 우리자신의 눈으로 보는 우리 주변에 있는 것들, 이 모든 것이 사실이다. 알겠나? 잘 알겠지?"

합창 — "네."

"그럼 좋아. 이제 내가 앤더슨에 관한 사실을 말하라고 하면 뭘 말할 수 있을까?"

"저요! 저요!"

"자, 자, 손만 들어. 그렇게 마구 달려들지 않아도 돼. 조던?"

"청바지를 입었습니다."

"좋아. 미첼?"

"머리가 검정색입니다."

"그래. 피셔?"

"셸로우 뱅크 크레센트에 삽니다."

"그러냐, 앤더슨?"

"네, 선생님."

"맞았어. 자, 이 모든 것이 앤더슨에 관한 사실이다. 그렇지만 이것들은 아주 흥미로운 사실들은 아니다. 아마 앤더슨이 자신에 관해서 흥미있는 사실을 말해줄 수 있을 거야. 정말로 흥미로운 사실을."

학생들이 "우 —!" 하고 소리를 질렀다. 파아딩 선생은 싱긋 웃고 잠시 내버려두었다. 그리고 손을 들어 제지했다.

"조용히 해, 조용히."

학생들은 조용해졌다. 여전히 웃는 얼굴을 한 채. 앤더슨은 낯을 붉히고 고개를 숙이고 책상을 내려다보았다.

"모르겠어요, 선생님."

"뭐든지 괜찮아, 앤더슨. 너한테 일어났던 일이나 네가 본 것 중에 마음에 남아있는 것 아무거나 좋아."

"아무것도 생각이 안 나요."

"어렸을 때 일은 어때? 누구나 어렸을 때의 일을 뭔가 기억하고 있지. 굉장한 얘기가 아니라도 좋아. 그냥 네가 기억하고 있는 거면 돼."

앤더슨이 빙긋이 웃으며 고개를 들었다.

"있어요. 그치만 별건 아니에요."

"네가 기억을 하고 있다면 얘깃거리가 되겠지."

"사실은 좀 웃기는 얘기예요."

"그래. 얘길 해봐. 우리 모두 같이 웃어보자."

"저, 꼬마였을 땐데요. 쥬니어스쿨(영국 교육제도에서 7살에서 11살까지의 아동을 위한 학교 ─ 역주)에 다닐 땐가 봐요. 파울러스 연못에 갔었어요. 저랑 또 다른 애랑요. 레기 클레이라는 앤데 학교에 안 다녔어요. 어디로 이사를 가버렸어요. 근데 봄이었는데, 올챙이가 있을 때예요. 봄이면 거기 올챙이가 우글우글해요. 연못 가장자리가 올챙이들 때문에 새까맸어요. 그래 나랑 그 애랑 그걸 잡기 시작했어요. 쉬웠어요. 모두들 해봤을 거예요. 그냥 두 손을 붙여서 물을 한움큼 떠올리면 올챙이가 한움큼 잡히는 거예요. 우린 올챙이를 잡았다가 다시 물에 던졌다가 하며 장난을 치고 있었어요. 근데 집에 좀 가져갈 생각이 났어요. 그런데 병 같은 게 없었거든요. 그런데 그 레기라는 애가 '야, 너 장화 벗어서 거기다 넣어라. 집에 갈 때까지 괜찮을 거야' 그랬어요. 그래서 장화를 벗어서 물을 좀 담고 나서 올챙이를 잡아넣기 시작했어요. 우리는 계속 떠 넣었어요. 그런데 내가 그 애한테 '우리 시합하자, 장화 한짝씩 갖고서 누가 더 많이 잡아넣나 해보자!' 그랬어요. 그래서 걔가 한짝에 잡아넣고 나는 다른 짝에 잡아넣기 시작했어요. 몇시간이나 잡았을 거예요. 장화 속이 점점더 빽빽해졌어요. 나중에는 장화 속에 물은 없고 올챙이만 꽉 찼어요.

볼만했어요. 새까만데다 반들반들한 게 발목까지 가득이었어요. 다 잡아넣고는 장화에 손가락을 넣어가지고 올챙이를 집어서 서로 서로 던지면서 소리를 지르고 난리를 쳤어요. 그때 걔가 이랬어요. '그 장화 못 신겠지!' 그래서 내가 '너 같음 못 신을 거야' 그랬어요. 그래서 우리는 그걸 한짝씩 신어보자고 했어요. 그렇지만 차마 못 신겠어요. 신으려고 하다가는 달아나고 그랬어요. 그래서 가위바위보를 해서 지는 사람이 먼저 신기로 했어요. 내가 졌는데, 그런데 양말도 벗고 그러기로 했거든요. 그래서 양말을 벗고는 그 올챙이가 가득 든 장화를 바라보고 있는데 그 애는 계속, '해봐, 겁나지, 겁나지!' 그랬어요. 어쨌든 눈을 감고는 발을 집어넣기 시작했어요. 어유, 꼭 살아있는 젤리에다 발을 넣는 것 같았어요. 올챙이들이 되게 차가웠는데 발이 들어가자 모두들 장화 밖으로 쏟아져 나왔어요. 그래서 발이 장화바닥에 닿았을 때는 올챙이가 발가락 사이에서 막 터지고 그러는 걸 느낄 수 있었어요.

어쨌든 전 했어요. 그래서 그 애한테 '인제 네가 신어' 그랬어요. 그렇지만 그 앤 되게 겁을 내고 안하려고 했어요. 그래서 내가 마저 신었어요. 그때는 익숙해졌거든요. 좀 지나니까 괜찮아졌어요. 다리가 전부 간질간질하고 막 그랬어요. 장화 두짝을 다 신고는 그 애한테로 걸어가기 시작했어요. 팔을 막 휘저으면서 귀신소리를 내면서요. 걸으니까 올챙이들이 또 발목으로 쏟아져 나와서 옆을 타고 흘러내렸어요. 그 애는 놀라서 죽을 지경이 돼가지고 내 장화만 내려다보고 있었어요. 그래서 내가 그 애한테 달려가려고 했더니 올챙이들이 다리로 막 튀어오르고 그랬어요. 그 애도 참 볼만했어요. 그 애는 꽥 소리를 지르더니 악을 쓰면서 집으로 달려갔어요.

그런데 그 애가 가고 나니까 아주 이상한 기분이 들었어요. 조용한데, 아무도 없고, 무릎까지 올챙이 속이고요."

침묵. 학생들은 모두 무릎까지 올챙이 속에 잠겨있었다. 파아딩 선생은 학생들이 얘기에 빠져있도록 잠시 기다렸다. 그리고 다른 잡담들로 집중이 흐트러지기 전에 다른 경쟁자를 고무했다.

"아주 좋아, 앤더슨. 잘했어. 자, 누구 다른 사람 재미있는 얘기 해줄 것 있어?"

아무 손도 올라가지 않았다.

"없나? 넌 어때, 카스퍼?"

빌리는 책상뚜껑 밑에 있는 손을 살펴보느라 몸을 숙이고 있었다. 분홍빛으로 부풀어오른 자국이 손가락 끝에 나있었다. 손가락을 벌리자 부푼 자국은 토막토막으로 떨어졌다. 그 토막들은 모두 부풀어오른 두드러기 같았다. 그는 그것을 불고 혀로 식혔다.

"카스퍼!"

빌리는 바로 앉으며 손을 치웠다.

"왜요, 선생님?"

"왜요, 선생님이라구? 듣고 있었으면 알겠지. 듣고 있었니?"

"네, 선생님."

"우리가 무슨 얘길 하고 있었나 말해봐."

"어… 이야기요."

"무슨 종류의 얘기지?"

"어…"

"모르지, 그렇지?"

"모르겠습니다."

"그 녀석 또 잤어요. 선생님!"

빌리는 걸상을 삐익 돌리고는 웃음소리보다 더 크게 소리쳤다.

"너 입 닥쳐, 티비!"

"카스퍼! 티버트! 너희들 잠 재워줄까? 잠 들게 해줘? 다른 사람들 조용히 해!"

그는 책상에서 미끄러져 내려서서 가장 가까운 통로 사이로 한 걸음을 내딛었다. 그 결과, 조용해졌다.

"우리가 하는 말 하나도 안 들었지. 그렇지, 카스퍼?"

"조금은 들었습니다."

"'조금은.' 물론 그랬을 테지. 일어서."

빌리는 한숨을 쉬고 무릎 뒤로 걸상을 밀어냈다.

"좋아. 너도 한번 해볼 수 있겠지. 앤더슨이 한 것처럼 네 자신에 대한 얘길 뭐든 해봐."

"전 아무것도 모릅니다."

"할 수 있을 때까지 거기 서있어, 그럼."

파아딩 선생은 칠판과 책상 사이의 공간을 가로질러 왔다 갔다 하기 시작했다.

"늘 누군가가 수업을 망친단 말야. 늘 맞춰줄 수 없는 녀석이 있어. 빗나가고 아무 데에도 관심을 가지려 들지 않는 녀석, 너 같은 녀석 말야, 카스퍼."

그는 한 발을 축으로 해서 몸을 돌리고, 빌리에게로 한 팔을 내뻗었다.

"생각할 시간을 2분 주겠어. 만일 그때까지 얘기를 시작하지 못하면 전원 네시에 다시 모이는 거야!"

학생들은 허리들을 펴고 눈을 크게 뜨고 둘러보았다. 투덜거리는 소리, '에—' 하는 소리, 위협적으로 부추기는 소리가 함께 섞여 일어났다.

"해봐, 빌리."

"안함 죽어."

"뭐든지 말을 해."

"다시 모이게 되면 저 새끼 죽여버릴 거야."

빌리는 눈에서 반짝이고 있는 눈물을 눈을 깜빡여 없애려고 애를 썼다.

"기다리고 있다, 카스퍼."

파아딩 선생은 앉았다. 그리고 재킷 소매를 밀어올리고 시계를 봤다.

"종일 기다릴 순 없어, 카스퍼."

"매 얘길 해, 빌리."

"또 소리 지르는 사람이 있으면, 다시는 소릴 못 지르게 될 거야! … 무슨 매지, 카스퍼? … 카스퍼, 너한테 말을 하잖아."

빌리는 여전히 파아딩 선생에게 정수리를 보이고 있었다.

"내가 말을 할 땐 이쪽을 봐."

빌리는 천천히 고개를 들었다.

"그리고 누가 뭐라고 한다고 그렇게 뚱하고 있지 말아라! … 자, 그런데 지금 매 얘긴 무슨 얘기지? 뭐야, 박제한 거냐?"

학생들의 왁자한 웃음소리에 첫번째 눈물이 빌리의 얼굴로 쏟아져 나왔다. 그리고 파아딩 선생은 자기의 질문에 대한 이런 상반된 반응에 놀라서 둘러보았다.

"뭐가 우습지?"

티버트가 반쯤 몸을 일으켜 체중을 책상 위에 싣고서 한 팔을 쳐들었다.

"그래, 티버트?"

"잰 매를 갖고 있어요, 선생님. 새매예요. 잰 거기에 미쳐있어요. 인제 아무하고도 안 놀고요, 언제나 그 매만 돌보고 지내요. 아주 홀딱 빠져있다구요!"

빌리는 그에게로 몸을 돌렸다. 그 동작으로 다시 고여있던 눈물이 주춤주춤 뺨을 타고 흘러내렸다.

"티비 너보단 훨씬 낫단 말야!"

"저것 보세요, 선생님. 잰 매한테 무슨 말만 하면 아주 야단이에요."

"좋아, 카스퍼. 앉아."

빌리는 앉았다. 그리고 재킷의 어깨부분에다 뺨을 닦았다. 파아딩 선생은 팔꿈치를 책상 위에 놓고 엄지손가락의 손톱으로 이를 톡톡 두드리며 빌리가 마음을 가라앉히길 기다렸다.

"자, 그럼 빌리. 그 매 얘길 해줘. 어디서 구했지?"

"주웠어요."

"어디서?"

"숲에서요."

"어떻게 됐었지? 다치거나 그랬나?"
"새끼였어요. 둥지에서 떨어졌던가 봐요."
"그래, 가지고 있은 지는 얼마나 됐지?"
"작년부터예요."
"그렇게 오랫동안? 어디에다 두니?"
"헛간에요."
"그리고 뭘 먹이지?"
"쇠고기, 생쥐, 새들요."
"그런데 늘 헛간에 두는 건 잔인하지 않아? 마음대로 날아다니는 게 매는 더 좋지 않을까?"
빌리는 파아딩 선생이 앉으라고 말한 뒤 처음으로 그를 쳐다보았다.
"늘 헛간에 가두어두진 않아요. 전 매일같이 날리는 걸요."
"그런데 날아가버리지 않니? 난 매는 야생이라고 생각했는데."
"물론 안 날아가요. 훈련을 시켰거든요."
빌리는 둘러보았다, 자신의 권위에 누구라도 도전해보라는 듯이.
"훈련을 시켜? 매 훈련을 시키려면 전문가라야 되는 줄 알았는데."
"아무튼 제가 시켰어요."
"어려웠니?"
"물론 어렵지요. 아주 — 아주 참을성이 있어야 되고, 천천히 해야 돼요."
"그래, 어떻게 했는지 말해주려무나. 난 매 훈련사를 만난 일이 없다. 아무래도 내가 대단한 인물을 만난 것 같구나."

빌리는 걸상을 끌어당기고 책상 위로 몸을 기울였다.

"어떻게 하냐 하면요. 먹이로 훈련을 시켜야 돼요. 매가 배가 고플 때라야 뭐라도 할 수 있거든요. 그래서 먹이를 줄 때 훈련을 시키는 거예요.

전 케스를 가진 지 두주일쯤 지난 다음에, 케스가 깃털이 단단해졌을 때 훈련을 시작했어요. 그건 꼬리랑 날개의 깃털 뿌리가 단단해졌을 때예요. 밤에 횃불을 비춰 계속 조사를 해야 돼요. 조용히 하면 쉬워요. 매가 홰에 올라앉아 있을 때 그냥 다가가서 꼬리랑 날개를 펼쳐보는 거예요. 깃털에서 뿌리 가까운 쪽이 푸르면 그 속에 피가 있다는 뜻이고 아직 연하다는 거예요. 그래서 아직 준비가 안된 거지요. 그게 희어지고 단단해지면 된 거예요. 그땐 훈련을 시작할 수 있어요.

그런데 처음에 케스는 돼지같이 뚱뚱했어요. 훈련을 시키기 시작하는 어린 매는 다 그래요. 그래서 체중을 줄이기까지는 별로 잘할 수가 없어요. 그렇지만 아주 조심을 해야 돼요. 그냥 굶기는 게 아니고 먹이를 줄 때마다 미리 체중을 달아보고 점점 먹이를 줄이는 거예요. 그래서 매가 있는 곳에 들어갔을 때 매가 당장 주의를 기울이면 그게 바로 뭔가 할 수 있게 되기 시작하는 때예요. 케스는요, 그놈은 내가 팔을 그쪽으로 쳐들었을 때 똑바로 내 장갑 위로 뛰어올라왔어요. 그래서 그놈이 먹는 동안 나는 발목끈을 잡고…"

"뭘 잡아?"

"발목끈이오."

"발목끈. 그래 어떻게 쓰지?"

파아딩 선생은 일어서서 칠판 쪽으로 다가섰다.

"어, J—E—S—S—E—S."

빌리가 글자를 하나씩 발음하자 파아딩 선생은 칠판에다 그것을 연결하여 썼다.

"Jesses. 그래 이게 뭐지, 빌리?"

"작은 가죽띤데 매을 잡자마자 다리에 잡아매는 거예요. 매는 언제나 그걸 달고 있고 매가 장갑 위에 올라앉으면 그걸 붙잡는 거예요. 회전고리를 밀어서…"

"어이! 어이!"

파아딩 선생은 마치 빌리가 자기에게로 달려들기라도 하는 듯이 손을 들고 중지시켰다.

"여기 나와서 보여주는 게 좋겠다. 알다시피 우리는 모두 전문가가 아니니까."

빌리는 일어서서 걸어나가 파아딩 선생의 책상 옆에 자리를 잡았다. 파아딩 선생은 의자를 뒤로 제껴 앞의 두 다리를 들고 뒤쪽 한 다리를 축으로 해서 의자를 옆으로 돌려서 빌리 쪽을 향한 다음, 의자를 바로 놓았다.

"됐어, 해봐."

"그러면, 매가 주먹 위에 앉으면, 발목끈을 손가락 사이로 끌어 내려요."

빌리는 왼손을 쳐들고 발목끈을 첫째와 둘째 손가락 사이로 끌어내리는 시늉을 해 보였다.

"그리고 회전고리를 꺼내요. 개 목줄에 달린 회전고리 같은 거요. 두 발목끈을 마주 붙이고 그걸 회전고리의 윗고리에 꿰어요. 발목끈에는 아래쪽에 찢어진 데가 있어요. 멜빵에 있는 단춧구멍처럼요. 그래서 발목끈을 윗고리 속으로 꿰고 나면 그 찢어진 곳을 손가락으로 벌리고, 회전고리의 아랫고리를 단추를 채우는 것처럼 그 속으로 밀어넣어요."

회전고리를 발목끈에 달아가지고, 빌리는 파아딩 선생 쪽으로 몸을 돌렸다.

"아시겠어요?"

"그래, 알겠다. 계속해."

"그렇게 하고 나면 리쉬줄을, 그건 가죽으로 된 띠인데, 회전고리의 아래쪽 고리에 꿰어요…"

빌리는 조심스레 리쉬줄을 꿰었다. 한쪽 끝이 고리 속으로 들어간 것을 잡아 쭉 잡아뺐다.

"… 다른 끝에 있는 매듭이 걸릴 때까지요. 아셨어요?"

"그래 알 것 같다. 어디 내가 제대로 알았나 보자 — 매의 다리에 달린 발목끈이 회전고리에 연결되고, 그것이 다시 끈에…"

"리쉬줄요!"

"리쉬줄, 미안하다. 그러고는?"

"그 줄을 손가락에 감고 새끼손가락에 매요."

"그럼 매가 이제 손에 붙들어 매였구나?"

"맞아요. 그런 단계까지 가고 매가 규칙적으로 장갑에 올라앉아

먹이를 먹고, 별로 많이 날갯짓을 하지 않으면…"

"날갯짓? 그건 뭐지?"

"날아가려고 퍼덕거리는 거요. 겁을 먹어가지고요."

"어떻게 쓰니?"

"B—A—T—I—N—G."

"계속해."

"그래서, 안에서 그런 단계까지 갔으면 이제 밖에서 먹이를 주고 다른 것들에 익숙해지게 할 수가 있어요. 그걸 매닝(manning)이라고 해요. 그건 길을 들인다는 뜻인데 제대로 훈련을 시키기 시작하려면 그 전에 매닝이 잘되어 있어야 해요."

빌리가 이야기를 하고 있는 동안 파아딩 선생은 손을 뻗어 천천히 칠판에다 'BATING'이라고 썼다. 마치 빌리가 매라서 갑작스런 움직임이나 분필이 칠판에 긁히는 소리라도 나면 책상 옆에서 날갯짓이라도 할까 봐 겁이 나는 듯이 계속해서 빌리를 지켜보면서.

"처음에는 밤에 데리고 나가고 아무한테도 가까이 가지 말아야 돼요. 전 처음에 우리집 뒤의 들에 데리고 나가서 걸어다녔어요. 그랬다가 매가 신경이 좀 덜 예민해져서 낮에 데리고 나가기 시작했고, 그 다음에 다른 사람이랑 개나 고양이랑 자동차 같은 것에 가까이 데리고 가는 거예요. 그렇지만 밖에서는 굉장히 조심을 해야 해요. 매는 정말 신경이 예민하고 또 눈이 굉장히 좋거든요. 그래서 매한테는 우리한테보다 열배나 더 자극이 되는 거예요. 그래서 정말 아주 참을성이 있어야 되고, 매를 데리고 걷는 동안 내내 매한테 말을 해야 돼요. 아주 부드럽게요. 아기에게 하는 것처럼요."

그는 숨을 돌리느라 멈추었다. 파아딩 선생은 빌리가 쑥쓰러워하지 않도록 계속해서 고개를 끄덕여주었다.

"그래서 매닝이 되고 나면 제대로 훈련시키기 시작할 수가 있어요. 그럴 때가 됐는지를 알 수가 있어요. 왜냐하면 그때는 사람이 다가가는 걸 매가 똑바로 바라보고, 아무 문제없이 장갑 위에 올라앉힐 수 있거든요. 처음에 내내 날갯짓할 때와는 달라요.

처음엔 안에서 시작해요. 고기를 먹으러 장갑에 뛰어올라오게 하는 거예요. 처음에는 조금만 뛰면 되게 해요. 그러고 나선 조금 멀리 하고 그런 식으로요. 그리고 올 때마다 고기를 주는 거예요. 상 같은 거지요. 매가 한 리쉬 길이만큼 똑바로 날아오면 그땐 밖에서 할 수 있어요. 울타리 기둥이나 뭐 그런 거에서요. 매를 앉혀놓고 오른손으로 리쉬줄의 끝을 붙잡고, 그리고 매가 날아오도록 장갑 낀 손을 내미는 거예요. 이런 식으로 두 리쉬 길이까지 갈 수 있어요. 그렇게 한 다음에는 리쉬줄을 떼고 그 대신 크린스줄을 붙일 수 있어요."

"크린스?"

파아딩 선생은 칠판 쪽으로 몸을 기울였다.

"크린스요. 그건 긴 줄이에요. 저는 기다란 나일론 낚싯줄에다 개줄에서 뗀 고리를 달아서 썼어요. 그걸 회전고리에 걸고 리쉬줄은 빼내고 그리고 매를 울타리 기둥에 앉혀요. 그러고는 크린스줄을 풀면서 들 쪽으로 걸어가요. 그럼 매는 거기 앉아서 내가 걸음을 멈추고 손을 쳐들기를 기다리고 있어요. 그러니까 매가 날아가버릴 수가 없는 거지요."

"그래, 알겠다. 모두 아주 교묘하고 복잡한 것 같구나, 빌리."

"그렇지만 실지에 비하면 반도 안돼요. 말로 하니까 그냥 몇분 동안 했지만 그 단계를 모두 거치는 데 몇주일이나 걸렸어요. 노새처럼 고집이 세다구요, 매들은요. 그놈들은 아주 변… 변…"

"변덕스러워."

"변덕스러워요. 어떤 때는 괜찮다가 그 다음에 들어가면 막 화를 내고 소리를 지르고 날갯짓을 하고, 첨 보는 것처럼 날뛰고 그래요. 매한테 뭘 좀 가르쳤다고 생각하고 아주 의기양양해서 집에다 넣어놓고 그리고 다음번에 가면 다시 처음으로 돌아가 있는 거예요. 도대체 짐작을 할 수가 없어요."

그는 파아딩 선생을 바라보았다. 눈은 빛났고, 눈물과 때로 범벅이 된 뺨은 상기되어 있었다.

"그렇지만 넌 아주 흥미롭게 얘길 했어."

"사실 흥미로워요. 그렇지만 제일 멋진 건 처음으로 줄 없이 날렸을 때예요. 그때 거기 계셨으면 좋았을 건데. 저는 겁나서 죽을 지경이었어요."

파아딩 선생은 학생들을 향했다. 의자는 움직이지 않고 몸만 돌려서.

"너희들, 그 얘길 듣고 싶니?"

합창 — "네."

파아딩 선생은 미소를 짓고 빌리 쪽으로 몸을 돌렸다.

"계속해라, 카스퍼."

"크린스줄을 달고 날린 지 한주일쯤 됐어요. 그리고 매는 30, 40

야드씩 날아서 내게 오고 그랬는데, 책에는 그만큼 멀리 똑바로 날아오고 하면 줄 없이 날릴 준비가 된 거라고 그랬어요. 저는 확실히하기 위해서 오늘만 줄을 쓰자, 내일은 줄 없이 날려야지 하고 자신에게 말했어요. 그런데 내일이 되면 또 똑같은 짓을 하는 거예요. 저는 그 짓을 나흘 동안 하고서 자신에게 아주 화가 나있었어요. 언젠가는 해야 되는 일인 줄 알고 있었으니까요. 그래서 마지막 날은 먹이를 주지 않았어요. 다음날 아침에 아주 예민하도록 확실히 하려고요. 그날 밤은 거의 잠도 못 잤어요. 그 생각을 하느라요.

그건 금요일 밤이었어요. 그래 다음날 아침에 일어나자 나는 좋아, 날아가버리면 날아가버리는 거야, 할 수 없어, 하고 생각했어요. 그래서 헛간으로 갔어요. 매는 굉장히 예민했어요. 살창 뒤에 있는 선반 위를 서성거리다가 내가 오는 걸 보고 소리를 질렀어요. 그래서 매를 들로 데리고 가서 처음에는 크린스줄을 달고 해봤어요. 매는 로케트처럼 날아왔어요. 그래서 됐다, 이번이다, 하고 생각했어요.

줄을 떼고 회전고리를 벗기고 매를 울타리 기둥에 올려앉혔어요. 이제 매를 붙들고 있는 건 아무것도 없었어요. 그냥 거기에 발목끈만 달고 서있는 거예요. 그냥 날아가버려도 아무런 도리가 없는 거예요. 전 겁이 났어요. 매가 가버릴 거라고 생각했어요. 꼭 가게 되어있다, 그냥 날아가버릴 테고 그게 끝장이다, 그렇게 생각했어요. 그렇지만 매는 안 날아갔어요. 내가 들 쪽으로 물러나는 동안 그냥 거기 앉아서 둘러보고 있는 거예요. 난 들 한가운데까지 갔어요. 그리고 손을 쳐들고 소리쳤어요."

빌리는 왼손 주먹을 쳐들고 창밖을 쳐다보았다.

"이리 와, 케스! 날아와! 처음엔 아무 일도 없었어요. 그러더니 내가 막 매한테 도로 걸어가려고 하는데 그때 날아오는 거예요. 봤으면 좋았을 텐데. 땅에서 1야드쯤 떨어져서 똑바로 날아왔어요. 무지 빨랐어요! 줄을 달고 있을 때보다 두배는 빠르게 날아왔어요. 줄이 풀에 걸리고 해서 속도를 느리게 했었거든요. 정말 번개같이 날아왔어요. 고개를 꼼짝도 않고 날개로 소리도 내지 않고. 쉬익! 고기를 움켜잡으려고 발을 내밀고서 똑바로 장갑을 향해서요."

매가 날아오는 마지막 1야드 거리를 오른손으로 흉내 내어, 휘익 날아와서 쳐들고 있는 왼손에 탁 하고 앉혔다.

"너무나 좋아서 어쩔 줄을 몰랐어요. 그래서 확실히하기 위해서 다시 한번 해보자고 생각했어요. 두번째도 꼭 같이 잘 날아왔어요. 그거예요. 제가 했어요. 전 훈련을 시킨 거예요."

"잘했어, 빌리."

"정말 멋진 기분이었어요. 할 수 있을 거라고 생각도 못했어요. 처음 매를 가졌을 때나, 막 날뛸 때는 도저히 안될 것 같았어요. 너무나 사납고, 그리고 … 그리고 거칠었어요."

"그래, 그럼 그게 끝이냐?"

"대강 그래요, 선생님. 그 담에는 루어를 가르쳤어요. 그건 줄 끝에 매단 가죽으로 된 추 같은 거예요. 거기다 고기를 매달아서 빙빙 돌리면 매가 날면서 돌다가 거기에 달려드는 거예요."

"그래, 그래. 언젠가 매 훈련사가 텔레비전에서 해 보이는 걸 본 생각이 난다. 그 사람은 그걸 빙빙 돌리면서 매가 달려들 때마다 낮춰 흔들어서 살짝 못 미치게 하더군. 당나귀한테 당근으로 하는 것처럼 말야."

"맞아요. 매를 기운 좋게 유지하려고 그걸 하는 거예요. 새매로는 그만큼밖에 못해요. 새매로는 아무것도 잡거나 하진 못하지만 그래도 다른 매하고 똑같이 훈련을 시켜요. 다른 점은 다른 매들은 루어를 가르치고 나면 사냥을 시킬 수 있는 거지요."

"물어보자. 그건 어렵니? 그 루어를 흔드는 거 말야."

"처음엔 그래요. 말도 못해요. 어떻게 해야 제대로 흔들리는지 판단을 할 수가 없는데다 매는 뭘 하자고 그러는지도 모르지요. 그래서 온통 몸에 감겨버리거나 매의 가슴을 때리거나 그렇게 돼요. 익숙해질 때까지는 정말 우스운 꼴이에요."

파아딩 선생은 몇번 고개를 끄덕거려 동조를 했다.

"그래, 그래. 그 사람이 그걸 아주 쉬운 일처럼 보이게 할 때 그런 생각이 들더라."

"정말 쉽지가 않아요."

"그렇지만 그게 바로 전문가라는 표시겠지? 어려운 기술을 쉬워 보이게 하는 거 말야."

"그래요, 선생님."

"그리고 우리도 다 할 수 있다고 생각하게 만드는 거 말야. 물론 우린 할 수가 없지."

그는 고개를 흔들었다. 그리고 빌리도 동의했다.

"할 수 없어요."

"좋아, 이제 앉아도 돼. 아주 좋은 얘기였어. 아주 재미있었어. 학급도 재미있게 들었을 거야."

빌리는 낯을 붉혔다. 그리고 발을 내려다보며 자기 자리로 돌아갔다. 자리로 돌아가는 그를 여기저기서 박수소리가 맞이했다. 파아딩 선생은 그것을 제지하지 않고 박수소리가 그칠 때까지 내버려두었다.

"좋아. 우린 지금 막 두개의 훌륭한 이야기를 들었다. 앤더슨에게서 올챙이에 관한 얘기와 카스퍼에게서 매 얘기를 들었다. 그 두 이야기는 모두 진실이고 일어났던 일이다. 그래서 우린 그런 것을 뭐라고 부르지?"

그는 집게손가락을 약간 굽히고 막연히 학생들을 향했다. 올바른 대답이 나오면 그것이 달아나지 못하게 걸어올리려는 듯이.

"사실이요."

그 손가락이 교실 가운데 쪽으로부터 휙 수평으로 움직여 창문 쪽을 향했다. 그리고 열의 가운데쯤을 가리키며 멈추었다.

"맞아, 사실. 사실적인 이야기. 진짜 일어난 이야기. 자, 그럼 4C반, 사실의 반대는 뭐지? 상상해낸 이야기를 우린 뭐라고 부르지?"

그는 엄지를 제껴 어깨 너머로 칠판을 가리켰다.

합창 — "허구입니다."

"맞았어. 허구. 확실히하기 위해서 사전에서 찾아봐. 처음 찾는 사람에게 숙제점수 1점 준다."

'F' 자까지 책장을 급히 넘기는 소리, 그 다음엔 한두장씩 앞뒤로 넘기는 소리, 그리고 마지막에 손가락으로 짚는 동작.

"저요!"

"좋아, 휫브레드. 소리내 읽어봐."

"허구. 만들어낸 문장이나 이야기, 소설, 단편소설 등을 집단, 집단 – 적, 집단적으로 일컫는 말, 어휴."

"계속해. 계속 읽어봐."

"전통, 전통적, 알겠다, 전통적으로 거짓으로 인정됨. 허구적인, 진실이 아닌, 상상이나 가정된 것."

"잘했어. 이제 다들 찾았나?"

휫브레드가 정의를 읽는 동안 학생들은 모두 찾았다. 그리고 그것을 확인하는 동안 조용했다.

"다 찾았지? 허구, 꾸며낸 말, 소설, 이야기, 거짓이고 진실이 아닌 상상이나 가정된 것. 알겠지?"

대답이 없었다. 그래서 그는 다 안 것으로 간주했다.

"좋아. 이제 사전을 덮고 잘 들어…. 이제 너희들이 허구를 하나 써내는 거야. 즉 뭐든지 상상해낸 이야기. 앤더슨과 카스퍼가 한 것 같은 실제로 있었던 얘기와는 반대되는 것. 허구적인 거면 무엇이나 좋아. 반드시 허구적인 것이라야 돼. 그러니까 너희들의 상상력을 동원해서 써보는 거야. 우린 그것을…"

그는 일어서서 칠판 쪽으로 돌아서 제목을 소리내어 발음하면서 썼다.

터무니없는 이야기

그는 분필을 다시 칠판 아래 홈통에 놓고, 손가락의 먼지를 불어 털었다.

"터무니없는 이야기가 뭔지 다 알지? 모르는 사람 있어?"

모두들 주위를 둘러보았다. 그러나 아무 손도 올라가지 않았다.

"그럼 말해봐라, 조던."

"그건 너무나 엉뚱해서 사실이 아닌 겁니다."

"좋아. 믿을 수 없는 것. 혹은 네가 말한 대로 엉뚱한 것. 예를 들어서 내가 카스퍼에게 '너 오늘 아침에 왜 늦었니?' 한다면…"

"저는 오늘 아침에 안 늦었어요, 선생님."

파아딩 선생은 천장을 쳐다보며 소리내어 웃었다. 그 바람에 학생들 몇명이 따라 웃었다. 그러자 여전히 웃는 얼굴로 그는 고개를 내리고 말을 계속했다.

"그거야말로 완전히 터무니없는 이야기다, 카스퍼."

빌리는 그를 바라보고만 있었고 아무도 웃지 않았다.

"좋아. 그만두자. 만일 내가 카스퍼에게 '오늘 아침에 왜 늦었니?' 하고 물었는데, '아침에 일어나니까 우리집이 바다로 쓸려 내려가서요. 여덟시 반 고래를 잡아타고 바닷가로 와서 독수리 등에 올라탔어요. 그런데 20분 동안이나 새들한테 길이 막혀서 그래서 늦었어요'라고 한다면, 만일 카스퍼가 그렇게 말을 한다면 말이야, 나는 그 앨 보고 '그건 참 터무니없는 이야기구나'라고 하겠지."

"그럴 거예요."

"맞았어, 조던. 그럴 거야. 이젠 모두들 알았겠지? 그럼, 좋아. (학생들을 가리키며) '너희들이', (자신을 가리키며) '나한테', '터무니없는 얘기'를 해줘. 단지 이걸 유의해. 내가 지금 막 한 얘기를 되풀이하면 안된다. 그건 하나의 예였어. 그러니까 그건 잊어버리고 너희들 자신이 뭘 만들어낼 수 있는지 보자구."

"조던, 공책을 나눠 줘라. 휫브레드는 펜. 티버트는 연필. 만은 자를 나눠 주도록."

공책과 펜, 연필, 자들이 나누어지는 동안 파아딩 선생은 칠판에 쓴 제목에 날짜를 덧붙여 썼다.

"지난번에 쓴 밑에다 밑줄을 긋고, 제목을 쓰기 전에 한줄을 비워놓도록. 그리고 가장자리를 남겨두는 걸 잊지 마."

그는 감독을 하려고 앉았다. 그리고 새 촉을 끼우고, 연필을 깎고, 지우개를 빌렸다가 돌려주고, 가장자리 줄을 긋고, 잉크병을 채우고, 흐른 잉크를 압지로 눌러내고, 질문에 대답하고, 말썽은 해결되고, 학생들은 말을 듣고, 분단장들이 자리에 앉고, 펜과 연필, 자와 압지들을 떨어뜨리고 다시 주워올리고 하여, 점차로 학생들은 글을 쓸 준비가 되었다.

빌리는 펜촉을 금속으로 된 손잡이까지 잉크에 푹 담그고는, 걸상의 앞다리 위에 균형을 잡고 공책과 머리를 옆으로 비스듬히 하여 글을 쓰기 시작했다.

터무니없는 이야기

하루는 내가 께어나니까 엄마가 자 빌리야 침대에서 아침을 머그려무나 그래서 보니까 배이콘과 달걀과 버터 바른 빵과 커다란 주전자에 차가 한 주전자 있었구 아침을 먹는데 바께는 해가 빛나고 있고 그래서 나는 옷을 입고 아래층에 내려갔다. 우리는 무어에 지 위에 큰집에서 살았는데 개단에는 양탄자니 머니 다 있고 난방 도 되는 집이였다. 내려왔을 때 내가 쥬드는 어딧어요 하니까 군대 에 갔다 하고 엄마가 말했고 인제 안 돌아온다. 그 대신 너의 아빠 가 돌아온다 그랬다. 방에는 불이 훨훨 타고 있었고 아빠가 갈 때 가주갔든 가방을 가주고 들어왔는데 나는 아빠를 한참 동안 못 밨지만 갈 때하고 똑 가탓다. 나는 아빠가 와서 기뻤고 쥬드가 가버려서 조왔다. 학교에 갔을 때 선생님들은 나한테 친절하고 얘 빌리 잘 지내니 하고 말하고 모두들 머리를 쓰다드머주고 미소를 짓고 우리는 하루종일 제미있는 걸 했다. 집에 오니까 엄마가 인재 나는 일하로 안 간다 하고 우리는 모두 점심에 감자칩과 콩을 먹 고 준비를 해가지고 모두 영하를 보러 가서 이층에 올라가서 마깐 에 아이스크림을 먹고 모두 집에 와서 저녁에 생선하고 감자칩을 먹고 그리고 잣다.

쉬는 시간에 빌리는 밖으로 나갔다. 운동장에서부터 똑바로 질러 오는 바람 때문에 등을 돌리고 어깨를 치켜올리며 바람을 피할 만한 장소를 찾아 둘러보았다. 구석들은 모두 이미 임자가 있었다. 소년들은 벽과 창틀을 따라 하나씩 둘씩 혹은 무리를 지어서 서성거리고 있었다. 그들의 대화는 조용했고, 가끔 발을 옮겨 딛거나 몸을 덥히려고 몸을 부르르 떨거나 혹은 무리 중의 하나가 다른 사람을 바람막이로 쓰려고 움직이는 바람에 그 무리가 한꺼번에 이리저리 쏠리거나 하는 외에는 별로 움직이지 않았다. 그러나 이 소년들은 구경꾼들이었다. 시끄러운 소리와 움직임은 대부분 수백명의 소년들이 움직이고 있는 마당의 넓은 공간 쪽에서 왔다. 걷고 얘기하고 쫓고 피하고, 축구며 다른 공놀이에 자리를 내주며, 씨름을 하고 올라타고 그리고 좀 좁은 공간에서는 더 작은 물건을 사용하여 덜 격렬하고 주의집중을 덜 요구하는 놀이를 하고 있었다. 그 가운데에도 군데군데 아주 가만히 서있는 소년들 주위로 모두들 뒤섞여서 놀이는 유동적인 상태였다. 그들의 발 아래로 젖은 콘크리트의 군데군데에 있는 낮은 하늘의 회색과 검정색을 되비치고 있는 검은 반점에 그들의 그림자가 휙 지나가곤 했다.

그리고 그것들 위로는 그 요란한 소음 — 물건의 소리와 목소리가 뒤섞여 그때그때의 상황과 각각의 놀이에 참여하고 있는 각각의 소년들의 감정상태에 따라서 그때마다 일어나는 소음이 높아졌다가 낮아졌다가 했다. 그러나 그 소리가 커지고 작아지는 원인을 전체의 소란 속에서 찾아낼 수는 없었다.

소음 — 교정에서 공영주택지 쪽으로 퍼져가면서 그 굉장한 소리가 전해지지는 않았지만 공영주택지 사람들은 모두 길에서나 집 뜰에서나 소리를 듣고는 그 근원을 향해 쳐다보았다. 마치 그것이 구름이나 떠오르는 해처럼 지붕 꼭대기 너머로 보이기라도 할 것처럼.

빌리는 학교 뒤쪽으로 걸어가 아스팔트 포장을 건너 자전거를 두는 데로 갔다. 헛간 양쪽에 보초가 배치되어 있었고, 한구석에 소년들 떼거리가 몰려있었다. 어떤 놈은 담배를 피우고 있었고 어떤 놈은 좀 얻어 피워볼까 하는 희망으로 서성거리고 있었다. 앞서의 세명의 흡연가들도 서성거리고 있었다. 맥도월도 마찬가지였다.

"가진 거 있냐, 카스퍼?"

빌리는 고개를 저었다.

"넌 갖고 있을 때가 없더라. 늘 얻어서 하지. 얻기쟁이 카스퍼! 이름을 바꿔야 돼."

"있어도 너한텐 안 줄 테다, 맥도웰."

"내가 네놈한테 당장 뭘 좀 주마."

빌리는 앞바퀴를 콘크리트 블록 사이에 끼워넣어 세워둔 자전거들의 대열 앞으로 건너갔다. 한 자전거에 아이가 올라타서 마치 유원지 사진사에게 스냅사진을 찍히려고 기다리는 듯이 막연히 뒤로 페달을 돌리고 있었다. 빌리는 헛간의 다른 쪽 끝의 물결모양 양철벽에 기대어 아스팔트 건너편을 내다보았다. 바로 건너편에는 보일러실 문이 있었다. 문의 한쪽에 여덟개의 쓰레기통이 한줄로 서 있고 다른 쪽에는 석탄더미가 있었다. 문은 초록색으로 칠해져 있었다.

"뭣 땜에 그리 가냐? 너, 겁나냐?"

빌리는 그를 무시하고 계속 앞만 보고 있었다. 맥도웰은 가운뎃손가락과 엄지의 손톱 사이에 담배를 하나 끼워 들고, 고개를 빌리 쪽으로 꼬았다.

"일루 와 얘들아, 재랑 같이 놀아주자."

이를 드러내고 그는 담배 피우는 아이들을 데리고 헛간으로 갔다. 그들은 빌리 뒤의 구석에 자리를 잡았다. 빌리는 몸을 반쯤 돌렸고, 등은 양철에 대고 아이들은 그의 한쪽 옆에 있게 되었다.

"왜 그래, 카스퍼. 어울리기 싫어?"

그는 주위의 소년들에게 눈을 찡긋했다.

"느이 엄마는 어울리기 좋아한다며."

아이들은 낄낄거리며 서로 다가섰다. 빌리는 다시 그들에게 등을 돌렸다.

"이 도시에서 아저씨가 제일 많은 게 너라며?"

와 하는 웃음소리가 마치 어깨를 잡아당기기라도 한 듯이 빌리를 휙 돌아서게 했다.

"입 닥쳐. 닥치지 못해!"

"와서 닥치게 해봐."

"넌 맨날 작은 애들한테만 달려들지. 저만큼 큰 애한텐 달려들지도 못하면서!"

"누가 못하는데?"

"너지 누구야. 넌 지금 한 말 우리 쥬드한테는 못할 거야. 널 죽여버릴걸."

"그까짓 거 겁 안 나."

"쥬드가 여기 있으면 겁날걸."

"좋아하시네, 그 새끼 아무것도 아냐. 니네 쥬드 말야."

"정말 좋아하시는군! 공영주택지에서 왕초라구. 알기나 해?"

"누가 그래? 이길 수 있는 사람을 내가 다 알아."

"누구? … 느이 아빠?"

아이들은 웃어대며 맥도월의 뒤쪽으로 빠졌다. 맥도월은 몹시 화가 나서 씩씩거렸다.

"쥬드가 니편을 들어줄 것 같냐. 니 형도 아니잖아."

"그럼 뭐야, 우리 누나란 말야?"

"진짜 형이 아니라던데. 우리 엄마가 그랬어. 카스퍼라고 부르지도 않잖아."

"물론 우리 형이야! 같은 집에서 산다구. 그것도 몰라?"

"또 너랑 하나도 안 닮았지. 몸집도 두배나 되구. 느인 도대체 형제 같지도 않아."

"일러줄 거야. 니가 뭐라고 그랬는지 다 이를 거야, 맥도월!"

빌리는 그에게 달려들었다. 아이들이 흩어졌다. 맥도월은 한걸음 물러서서 한쪽 무릎을 올리고 발로 빌리를 밀어내었다. 빌리는 다시 달려들었다. 맥도월은 오른손으로 스트레이트를 먹였고, 그것이 정통으로 가슴에 맞아 빌리는 쿵 엉덩방아를 찧었다.

"꺼져, 이 쪼그만 새끼야. 침을 뱉이서 익사시켜비리기 전에."

빌리는 켁켁거리고 울며 가슴을 문지르면서 일어섰다. 그는 좀 떨어진 곳에 서서 손을 움켜쥐었다 폈다 하며 둘러보았다. 그러고는 몸을 돌려 헛간 밖으로 달려나가 아스팔트를 건너 석탄더미로 갔다. 두 손 가득 퍼올려서 왼손으로 가슴에 안고, 한덩이씩 헛간 안으로 던지기 시작했다. 맥도월은 뒤돌아서 어깨를 웅크렸다. 다른 아이들은 흩어지면서 자전거들을 쳐서 다른 자전거 위에 넘어뜨렸다. 밑의 자전거들은 그 무게로 기울어지거나 흔들렸다. 석탄덩이가 양철에 부딪쳐 시끄러운 소리를 냈는데 너무나 빨리 던져서 부딪치는 소리가 연이어져 연속적인 울림이 되었다. 한덩어리가 맥도월의 등에, 또하나가 다리에 맞았다. 그는 빌리에게 욕을 하며 쳐든 왼쪽 팔 너머로 힐끗힐끗 돌아보며 물러나기 시작했다.

그때, 빌리가 헐떡이며 잠시 멈추고 탄환을 보충하려고 몸을 숙였을 때 맥도월이 몸을 세우고 달려왔다. 빌리는 발소리 나는 쪽으로 몸을 돌려 석탄덩이를 던졌지만 빗나가버렸다. 그래서 그는 석탄더미 위로 달아나려 했다. 걸음을 옮길 때마다 신발이 파묻혀 보이지 않았다. 맥도월은 전속력으로 석탄더미 밑에까지 달려와서, 두 발로 뛰어올라 몸을 날려 빌리를 뒤에서 온몸으로 덮쳤다. 석탄이 서로 덜그럭거리고 덩어리들이 서로 으깨지고 엉키면서 그 무게 때문에 이리저리 쓸려 움직였다.

"싸워라! 싸워!"

싸움 소식이 교정을 돌아 전해졌다. 그러자 소년들은 당장 제각기 하던 놀이들을 멈추고 줄지어 학교 뒤로 달려왔다.

빌리와 맥도월이 석탄더미의 뾰족한 꼭대기를 흐트려 평평하게 만들었고, 구경꾼들이 점점 몰려들자 먼저 도착한 아이들이 그 위로 밀려 올라가며 석탄이 밟히고 밀려나서 아스팔트 너머에까지 평평하게 깔렸다. 나중에 온 아이들은 쓰레기통에 올라섰다. 뚜껑 하나에 서너명씩 올라서서 떨어지지 않으려고 팔로 서로서로 얼싸안았다. 어떤 때는 균형을 잃고 넘어져 소리를 지르며 무더기로 쓰러지기도 했는데 넘어지면서 다음 쓰레기통에 올라선 아이들을 붙잡고 치고 하여, 마치 도미노처럼 쓰레기통 위에 선 아이들이 모두 차례로 넘어지기도 했다. 그러면 다른 구경꾼들이 올라서고, 또 그들은 처음에 떨어진 아이들에게 다리를 잡혀 끌려내려졌다.

맥도월은 이제 빌리를 타고 앉아 무릎으로 양팔을 찍어누르고 있었다. 둘러선 무리들이 바로 그들을 덮듯이 하면서, 머리로는 조잡한 스포트라이트를 만들고, 뒤에서부터 밀려오는 압력을 버티기 위해 바깥쪽으로 뻗대고 있는 그들의 몸과 다리들은 버팀벽을 이루고 있었다. 소동과 계속해서 석탄덩이가 부서지는 소리들 속에서 부추기는 외침 소리들이 구별되어 들렸고, 바깥쪽에서 작은 충돌들이 일어나면서 본무대에 대하여 사이드쇼를 이루고 있었다.

파아딩 선생, 달려오며 등장. 축구장에 미처 들어가지 못한 패들처럼 싸움판의 변두리에서 어슬렁거리고 있던 소년들이 파아딩 선생의 등장을 알렸다. 메시지가 구경꾼들의 뒷줄에 퍼졌고 파아딩 선생이 당도하기 전에 소년들이 달아나버려서 무리는 줄어들었다. 그러나 싸움판의 중심에서는 싸움에 너무나 정신이 팔려서 딴 데 신경을 쓸 틈이 없었고, 파아딩 선생이 소년들의 팔을 잡아 끌어내고 비집고 들어설 때 그를 돌아보는 얼굴들에는 화난 표정과, 놀라움과, 처음 화를 냈던 걸 생각하고는 재미있어하는 표정이 한꺼번에 재빨리 지나갔다. 그는 맥도월을 빌리로부터 떼어내고는 테리어 개가 쥐를 물고 흔들듯이 흔들어댔다. 석탄덩이들은 다 흩어졌고 구경꾼들은 보다 안전한 거리까지 물러나 있었다. 파아딩 선생은 화난 얼굴로 그들을 둘러보았다.

"교정으로 돌아가도록 10초 시간을 주겠다. 10초 후에 한 얼굴이라도 보이면 사정없이 패주겠어."

그는 초를 세기 시작했다. 4초 후에는 맥도월과 빌리의 얼굴뿐이었다.

"그래, 무슨 일이야?"

빌리는 울기 시작했다. 맥도월은 손등으로 코를 닦고 그것을 내려다보았다.

"자? … 카스퍼?"

"저 녀석이에요, 선생님. 저게 시작했어요!"

"아니에요, 선생님. 저놈이에요. 저게 나한테 석탄을 던지기 시작했어요!"

"훙, 내가 왜 던졌는데?"

"괜히 그랬지!"

"이 거짓말쟁이!"

파아딩 선생은 눈을 감고 두 팔을 가로저어 설명을 모두 중단시켜버렸다.

"닥쳐, 둘 다. 언제나 그 얘기지. 아무 잘못도 없고, 아무도 시작하지 않았고. 그저 공연히 석탄더미 위에서 싸웠던 거지. 둘 다 그라이스 선생께 보내야겠구나!"

그는 학교 건물을 향해 고개를 휙 젖혀 보이고, 이 사이로 갈듯이 말을 뱉어냈다.

"너희들이 해놓은 꼴을 좀 보거라."

쓰레기통 둘이 옆으로 누워있고 내용물이 쏟아져 나와있었다. 다른 세통에는 뚜껑이 없었다. 석탄더미는 밟혀서 석탄으로 된 모래밭처럼 되어있었고, 몇덩어리는 아스팔트 건너편까지, 어떤 것은 자전거 헛간 속까지 굴러가 있었다.

"좀 보란 말야, 이게 무슨 꼴이야! 너희 둘은 어떤 꼴인가 좀 봐!"

맥도월의 셔츠 한자락이 스웨터 아래로 빠져나와서 반쪽짜리 앞치마 모양으로 한쪽 허벅다리를 덮고 있었다. 빌리의 셔츠 단추는 모두 다 풀어져 있었다. 단추 하나가 떨어져나가 없고 거기에 맞을 단춧구멍은 찢어져 벌어져 있었다. 머리는 일주일 동안 열심히 긁어댄 듯한 꼴이었고 얼굴은 석탄을 캐는 광부들 같았다.

"그리고 울음 그쳐, 카스퍼! 죽을 일도 아니잖아!"

"내 손에 잡히면 죽어."

파아딩 선생은 맥도월 쪽으로 다가서서 얼굴이 같은 높이로 되도록 무릎을 굽혔다.

"넌 아주 용감한 사나이구나. 그렇지, 맥도월? 저 카스퍼가 너하고 상대가 되냐? 그렇게나 싸우고 싶으면 왜 좀 너와 덩치가 비슷한 놈을 못 고르나, 어? 어?" 하면서 동시에 맥도월의 어깨를 두 번 밀쳤다.

"겁이 나서 그렇지, 안 그래? 안 그래, 맥도월?" 오른쪽 잽. 다시 오른쪽. 맥도월이 물러설 때마다 다가서면서—

"넌 힘 센 체나 하는 놈이야. 남 괴롭히기만 하고. 카스퍼가 아니었으면 비슷한 다른 놈을 골랐겠지. 안 그래? 안 그러냐구, 맥도월?" 잽. 잽.

그들은 빌리를 뒤에 남겨두고, 마치 춤추기를 배우는 한쌍처럼 단속적인 걸음으로 헛간 쪽으로 나아갔다.

"내가 널 바닥에다 찍어누르고 따귀를 갈기면 뭐라고 하겠어?" 잽. 잽.

맥도월은 훌쩍이기 시작했다.

"넌 내가 치사한 놈이라고 하겠지. 안 그러겠어? 맞는 말이야.

내가 너보다 크고 힘이 세니까. 시작도 하기 전에 난 널 흠씬 두들겨줄 수 있다는 걸 알고 있으니까. 네가 늘 골라잡는 애들을 실컷 패줄 수 있다는 걸 아는 것처럼 말야!"

다음번 두개의 잽은 제법 센 펀치가 되었다.

"아버지한테 이를 거예요!"

"물론 그럴 테지. 너 같은 놈은 늘 아버지한테 일러바치지. 그래, 그럼 나는 어떻게 할지 알아, 맥도웰? 난 우리 아버지한테 이를 거야. 그러면 어떻게 되겠어? 어?"

맥도웰이 헛간 뒷벽에 뒤통수를 쾅 부딪쳐 양철이 울렸다. 파아딩 선생은 마지막 한걸음을 더 다가가 그들 사이의 간격을 다시 좁혔다.

"그런데, 맥도웰. 너 우리 아버지가 중량급 세계 챔피언인 걸 아니? 그러니 너의 아버진 어떻게 되겠어? 어? 그리고 넌 어떻게 되지? 어, 어? 맥도웰?"

그는 커다란 소리로 이 말을 하고는 맥도웰의 옷깃을 잡아 자기 얼굴 높이까지 끌어올리며 바로 섰다. 맥도웰은 이제 엉엉 울고 있었다.

"그래, 더 큰 사람한테 당하는 맛이 어때? 별로 마음에 안 들걸. 안 그래?"

그는 맥도웰을 내려놓고 양철벽에 세게 밀었다.

"또다시 이런 짓 하는 걸 보면 훨씬 더 맘에 안 들게 해줄 거야."

그는 이 말을 마치 맥도웰이 외국인이고 말을 잘 모르는 사람이기나 한 것처럼, 천천히 그리고 분명하게 발음했다.

"알았어?"

"알겠습니다."

"좋아. 이제 들어가서 씻고… 잠깐, 다음 시간이 너희 반 내 시간이지, 안 그래?"

"그렇습니다."

"그럼 됐어. 넌 그 시간에 삽으로 석탄을 다시 쳐 올리도록 해."

그는 왼발을 축으로 해서 몸을 돌려서, 발끝으로 석탄 한덩이를 아스팔트 건너편으로 차 보냈다. 그것은 다른 덩어리에 맞아 흩어진 석탄들 속으로 섞여들었다. 눈을 돌렸다가 다시 보니 어느 것인지 알 수 없었다.

"그리고 열두시에 내가 나왔을 때 한덩어리도 빠짐없이 제자리에 있어야 해. 알았어?"

"알겠습니다."

"됐어. 시작해."

맥도월은 손마디와 손등으로 눈이며 뺨을 닦으며 걸어갔다. 그는 빌리를 지나치면서 흘낏 쳐다보느라 문지르기를 멈추었다. 파아딩 선생은 헛간에서 천천히 걸어나왔다. 그가 빌리와 마주서는 것이 맥도월이 건물 모퉁이로 사라지는 것과 시간이 일치하도록.

"자 그럼, 카스퍼. 무슨 일이었어?"

빌리는 고개를 저었다.

파아딩 선생은 빌리를 흉내 내어 고개를 저으며 물었다. "이게 무슨 뜻이지? 무슨 일이 있었을 테지!"

"아… 잘 말할 수가 없어요, 선생님."

"왜 할 수가 없어?"

"할 수가 없으니까요. 못하겠어요, 선생님!"

그의 얼굴이 일그러졌다. 그리고 그는 다시 울기 시작했다.

"걔가 나한테 욕을 하기 시작했어요. 우리 아버지 흉을 보고 우리 엄마랑 우리 쥬드랑 욕을 하고, 다들 웃어대고…"

울음이 너무나 격렬해져서 숨을 제대로 쉬지 못할 지경이 되었고 말이 중단되었다. 파아딩 선생은 고개를 끄덕이며 한 손을 들었다.

"알았어. 진정해라. 이제 끝난 일이야."

그는 빌리가 진정하기를 기다렸다. 그러고는 천천히 고개를 흔들었다.

"모를 일이야. 넌 맨날 당하는 것 같아. 안 그러냐, 카스퍼?"

빌리는 머리를 숙이고 조용히 훌쩍이며 서있었다.

"왜 그런 거냐? 왜 그렇다고 생각하니?"

"뭐가요, 선생님?"

"늘 네가 말썽인 거 말야."

"다들 나를 못살게 구니까요. 그 때문이에요."

그는 너무나 힘껏 올려다보아서 아래 속눈썹에 갇힌 눈물이 눈과 함께 두개의 수정덩어리처럼 빛났다. 파아딩 선생은 미소를 감추려고 외면을 하였다.

"그래, 그런 줄 안다. 그렇지만 왜지?"

"모르겠어요. 그냥 다들 그래요."

"어쩌면 네가 나쁜 아이여서 그럴지 몰라."

"그런지도 모르지요, 어떤 때는요. 하지만 내가 그렇게나 나쁜

진 않아요. 다른 애들보다 더 나쁠 것도 없어요. 그런데 걔들은 모두 그냥 괜찮은 것 같거든요."

"넌 그럼 네가 그저 운이 나쁜 거라고 생각하는구나?"

"모르겠어요, 선생님. 별것도 아닌 걸로 혼이 나는 것 같아요. 아시잖아요. 시시한 일로요. 오늘 아침 강당에서처럼요. 전 아무짓도 안했어요. 그냥 조금 존 것뿐이에요. 전 굉장히 피곤했거든요. 여섯시에 일어나가지고 신문 돌리면서 뛰어다녔지요. 매 한번 보려고 또 집으로 달려갔지요. 그리구 나서 학교로 달려왔어요. 그런데 선생님이라면 피곤하지 않겠어요, 선생님?"

파아딩 선생은 낮게 웃었다.

"기진맥진하겠지."

"그건 매 맞을 이유가 안되잖아요. 그렇지요, 선생님? 피곤한 거 말이에요. 그라이스한테 … 그라이스 선생님한테 말을 할 수는 없어요. 죽이려 들 거예요! 모르시지요, 선생님. 오늘 아침에 그 방문 앞에 우리랑 같이 한 애가 있었거든요. 갠 다른 선생님한테서 심부름을 온 거예요. 그런데 그라이스 선생님은 걔도 때렸어요!"

파아딩 선생의 얼굴에 빙긋이 미소가 번지다가, 왈칵 웃음이 터져 나왔다. 빌리는 이런 표정의 변화를 심각한 얼굴로 지켜보았다.

"선생님은 웃으시지만 그 앤 어떻겠어요. 갠 나중에 아파서 제정신이 아니던걸요."

파아딩 선생은 당장 다시 진지한 표정이 되었다.

"네 말이 맞다. 우스운 일이 아니지. 네가 말하는 투가 우스웠던 거야. 그래서 그래."

"그리구 오늘 아침 영어시간에요, 제가 안 듣고 있었을 때요. 관심이 없어서 그랬던 게 아니에요. 손 땜에요. 아파 죽을 지경이었어요! 손이 아려 죽겠는데 정신집중을 할 수가 있어야지요!"

"그래. 그러긴 어렵겠지."

"그래두 그 때문에 또 야단을 맞았잖아요. 그죠?"

"넌 그걸 보상했지, 그렇지?"

"알아요. 그래도 늘 그렇단 말예요."

"뭐가?"

"선생님들요. 선생님들은 자기들 잘못일지도 모른다는 생각은 절대로 안해요."

"그런 생각을 하는 사람이 많진 않겠지."

"선생님들은 언제나 자기들은 옳다고 생각해요. 하지만 어떤 때는 어쩔 수가 없을 때가 있어요. 오늘 아침처럼요. 또 정말 지루할 때 안 듣는다고 매를 맞을 때요. 제 말은요, 재미가 없을 때는 딴 생각을 안할 수가 없다고요. 안 그렇겠어요, 선생님?"

"그렇겠지, 카스퍼."

"그래도 선생님들한테 그렇게 말할 수는 없어요. 선생님들은 '건방지게 굴지 마' 하고 딱!"

빌리는 곧게 서서 엄한 표정을 하고 고개를 저었다. 그러고는 파아딩 선생과 자기 사이의 공간을 딱 갈겼다. 파아딩 선생은 그 흉내를 보고 웃었다.

"선생님들은 그런다고요."

"난 그렇게 말하지 않지, 나도 선생인데. 안 그러냐?"

"아, 그야…"

"그야, 뭐지?"

"선생님은 적어도 우리들한테 뭐라도 가르쳐주시려고 하지요. 다른 선생님들은 안 그래요. 우리가 4C반이라는 이유로 백치니 멍청이니 밥통이니 하고 부르고, 시간이 끝나려면 얼마나 남았나 하고 시계만 들여다본다구요. 선생님들은 우리가 지긋지긋한 거예요. 우리도 선생님들이 지긋지긋하구요. 그러다가 말썽만 생기면 나한테 달려들어요. 젤 작으니까요."

"다 그런 건 아니겠지, 설마?"

"대체로 그래요. 그리구 어쨌든 … 전 선생님한테는 딴 사람한테보다 말을 더 잘할 수가 있어요."

그는 낯을 붉히며 눈길을 떨어뜨렸다. 파아딩 선생은 빌리의 정수리를 내려다보았다.

"집은 어떠냐, 요즘?"

"괜찮아요. 늘 마찬가지죠."

"경찰은 어때? 요즘 경찰과 말썽 있었던 일 있어?"

"아뇨."

"네가 변한 거니 아니면 붙잡히질 않은 거냐?"

"제가 달라졌어요, 선생님."

파아딩 선생은 미소를 지었다. 그러나 빌리는 진지했다.

"사실예요. 벌써 몇년이나 아무 짓도 안했어요! 맥도월이 늘 절 못살게 구는 게 그 이유도 있다구요. 인제 걔들이랑 같이 싸다니지 않거든요. 근데 걔들이랑 안 다니고부턴 말썽도 안 생겼어요."

"왜, 무슨 일이 있었어? 싸우거나 그랬니?"

"아뇨. 매가 생긴 담부터예요. 매에 너무 정신이 팔려서 그게 내 시간을 다 잡아먹어요. 그땐 여름이었잖아요. 그래서 저녁마다 들로 데리고 나가곤 했어요. 그러다가 빨리 어두워져도 걔들이랑 다시 어울리진 않았어요. 인제 관심이 없거든요.

전 매 길들이는 책을 구해가지고 인제 그걸 읽었어요. 또 새로 발목끈 같은 것도 만들고, 어떤 땐 헛간에 가서 촛불을 켜놓고 앉아있어요. 거기 있으면 좋아요. 조그만 기름난로를 주운 게 있거든요. 제법 따뜻해요. 그리구 그냥 앉아있는 거예요. 밖엔 바람이 불고 거기 앉아있으면 아주 아늑하고 포근하게 기분이 좋아요."

"그래, 정말 그렇겠구나."

"그냥 길거릴 싸돌아다니는 것보단 몇배나 좋아요. 우리가 하던 게 그것뿐이었거든요. 그냥 공영주택지를 어슬렁거리며 다니고, 심심해 죽겠는데다 꽁꽁 얼어가지고. 바로 그래서 늘 말썽을 일으켰던 것 같애요. 어디에 들어가서 물건을 슬쩍하고. 그냥 좀 신나볼려구요. 그저 할 짓이 없어서 그런 거예요."

"청소년클럽은 어때? 이 학교에도 일주일에 세번 저녁에 모이는 게 있지."

"청소년클럽은 싫어요. 게임은 싫어요. 우린 시내로 가서 극장에도 가고 어떤 땐 다방에도 가고 그랬어요. 하지만 어쨌든 걔들은 멋대로 하라지요. 전 인제 관심 없어요."

"그럼 넌 이제 외톨이구나?"

"사람들이 내버려두기만 해주면 외톨이 되는 게 좋아요. 그렇지만 언제나 누군가가 날 쫓는다구요. 아까 쉬는 시간처럼요. 전 그냥 좀 덜 추우려고 여기로 왔어요. 그런데 당장 싸우고 있는 거예요. 교실에서도 마찬가지예요. 그냥 앉아만 있다가 보면 일어서서 매를 맞거나 그러게 되거든요. 다들 절 골칫거리니 말썽꾼이니 하면서 꼭 내가 말썽 생기는 걸 좋아하는 것처럼 말하지만, 전 안 그래요.

또 집에선요, 공영주택지에서 뭐가 잘못되기만 하면 경찰은 맨날 우리집에 와요. 아무짓도 안한 지가 얼마나 오래됐는데도. 그리고 내가 하는 말은 하나도 안 믿어요! 어떨 땐 복수로, 일부러 나가서 무슨 짓을 하고 싶다고요."

"신경쓰지 마라. 괜찮아질 거야."

"아, 그렇겠지요."

"생각해봐. 두어주일만 지나면 학교를 떠날 거야. 직업을 갖게 되고 새로운 사람들을 만나고. 그건 기대해볼만한 일 아니냐?"

빌리는 대답하지 않고 그를 지나쳐 먼 곳을 바라보았다.

"일자리를 벌써 정했니?"

"아니오. 오늘 오후에 청소년 취업 담당관을 만날 거예요."

"어떤 직업을 갖고 싶지?"

"관심 없어요. 뭐라도 괜찮아요."

"그래도 흥미가 있는 자릴 얻으려고 하겠지?"

"별로 고를 꺼리도 없을 거예요. 그렇죠? 뭐든지 주는 대로 하는 수밖에요."

"난 네가 졸업하는 걸 기다리고 있다고 생각했는데."

"관심 없어요."

"네가 학교를 좋아하지 않는 줄 알았는데?"

"좋아하지 않아요. 그렇지만 그렇다구 일하는 걸 좋아한다는 뜻은 아니죠, 그렇잖아요? 그래도 대신 돈은 받겠지요."

"그래, 그래. 그렇겠지."

파아딩 선생은 머리를 약간 흔들고는 시계를 들여다보았다.

"돈을 모아서 참매를 살 수 있을지 모르지요. 요새 거기 관한 책을 읽고 있거든요."

"그래. 아무튼 난 가서 호각을 불어야겠구나. 벌써 5분 늦었어."

"잘됐어요."

"무슨 말이야?"

"다음 시간이 체육인데 5분 덜 하게 됐으니까요."

"그럼 가서 씻어야겠구나. 꾸물거리단 수업시간이 다 지나가버리겠어."

"그럼 좋겠어요. 운동장에서 한시간 동안 지옥인데요."

그는 파아딩 선생을 지나쳐서 건물 모퉁이 쪽으로 걸어갔다. 파아딩 선생은 천천히 그를 따라갔다. 그러다 빌리가 모퉁이에 다다랐을 때 빌리의 이름을 불렀다. 빌리가 돌아섰다.

"왜요, 선생님?"

"너의 그 매 말야. 한번 보고 싶은데."

"네, 선생님."

"언제 그걸 날리니?"

"점심때요. 저녁엔 너무 일찍 어두워져요."

"집에서 날리니?"

"네, 우리집 뒤에 있는 들에서요."

"우드가(街)지, 그렇지?"

"네, 124번지요."

"됐어 그럼. 내가 가지. 가도 된다면 말야."

"돼요. 선생님."

"좋아. 너의 그 매가 꼭 보고 싶어."

그는 노란 줄에 매달려 집게손가락에 걸려있는 호루라기를 빙빙 돌리기 시작했다. 그 금속조각은 곧 은빛 원을 만들었고, 줄이 그 원 속을 채웠다. 빌리는 잠시 동안 그 노란 원판을 바라보다가 건물 모퉁이를 돌아 사라졌다. 호루라기의 날카로운 소리가 곧 주위의 다른 모든 소리를 지워버렸다.

ꟹ

화장실은 비어있었다. 바닥은 한뼘도 남김없이 젖어있었다. 화장실 칸들의 문은 모두 활짝 열려있고, 한 칸에서 물통에 물이 차느라고 웅웅 소리가 나고 있었다. 맞은편 벽 소변기들 위의 구리파이프에서 물이 방울방울 떨어지기 시작하더니, 쉬익 하고 물줄기가 변기로 내려와서는 위의 파이프와 평행하게 나있는 하수통로로 흘러 내려갔다. 화장실 칸들과 소변기들 사이에 세면기가 방 한가운데에 두줄로 죽 늘어서 있고, 그 끝에 있는 쓰레기통은 몇개 안

되는 구겨진 종이타월들로 넘치고 있었다. 그것들은 마치 슈크림 봉지처럼 실제 부피에 비해 터무니없이 큰 공간을 차지하고 있었다. 단단히 뭉쳐놓는다면 쓰레기통 바닥에 간신히 깔릴 정도였고, 바닥에 흩어져서 타일에 판박이 무늬처럼 달라붙어 있는 종이타월도 들어갈 자리가 넉넉할 것이었다.

수도꼭지 하나에서 물이 쏟아지는 채 있었는데, 물살이 세어서 세면기 바닥에서 소용돌이를 일으키고 있었다. 빌리는 그 옆 세면기 구멍을 막고, 더운물을 틀고 찬물을 섞어 온도를 맞추어가며 물을 가득 채웠다. 그는 소매를 팔꿈치 위까지 걷어올리고 두 손을 담갔다. 그러자 세면기의 수면이 높아져 넘쳐난 물이 골을 타고 흘러내려갔다. 빌리는 몸을 앞으로 기울여 팔에 기대었다. 그리고 수증기가 얼굴로 올라오자 눈을 감고 광고에 나오는 아이처럼 미소를 지었다. 그는 세면기 위로 몸을 굽히고 천천히 얼굴을 담그고 가만히 있다가 숨을 내쉬어 거품이 부글부글 오르게 만들었다. 몸을 일으키고 얼굴을 흔들고 눈에서 물을 닦아내었다. 그러고는 액체비누병에서 비누를 따라 손에 거품을 낸 다음 물에 헹구었다. 물이 흐려졌다. 그는 다시 거품을 내고 오른손의 엄지와 검지로 동그라미를 만들어 그 속에 생긴 막을 살그머니 불었다. 그것은 방울이 되어 그의 손을 떠나 살며시 바닥 쪽으로 떠갔다. 무지개 빛깔이 방울막의 곡면을 따라 휘어져 보였다. 그는 그것을 다시 잡으려고 손을 뻗었다. 건드리자 없어졌다. 몇개 더 불었으나 그것들은 조그맣게 만들어졌고, 그는 그것들이 저마다 떠다니다가 사라지도록 내버려두었다. 그러고 나서 하나가 큼직하게 만들어졌다. 빌리는 그것을 잡으려고 손을 뻗었다. 그것은 공기에 밀려 달아나다가 그가 손을 거두자 거기에 따라 흔들거렸다. 그는 그것을 따라가 그것이 떨어지는 아래에다 손을 두고, 비눗방울이 하강하는 속도보다 느리게 손을 낮추었다. 그래서 천천히, 아주 천천히 방울은 손에 점점 가까워졌다. 떨어지면서, 손 위에 방울을 두고 같이 떨어지면서, 결국 방울은 떨어지는 손 위에 살그머니 내려앉았다. 빌리는 서서히 손을 정지시키고 미소를 지으며 일어섰다. 그는 비눗방울에 나타난 빛깔을 다른 각도에서, 또다른 빛 속에서 보려고 손을 기울였다가 고개를 이리저리 움직였다가 했다. 그러는 동안 방울은 사라져버렸고, 빌리는 비누거품이 묻은 손바닥을 바라보고 있게 되었다.

ꙮ

빌리는 마치 해안가에 휴가를 지내러 와서 아침식사를 하러 나타난 소년처럼 깨끗하고 반짝거리는 모습으로 탈의실에 들어섰다. 다른 소년들은 못에 걸린 옷들로 이루어진 열 사이의 통로에 빼곡이 들어서 있었다. 그들이 걸어놓은 옷들이 방을 복도들로 나누어 놓고 있었다. 석덴 선생은 천천히 방의 한쪽 끝을 가로질러 걸으며 통로마다 들여다보고 옷을 갈아입고 있는 소년들을 세고 있었다. 그는 보랏빛 운동복을 입고 있었다. 어깨부분은 여러가지 문장과 자격을 나타내는 헝겊 배지들로 장식되어 있고, 가슴에는 올림픽 성화를 들고 있는 운동선수가 흰색으로 새겨져 있었다. 바짓가랑이는 발목부분에 매끈하게 접혀진 흰색 축구양말 속으로 들어가 있고, 그의 축구화는 만화 속의 암살자들이 사용하는 폭탄처럼 새까맣고 반짝거리게 닦여있었다. 축구화 끈은 새하얗게 빨려있었고 양쪽 신이 똑같은 모양으로 묶여있었다. 발에 두바퀴, 발목에 한바퀴 감겨 뒤쪽 고리 밑에 매끈하게 고를 지어 묶여있었다.

그는 아이들 수를 다 세고 나서, 창턱에 있던 축구공을 굴려 자기 손 안에 놓았다. 가죽에는 방수기름이 넉넉히 발라져 있었고, 오렌지색 새 줄이 공의 이음매를 외과수술 자국처럼 단단히 졸라매고 있었다. 그는 공을 던져올렸다가 손가락 끝으로 받고는, 빌리를 향해 몸을 돌렸다.

"또 지각이냐, 카스퍼?"

"아녜요, 선생님. 파아딩 선생님이 절 보자고 하셨어요. 저하고 얘기를 하셨어요."

"선생님한테 고무적이었겠구만. 안 그래?"

"무슨 말씀이세요, 선생님?"

"너랑 얘기하는 게 말이다. 무슨 말인 줄 알았니?"

"아니오. 그 말 말예요. 고무 … 무슨 적이라는 거요."

"고무적이다, 이 바보야. 고 - 무 - 적, 고무적이라고!"

"네, 선생님."

"옷이나 갈아입어. 넌 벌써 두주째 늦었어!"

그는 한쪽 손목의 신축성 있는 단을 들어올리고, 손목 아래쪽에 있는 시계를 보려고 주먹을 돌렸다.

"넌 싫은지 몰라도 우린 경기를 하고 싶단 말이야."

"전 체육복이 없는데요, 선생님."

석덴 선생은 한걸음 물러서서 천천히 빌리를 아래위로 훑어보았다. 윗입술이 말려 올라가면서.

"카스퍼, 넌 정말 지긋지긋하다."

'지긋지긋'이라는 말이 왁자지껄한 소리를 꿰뚫고 들렸고, 그 바람에 소년들이 자기들이 하던 얘기를 멈추고 석덴 선생과 빌리에게 주의를 돌리자 갑자기 조용해졌다.

"시간마다 번번이 똑같은 소리야. '저, 선생님. 전 체육복이 없는데요.'"

그의 얻어맞은 개 울음소리 흉내에 소년들이 낄낄거렸다.

"4년 동안 매번이지! 그동안 내내 넌 체육복을 마련할 노력은 조금도 하지 않고, 언제나 슬쩍하지 않으면 빌리고…"

그가 여기까지 단숨에 말하고 숨을 멈춘 채 다른 말을 더 찾느라고 애쓰고 있을 때, 그 불그레한 얼굴은 더욱 상기되어 붉은 풍선처럼 번들거렸다.

"… 그렇지 않으면 … 구걸을 하고."

풍선이 터지고, 말이 빠져나왔다.

"어째서 다른 사람은 모두 구하는데 너만 못하지?"

"모르겠습니다, 선생님. 엄마가 사주질 않아요. 돈 낭비래요. 더구나 인제 졸업을 할 거니까."

"4년 동안 내내 졸업을 할 건 아니었잖아?"

"그렇습니다."

"용돈으로 살 수도 있었을 거야, 안 그래?"

"전 축구를 좋아하지 않아요."

"그게 무슨 상관이냐?"

"모르겠어요. 어쨌든 그만큼 넉넉히 용돈을 받지도 못해요."

"그럼 일을 하라구. 난 도대체…"

"일을 하고 있어요."

"그래! 그렇다면 넌 돈을 받을 것 아니냐."

"받아요. 하지만 엄마한테 줘야 돼요. 벌금 낸 걸 아직 엄마한테 갚고 있거든요. 월부식으로. 매주마다요."

석덴 선생은 빌리의 머리에 공을 튀겼다. 빌리의 목이 어깨 사이로 움추러들었다.

"야, 그럼 말썽을 안 부리면 될 거 아냐. 그러면…"

"말썽 부리지 않았어요, 선생님. 벌써…"

"닥쳐, 임마. 닥쳐. 사람 미치게 만들지 말고!"

그는 두번, 공으로 빌리를 때렸다. 마치 빌리를 바윗돌로 내리쳐 죽이려는 것처럼 두 손으로 공을 쳐들고서. 다른 학생들은 서로의 등 뒤에서 히죽히죽 웃거나, 터져 나오려는 웃음을 참느라고 손가락을 입에 누르고 있었다. 그들은 석덴 선생이 자신의 탈의실로 달려들어가는 것을 보고서 낄낄거리기 시작하다가, 그가 커다란 푸른색 체육복 반바지를 흔들며 나타나자 얼른 그쳤다.

"자, 카스퍼. 이걸 입어!"

그는 방을 가로질러 옷을 던졌고, 빌리는 머리 위로 나는 것을 붙잡아, 마치 살 물건을 살펴보는 것처럼 쳐들고서 들여다보았다. 온 학급이 와, 웃음을 터뜨렸다. 옷은 빌리에게 옷 두벌 하고도 외투 하나는 만들 수 있을 정도로 컸다.

“저한테 안 맞겠는데요, 선생님.”

온 학급이 다시 웃음을 터뜨렸고 빌리조차도 빙긋이 웃을 수밖에 없었다. 우스워하지 않는 사람은 석덴 선생뿐이었다.

“무슨 얘길 하는 거야, 임마! 입을 수 있지, 없어?”

“있습니다.”

“그럼 맞는 거야! 이제 갈아입어, 빨리.”

빌리는 빈 못을 찾아서 재킷을 거기 걸었다. 못에 걸린 옷들로 된 평행한 두 커튼 사이에 있는 빌리의 양쪽에 소년들이 한줄씩 몰려서서, 그는 곧 빽빽한 네모진 칸 속에 둘러싸이게 되었다. 그는 신발칸을 덮고 있는 기다란 의자 위에 앉아서 발치로 청바지를 끌어내렸다. 석덴 선생은 둘러선 아이들을 헤집고 와서 그를 내려다보며 섰다.

“속셔츠랑 팬티도 벗어.”

“전 그런 거 안 입어요.”

그가 바지를 못에 걸려고 손을 뻗어 올리자 셔츠 자락이 올라가면서 그의 맨 엉덩이가 드러났다. 그것은 두개의 하얀 당구공처럼 단단하고 매끄러워 보였다. 그는 체육복 반바지를 꿰어 허리까지 끌어올렸다. 가랑이가 종아리 중간쯤까지 올라왔다. 옷 허리춤을 목까지 끌어올리자 무릎이 간신히 드러나 보였다. 소년들은 그것을 가리키며 서로 소리를 지르며 웃어댔다. 아직 옷을 갈아입고 있던 아이들은 보려고 달려와 의자 위로 뛰어오르거나 걸린 옷들을 헤집고 들여다보았다. 그리고 그 모두의 가운데, 빌리는 마치 용감

한 꼬마 광대처럼 옷을 몸에 맞추려고 애쓰며 여념이 없었다. 석덴은 옷에 비해 몸이 너무 작은 것이 빌리의 잘못이기나 한 것처럼 그를 바라보면서 서있었다.

"허리를 접어 내려. 바보같이 굴지 말고. 넌 하도 멍청해서 웃음도 안 나온다."

다른 사람은 아무도 그렇게 생각하지 않았다. 빌리는 반바지를 가슴께에서 말아 내리기 시작했다. 한번 접어 내릴 때마다 가랑이가 짧아졌고, 옷은 그의 허리춤에서 푸르스름한 느슨한 타이어처럼 되었다.

"그러면 됐어. 이제 모두 나가자."

그는 문을 열고 그들을 데리고 복도를 내려가 교정으로 나갔다. 소년들 몇명이 선생이 보이지 않을 때까지 기다렸다가 달려서 문까지 슬라이딩을 했다. 미끄러지면서 천천히 몸을 돌려 오던 길을 마주보며 멈추었다. 고무창을 댄 신발은 타일 바닥 위에 기다란 검은 선을 남겼다. 플라스틱과 징을 박은 가죽창은 타일 표면의 막을 뚫고 바닥에 깊이 긁힌 자국을 냈다. 그들이 교정에 다다랐을 때에는 고무창은 탈의실이나 복도에서와 별다른 것이 없었지만, 징을 박았거나 플라스틱창이 내는 소리는 속이 빈 더 금속성의 울림을 내었다.

밖으로 나서자 빌리는 추위로 숨이 멎을 지경이었다. 그는 딱 멈추고, 도망을 치려고 살피는 것처럼 흘낏 둘러보았다. 그러고는 콘크리트 바닥을 가로질러 축구장으로, 소리를 지르며 마구 달렸다. 석덴 선생이 그를 따라 달려갔다.

"카스퍼! 닥쳐, 임마! 무슨 짓이야? 온 학교를 들쑤셔놓을 참이냐?"

그는 빌리를 따라잡아 가까워지자 펼친 손으로 힘껏 때렸다. 빌리는 지그재그로 피하여 간신히 손이 미치지 않을 만큼 달아났다.

"얼어 죽겠어요, 선생님! 몸 좀 덥히려고 소리를 지르는 거예요!"

"그럼 나한테 소릴 지르지 마! 내가 십리나 떨어진 데 있냐?"

그들은 마치 폭풍우 속에서 배를 타고 있는 사람들처럼 서로에게 소리를 지르고 있었다. 석덴 선생은 다시 그를 때리려고 했다. 빌리가 옆걸음으로 피해서 그는 균형을 잃었다. 그래서 그는 걸음을 늦추고 돌아서서 호각을 불며 다른 학생들에게 빨리 오라고 손짓을 했다.

"이리 와, 너희들! 빨리!"

그들은 조깅으로부터 단거리 질주에 이르는 다양한 속도로 달리기 시작했다. 그리고 대체로 비슷한 때에 상급반 축구장에 도달했다.

"하프라인에 줄지어 서. 편을 가르자!"

그들은 열을 지었다. 펄쩍펄쩍 뛰거나 제자리 뛰기를 하면서. 긴 소매를 입은 아이들은 소매 끝을 손에 끌어당겨 쥐었고, 짧은 소매를 입은 아이들은 소름이 돋은 팔을 문질렀다.

"티버트, 이리 나와서 다른 편 주장을 해."

티버트는 걸어나와서 석덴 선생과 떨어져 열을 향하고 섰다.

"내가 먼저 고른다, 티버트."

"불공평해요, 선생님."

"어째서?"

"선생님이 잘하는 앨 다 뽑아갈 테니까요."

"헛소리 마, 임마."

"그러실 거잖아요, 선생님. 불공평해요."

"티버트, 축구를 하고 싶으냐 아니면 옷 갈아입고 들어가서 수학을 하고 싶으냐?"

"축구하고 싶어요."

"됐어, 그럼. 우는 소리 말고 편이나 골라. 난 앤더슨 고른다."

그는 티버트에게서 몸을 돌리고 센터서클과 하프라인의 교차점 중의 하나에 서있는 소년을 가리켰다. 앤더슨은 교차점에서 걸어 나와 그의 뒤에 가서 섰다. 티버트는 누굴 고를까 생각하며 소년들의 대열을 훑어보았다.

"전 퍼디요."

"그럼, 엘리스 와라."

골라낼 때마다 대열의 구조가 달라졌다. 티버트가 중간에서 빠져나갔을 때 소년들은 모두 그 간격을 메우려고 한걸음씩 옮겨 섰다. 앤더슨이 한쪽 끝 가까이에서 빠져나갔을 때도 마찬가지였다. 그러나 나란히 연이어 서있던 퍼디와 엘리스가 빠져나가자 그 옆에 섰던 소년들은 가만히 서있어서 최초의 대열을 둘로 나누어놓았다. 그리고 또다른 소년들이 뽑혀 나가자 대열은 토막토막나서 처음에 둘로 나누어졌던 흔적도 전혀 남지 않게 되었다. 딱 여섯명이 빈 자리를 건너서 서로 바라보며 있었다. 왼쪽부터 뚱뚱한 소년 하나, 한팔 간격 건너 두 친구 — 하나는 키가 큰 안경잡이 또하나는 키 작은 언청이, 그리고 2야드 떨어져서 빌리, 사이를 두고 한 소년 – 짧은 머리에 주근깨가 많은 야윈 소년 그리고 이들과 멀리 떨어져 대열 저 끝에 또 뚱뚱한 소년 하나. 주근깨투성이 빡빡머리 소년이 두 뚱뚱한 소년들의 가운데쯤에 있었고, 따라서 대열의 한쪽 절반에 다섯 소년이 있었다. 멀리 끝에 있던 소년이 다음으로 빠져나갔고, 그래서 대열의 전체 길이가 절반으로 줄면서 주근깨 빡빡머리가 한쪽 끝이 되었다.

티버트는 다음으로 안경 쓴 키 큰 친구를 골랐고, 석덴 선생은 즉시 그의 짝을 골랐다. 그 둘은 대열에서 걸어나가면서 차츰 서로 떨어져서 마침내 각각의 팀으로 들어가면서 아주 헤어졌다. 그러고 나자 세명이 남았다. 뚱뚱이, 빌리, 빡빡머리 주근깨. 주장들이 생각을 하는 동안 그들은 서로 낯을 붉혔다. 티버트가 빡빡머리를 골랐다. 그는 얼른 달려나가 팀 속에 섞여버렸다. 뚱뚱이는 이를 내보이며 웃고 있었다. 빌리는 땅을 내려다보고 있었다. 오래 궁리한 끝에 석덴 선생은 빌리를 골랐고, 티버트는 도리 없이 홉슨을 데려가야 했다. 그러나 빌리나 뚱뚱이가 자기 팀을 향해 채 움직이기도 전에 석덴 선생은 벌써 돌아서서 소리쳐 지시를 하고 있었다.

"자, 우린 아래편 코트다!"

선수들은 자기편 진영으로 흩어져 갔고, 서로들 포지션을 놓고 다투는 동안 석덴 선생은 사이드라인으로 달려가 공을 내려놓고 운동복을 벗었다. 그는 속에 아주 새것인 빨간 축구셔츠를 입고 있었는데, 목과 소매 끝부분에 흰 단이 대어져 있었다. 흰색의 커다란 '9' 자가 옷감 밑으로 살빛이 약간 비쳐 보이는 흰 나일론 반바지보다 더 희게 등을 거의 덮고 있었다. 그는 양말을 끌어올리고 짜임으로 생긴 줄무늬를 바로잡고 나서, 운동복 주머니에서 반인치 폭의 붕대 새것을 꺼내어 두 토막을 잘라내었다. 찢어진 붕대 포장지가 아직도 본래의 모양을 한 채 검푸른 달걀껍질처럼 잔디 위로 날려갔다. 석덴 선생은 붕대 토막으로 양말이 흘러내리지 않도록 무릎 바로 아래를 묶었다. 그러고는 운동복을 얌전히 개어놓고 자신을 내려다보았다. 그리고 접시에 담긴 플럼푸딩처럼 손 위에 공을 들고 경기장으로 걸어들어갔다. 반바지 옆으로 손을 내리고 센터서클에 서있던 티버트는 자기편 레프트윙에게 눈을 끔쩍해 보이고, 석덴 선생이 다가오기를 기다렸다.

"선생님은 오늘 무슨 팀이에요, 리버풀이에요?"

"웃기지 마, 임마! 넌 유니폼 색깔도 모르냐?"

"리버풀이 빨간색이잖아요. 아니에요, 선생님?"

"그래, 하지만 다 빨강이야. 셔츠, 바지, 양말 모두. 이건 맨체스터유나이티드 색이야."

"참, 그렇죠. 잊어버렸어요. 선생님은 무슨 포지션으로 뛰실 거예요?"

석덴 선생은 9라는 번호를 보이려고 등을 돌려 보였다.

"보비 찰튼이네요. 맨체스터유나이티드로 뛸 때는 선생님은 데니스 로 포지션을 뛰는 줄 알았는데요?"

"오늘은 스트라이커 하기엔 너무 추워. 난 오늘 찰튼처럼 온 필드를 뛰어다닐 거야."

"로도 경기장 전체를 누비면서 경기를 해요. 스트라이커만 안 그러죠."

"찰튼처럼 링크는 안해."

"그래도 더 잘하는 선순데요."

석덴은 고개를 저었다. "아냐, 그 사람 요즘은 잘 못 뛴다구."

"그래도 마찬가지예요. 여전히 더 잘해요. 시작했다 하면 금방 판도를 결정해버린다구요."

"너 지금 나한테 축구를 가르치겠다는 거냐, 티버트?"

"아녜요, 선생님."

"그럼 닥쳐. 어쨌든 로는 이번 주엔 형편없었어."

그는 공을 중앙에 놓고 자기편을 돌아보았다. 빌리만이 포지션 없이 서있었다. 그는 세명의 하프백과 함께 도미노의 : : : 모양을 만들고 있는 풀백들 사이에 서있었다. 골은 비어있었다. 석덴 선생이 그것을 가리켰다.

"골에 아무도 없잖아!"

그편 선수들이 이 말을 확인하려고 돌아보았다. 티버트 편은 돌지 않고도 그냥 볼 수 있었다.

"카스퍼! 넌 무슨 포지션을 뛸 참이냐?"

빌리는 라이트백을 보았다가 레프트백을 보았다가 다시 라이트백을 돌아보았다. 아무도 대답을 해주지 않았다. 그래서 자신이 대답을 했다.

"모르겠어요, 선생님. 인사이드라이트를 할까요?"

이 대답으로 하나, 석덴 선생은 화가 났고, 둘, 아이들은 웃었다.

"웃기지 마, 임마! 그 뒤에서 어떻게 인사이드라이트를 하니?"

그는 하늘을 쳐다보았다.

"하느님 맙소사. 열다섯살이나 되어가지고 축구팀 포지션도 모르다니!"

그는 빌리에게로 한 팔을 뻗었다.

"골에 들어가, 임마!"

"아유, 선생님! 저 골은 못해요. 전 안돼요."

"이번이 배울 기회네, 그럼. 안 그래?"

"전 골에 들어가는 데 지쳤어요. 맨날 들어가는 걸요."

빌리는 돌아서서 골을 바라보았다. 마치 검투장으로 들어가는 문이기나 한 것처럼.

"서서 보고만 있지 마, 임마. 들어가라구!"

"그럼 제 탓하진 마세요, 제가 못 잡아도요."

"물론 네 탓을 할 거다. 아니면 누구 탓을 하겠냐?"

빌리는 골까지 걸어가면서 내내 소리없이 그를 욕했다.

"두 팀은 이 결정적인 5회 컵 — 타이 축구를 하려고 맞섰습니다. 맨체스터유나이티드 대…"(석덴[해설자])

"너흰 무슨 팀으로 하는 거지, 티버트?"(석덴[선생])

"어 … 우린 리버풀요."

"리버풀은 안돼."

"왜 안돼요?"

"내가 한번 말했지. 맨체스터유나이티드와 색깔이 너무 비슷해. 안 그래?"

티버트는 손가락 끝으로 이마를 문질렀다. 그리고 그렇게 생각하는 체하면서 자기편을 힐끗 둘러보았다. 골키퍼는 초록색 폴로, 라이트백은 푸른색과 흰색 줄무늬, 레프트백은 초록과 흰색의 사각무늬, 라이트하프는 흰색 크리켓, 센터하프들은 모두 푸른색, 레프트하프는 전부 노란색, 라이트윙은 오렌지와 초록의 럭비, 인사이드라이트는 검정 티, 센터포워드는 푸른빛 무명에 탭 칼라, 티버트는 빨간 몸통에 흰 소매, 레프트윙은 전부 푸른색.

"그럼 우린 스퍼즈 할래요. 그러면 색깔이 혼동되지 않을 거예요!"

"… 맨체스터유나이티드 대 스퍼즈의 결정적인 제5회 컵 — 타이가 되겠습니다."

석덴 선생[심판]은 호루라기를 물고 시계를 들여다보았다. 초침이 12까지 돌아가도록 기다리는 것이다. 5, 4, 3, 2 — 그는 팔을 내리고 호각을 불었다. 앤더슨이 그로부터 공을 받아서 티버트의 태클을 옆걸음으로 피해 두명의 상대편 선수들 사이로 자기 왼쪽 공간으로 짧게 보냈다. 석덴 선생[선수]이 그리로 달려들어가 공을 잡으려고 왼발을 들었으나 공은 발밑으로 굴러가버렸다. 그는 왼쪽으로 빙 돌아서 공을 잡았고, 경기장 위쪽으로 몰고 가려고 하면서 그러나 공을 건드릴 때마다 너무 멀리 보내어 우스꽝스런 드리블을 하기 시작했다. 그래서 20야드를 전진하면서 그는 세명의 스퍼즈 수비군으로부터 공을 다시 빼앗아야 했다. 그의 편 레프트윙이 터치라인에서 마크 없이 혼자 서서 공을 달라고 불렀다. 석덴은 그 소리를 듣고 그를 바라보곤 공을 그를 향해 땅으로 세게 찼다. 윙은 공이 오는 방향을 보며 당장 내달았지만 그의 앞으로 한 10

야드나 되는 곳에서 공은 밖으로 나가버렸다. 그는 죽 미끄러져 멈추고는 휙 돌아섰다.

"어이, 선생님! 제가 뭐라고 생각하시는 거예요?"

"움직여야지, 임마. 그랬음 잡았을 텐데."

"제가 뭘 하고 있었다고 생각하세요? 가만히 서있었단 말예요?"

"아주 좋은 공이었다구!"

"아, 경주용 개한테나 그랬겠죠!"

"나한테 대들지 마, 임마! 공이나 가져와!"

공은 굴러가서 밧줄로 둘러쳐진 크리켓 경기장에 멈춰있었다. 레프트윙은 축구장을 나가 그리로 걸어갔다. 밧줄을 가위뛰기로 뛰어넘어 무성한 잔디 위에서 공을 집어올려, 땅에 한번도 튀기지 않고 똑바로 축구장으로 던져보냈다.

골에서 빌리는 골라인을 따라 큰 걸음으로 기둥에서 기둥까지가 몇걸음인지 세고 있었다. 다섯걸음하고 조금 남았다. 그는 돌아서서 몸을 날려 기둥으로부터 다른 쪽으로 한발씩 뜀을 뛰었다. 다섯발. 세번 더 해보고 나니 네걸음 반에 뛸 수 있었고, 그러고 나서 이번에는 발길이로 재면서 돌아가보았다. 뒤꿈치를 다른 발 끝에 붙이면서. 서른발이었다.

14분 동안 경기를 한 뒤에야 그는 처음으로 공을 만졌다. 티버트가 빠르게 드리블을 해 오다가 석덴 선생의 다리 사이로 공을 밀어넣고 달려서 그를 돌아 자기편 라이트윙에게 공을 보냈다. 그는 큰 걸음으로 공을 잡아 자기편 풀백을 제치고 다시 티버트에게 안쪽으로 차 보냈고, 티버트는 석덴 선생을 제치고 뛰어오르려고 계속 달리다가 헤딩으로 오른편 구석으로 확실하게 골을 넣었다. 빌리는 공이 자기 왼편 위쪽으로 날아드는 것을 지켜보고 나서, 돌아서서 네트 밑에 떨어진 것을 집어들었다.

"야, 카스퍼! 노력을 해야지, 임마!"

"그건 건질 수가 없었어요."

"하려고 해보긴 해야지."

"뭣 땜에요, 선생님. 잡을 수 없는 줄 뻔히 아는데요?"

"이기려고 경기를 하는 거잖아, 임마."

"알아요."

"그럼 애를 써봐!"

그는 공을 받으려고 손을 내밀었다. 빌리는 거기에 응했다. 그러나 공이 손을 떠나면서 젖은 가죽이 손에서 미끄러져 그들 사이의 진창에 떨어져버렸다. 그는 공을 건지려고 달려나갔다. 그러나 석덴 선생이 이미 그리로 가고 있었고, 공을 집으러 달려가는 그의 노려보는 눈초리와 이를 악문 모습을 보자 빌리는 걸음을 멈추고 주저앉았다. 공은 그를 맞추지 못하고 머리 위로 날아가 다시 골로 들어가버렸다. 빌리는 무릎을 세우고 일어났다. 왼팔과 왼쪽 옆구리, 왼쪽 다리에 진흙이 얼룩져 묻어있었다.

"뭐하신 거예요, 선생님?"

"부주의다, 임마. 부주의."

그는 자신이 다시 시작하려고 공을 집어서 재빨리 중앙으로 가지고 갔다. 빌리는 일어섰다. 양쪽 무릎에 진흙덩이가 붙어있었다. 그는 셔츠 소매를 올리고 거기에 묻은 진흙을 긁어내기 시작했다.

"이걸 좀 봐. 이 셔츠를 계속 입고 있어야 되는데."

라이트백이 이 말을 듣고 돌아보았으나 곧 여럿이 조심하라고 외치는 소리에 다시 돌아보니 공이 자기 방향으로 느슨히 굴러오는 것이 보였다. 그는 머리를 낮추고 그리로 달려가서 발끝으로 멀리 위편으로 차내고, 공이 날아가는 방향이나 어디에 떨어지는가 따위에는 관심도 없이 공이 발을 떠나자마자 돌아서서 빌리의 곤경을 함께 염려했다. 공은 중앙선 위로 떠올랐고 석덴이 그것을 쫓기 시작했다. 공은 한번, 두번, 튀더니 터치라인 쪽으로 굴러갔다. 선생이 공을 잡을 것이 분명했다. 그래서 그편 포워드들은 기대에 차서 중앙으로 움직여 갔다. 그러나 공은 잡히고 싶은 듯이 재빨리 속도를 줄여놓고도 그가 도달하기 전에 라인을 넘어버렸다. 실망한 포워드들은 다시 페널티에어리어 밖으로 몰려나오면서 각자 투덜거렸다.

"쉽게 잡을 수 있었는데."

"수레 끄는 말 같애."

"좀 봐, 말도 다된 말이야."

"가망없다 그거지."

티버트가 스로인하려고 공을 집었다.

"운이 나쁘시네요, 선생님."

석덴은 엉치에 손을 얹고 가슴을 불룩거리면서 한 30초나 자기편 라이트백을 노려보고 나서야 비로소 숨을 가누고 그를 나무랄 수 있었다.

"야, 임마! 사람을 보고 공을 차야지! 아무 데나 차버리면 어떡

해!”

라이트백은 등을 돌린 채 빌리와 하던 말을 계속하고 있었다.

“스패로!”

“왜요, 선생님?”

“너한테 말을 하고 있잖아, 임마!”

“예, 선생님.”

“정신 차리고 경기를 하라구. 우리가 지고 있어, 임마.”

“네, 선생님.”

맨체스터유나이티드는 잠시 후 심판이 그편에 페널티킥을 허용하여 곧 동점이 되었다. 석덴이 득점을 했다.

축구장 다른 끝에서는 빌리가 네트를 붙들고 열중해 있었다. 그는 경기장에 등을 돌리고 그물을 움켜쥐고 조그만 사자처럼 으르렁거리고 있었다. 그는 그물의 네모 칸으로 앞발을 내밀고 ‘구경꾼’ 쪽을 향해 발질을 하다가 다시 움츠리고 우리 안을 왔다 갔다 했다. 다른 구경거리라곤 그의 뒤에서 공을 가지고 놀고 있는 얼룩덜룩한 ‘잡종’ 무리뿐이었다. 나머지 운동장은 비어있었다. ‘동물들’ 대부분은 건너편 건물들 속에 들어있고, 운동장 둘레로 쇠줄로 된 높은 울타리가 세워져 있었다. 울타리 꼭대기에는 안쪽으로 굽은 쇠못에 철망이 둘러 대어져 있었다. 바닥의 둘레로는 잔디 깎는 사람이 빠뜨리고 남겨둔 곳에 풀이 지저분하게 자라있고, 철사 아래쪽에는 보도의 콘크리트 블록에 덮여 풀이 가장자리로만 조금 남아있었다. 마당을 돌아 오르막길이 나있었고 길 건너편에 공영 주택들이 그 곡선을 따라 열을 이루고 있었다.

빌리는 골기둥 하나를 두 손으로 잡고, 쳐든 한 발을 네트 옆면의 네모 칸에 밀어넣고 그것을 발판으로 삼아 몸을 들어 골의 크로스바를 붙잡았다. 그는 손을 몇번 바꾸어 잡으면서 가운데까지 가서 머물러서 두 다리를 모으고 힘을 빼고 앞뒤로 흔들었다. 그러고는 한 손을 놓고 겨드랑이를 긁기 시작했다. 발질을 하면서, 그리고 원숭이 소리 흉내를 내면서. 크로스바가 흔들리고 조임나사들이 덜걱거리는 소리에 몇개의 머리들이 돌아보았고, 이윽고 소년들은 모두 경기는 잊어버린 채 그를 쳐다보고 있었다.

"카스퍼! 카스퍼, 내려와 임마! 네가 뭐냐, 원숭이라도 된 줄 알아?"

"아네요, 선생님. 따뜻하게 하느라고 그러는 거예요."

빌리는 크로스바를 다시 두 손으로 적당한 간격으로 잡고 몸을 흔들기 시작했다. 앞으로 뒤로, 앞으로 뒤로. 다리를 굴러 진동의 폭을 점점 크게 하면서. 앞으로 뒤로, 앞으로 올라갔다가 뒤로. 올라갔을 때 다리가 수평이 되게 하면서. 수평이 되었다가 뒤로 갔다가, 양쪽으로 다 수평이 되었다가 하면서 가장 높이 올라갔을 때 손을 놓으면서, 앞으로 뒤로 한번 더. 그러고는 무지개 모양의 호를 그리며 떨어져 무릎을 굽히고 착지.

그는 걸음을 내딛거나 비틀거리거나 할 필요도 없이 균형을 잡고 미소를 지으며 똑바로 일어섰다. 크로스바는 아직 떨고 있었다.

갈채가 일어났다. 석덴이 제지했다.

"됐어. 이제 하자구. 게임을 계속 하자구."

스코어는 아직 1:1.

1:2. 빌리가 얼굴을 가리면서 공을 크로스바 쪽으로 빗나가게 하자 공이 그곳에 맞고 빌리의 뒤쪽으로 골 안으로 튀어 들어갔을 때.

2:2. 심판이 여러 항의에도 불구하고, 앤더슨이 넣은 골을 오프사이드 위치에서 넣은 것인데도 득점으로 계산했을 때.

개 한마리가 운동장 한편에 나타났다. 여윈 검은색 잡종인데 독일 셰퍼드만한 크기였다. 보도 쪽의 울타리 아래를 킁킁거리며, 개는 당장 안으로 들어와서 경기에 끼겠다고 운동장을 가로질러 달려왔다. 그리고 짖어대며 공 주위를 뛰어 돌았다. 공을 가지고 있던 소년은 얼른 물러났다. 개는 앞발을 낮추고 등을 굽히고 꼬리를 쳐들어 몸뚱이의 선을 연장한 자세를 취했다. 소년들은 좀 떨어진 곳에 몰려서서 소리를 지르며 위협을 했다. 그러나 개는 누군가가 자신을 향해 움직일 때마다 그에게로 달려들듯이 짖으며 뛰어오르고 하여 아이들을 쫓아버리고, 돌아서서 다시 공으로 달려가는 것이었다.

소년들은 '늑대아저씨' 놀이를 하는 어린아이들처럼 흥분했다. 조심조심 그들은 다가든다. 그리고 한 아이가 공을 빼앗으려고 하면 개가 달려들고 그들은 모두 비명을 지르며 흩어졌다가 20야드쯤 떨어져서 다시 전진을 시작한다. 만일 석덴 선생이 총을 가지고 있었다면 늑대아저씨는 당장 죽었을 것이다.

"누구 거야? 누구네 개야?" (개에게 다가들 때에는 아이들 뒤에서, 물러날 때에는 아이들보다 앞서서) "누가 가서 비품실에서 크리켓 배트 좀 가져와. 그거면 저놈을 처치할 수 있을 거야."

흥분 속에서 아무도 선생의 말에 신경을 쓰지 않았다. 그래서 그는 둘러보다가 빌리가 골 입구 진흙에 발자국 무늬를 찍고 있는 것을 보았다.

"카스퍼!"

"왜요, 선생님?"

"이리 와!"

"왜요?"

"가서 비품실에서 크리켓 배트 반타스 가져와."

"크리켓 배트라니요! 이런 날씨에 말예요?"

"아냐, 이 바보야. 저 개를 처치하려고 그래. 경기를 망치고 있잖니."

"그럼 크리켓 배트 필요 없어요, 선생님."

"그럼 뭐가 있어야 되니, 다이너마이트라도 있어야 돼?"

"물거나 하진 않을걸요."

"그럴 기회를 안 주겠어. 저놈한테서 공을 뺏느니 굶주린 사자한테서 고기를 뺏지."

개는 공을 가지고 놀고 있었다. 두 앞발로 공을 잡고 머리를 한쪽 옆으로 기울이고 공을 깨물려고 하고 있었다. 그러나 턱이 벌어지는 폭이 좁아서 입을 다물 때마다 공을 앞으로 멀리 밀어내게 되었다. 그러면 그놈은 목에서 으르렁거리는 소리를 내며 공을 따라가는 것이었다. 빌리가 걸어나갔다, 한쪽 허벅다리를 탁탁 치면서 혀를 입천장에 튀겨 짤깍짤깍 소리를 내면서. 다른 소년들은 경계태세를 취했다.

"이리 와, 임마. 이리 와."

개는 빌리에게로 왔다. 가슴께로 뛰어올랐다가 내려서 둘레를 뛰어 돌았다. 그는 개가 손을 향해 뛰어오를 때마다 머리를 긁어주었다.

"왜 그러는 거야? 왜 그래, 이 커다란 멍청아?"

개는 앞발을 그의 가슴에 얹고 눈을 빛내며 빌리의 얼굴에 대고 짖었다. 혀가 입가로 말려올라가 숨을 쉴 때마다 안으로 또 밖으로 미끄러지듯 움직였다. 빌리는 귀를 어루만져주고는 물러서서 개가 다시 네발로 서게 했다.

"이리 와, 임마. 오라구. 어디로 데리고 갈까요, 선생님?"

"어디든 좋아. 이 운동장에서 나가기만 하면 어디든 괜찮아."

"이놈이 어디 사는지 알아볼까요, 선생님? 그래서 데려다줄까요? 옷 금방 갈아입을 수 있어요."

"안돼, 안돼. 운동장에서 쫓아내기만 하고 골로 돌아와."

빌리는 개의 목걸이에 손가락을 걸고 학교 쪽으로 확실히 이끌고 갔다. 내내 나직하게 개에게 말을 하면서.

그가 돌아왔을 때 그들은 3:2로 이기고 있었다.

잠시 뒤에 그들은 3:3으로 동점이 되었다.

"왜 그러는 거야, 카스퍼. 공이 겁나냐?"

석덴 선생은 중앙으로 그에게 공이 돌아오자 시계를 들여다보았다.

"그럼, 좋아. 다음 골로 이기는 거다!"

한점만 내면 시합에 이기는 것이다.

전면전이다. 홍분, 전율. "우—! 우—!" "골인!" "아냐!" "라인을 넘었어요, 선생님!" "계속해!"

빌리는 공을 잡아채어 앞으로 달려가서 경기장 위쪽으로 높이 차 보냈다. 그는 돌아서서 우거지상을 지으며 제자리로 뛰어 돌아갔다.

"빌어먹을. 납덩이 같네, 그놈의 공. 발을 몽둥이로 얻어맞은 것 같아."

그는 황새처럼 서서 발을 이리저리 움직여보았다. 발가락을 위로 굽혀 올릴 때마다 운동화의 가운데 접힌 부분에서 물이 스며 나왔다.

"제길, 다시는 저놈의 공 차지 말아야지."

그는 발을 땅에 살짝 대고 체중을 실어보았다.

"상이용사 같군. 한 발은 뼈가 부러지고 한 발은 동상에 걸리고."

그는 반바지 허리춤을 목에까지 펴 올리고, 팔을 그 속에 집어넣었다.

"어이, 석덴. 그 빌어먹을 호루라기 좀 불어. 얼어 죽겠어."

경기는 계속되었다. 석덴이 크로스바 위로 차 넘겼다. 잠시 뒤 그는 티버트가 슛하려는 것을 셔츠를 잡아당겨 막았다. 반칙! 경기 계속.

빌리는 한쪽 엄지손가락을 펴들고 그 뒤로 학교 건물을 보다가, 손가락을 천천히 눈 쪽으로 끌어당겨 (시야에서) 학교를 없애버렸다. 어린 꼬맹이 하나가 손톱 뒤에서 걸어 나왔다. 빌리는 다른 편 눈을 뜨고, 손을 내렸다. 꼬맹이 건물에서 꼬맹이들이 더 나왔다.

꼬맹이 진입로를 걸어내려가 대문으로 걸어갔다. 빌리는 페널티에어리어 가장자리까지 달려나갔다. 팔은 반바지 속으로 차렷 자세를 하고.

"종 쳤어요, 선생님! 애들이 나오고 있어요!"

"종에는 신경쓰지 마. 골로 돌아가!"

"전 처음 차례란 말예요. 점심을 못 먹게 돼요."

"경기가 있을 땐 차례를 바꾸라고 했을 텐데."

"잊어버렸어요."

"그럼 오늘 점심은 잊어버리라구."

그는 다시 경기로 돌아갔다. 그런데 불현듯 무슨 생각이 난 듯했다.

"그리구 바지에서 팔 꺼내, 임마! 탈리도마이드 기형아 같잖아!"

경기는 다른 편 끝에서 진행되고 있었다. 빌리는 페널티에어리어 가에서 자기편 풀백들과 삼인조를 이루고 머물러 있었다.

"집에 가서 매한테 먹이를 줘야 되는데 어떻게 둘째차례 점심을 먹고 있으란 말야?"

꼬맹이들은 모두 교정에서 사라졌다. 그중 몇은 높은 운동장으로 걸어올라와 축구장과 같은 높이로 지나가면서 크기가 커지더니 소년들이 되었다. 그들은 철사울타리를 통해 소리쳐 응원을 하다가는 다시 줄어들어 모퉁이를 돌아 사라졌다.

그 자리에 건너편 보도 위에서 한 남자와 여자가 같은 방향에서 다가왔다. 남자는 회색 양복을 입고 여자는 초록색 외투를 입고 있었다. 그들이 경기장과 같은 높이에 가까워졌을 때 그들은 같은 평면에 들어섰고, 갑자기 뒤에서 빨간 승용차가 뒤따라왔다. 빨강, 회색과 초록의 세가지 색깔의 덩어리가 같은 평면에서 같은 방향으로 각기 다른 속도로 움직이고 있었다. 정지. 빨강, 회색, 초록. 아래는 초록색 잔디, 배경에는 빨간색 집들, 위에는 회색 하늘. 출발. 승용차가 두명의 보행자 사이를 비집고 지나갔다. 소음을 쇠로 된 닻줄처럼 끌면서. 몇초 후에 남자가 여자를 지나쳐 회색과 초록이 잠시 겹쳤다. 그리고 몇초 후에 여자가 정원의 문을 열고 시야에서 사라져 남자만을 홀로 남겨두었다. 정적. 그러고는 오토바이 굉음이 웅! 웅! 집들 뒤에서 부릉거리다가 사라지고, 공이 튀기는 소리가 들렸다. 외침, 메아리, 그 뒤 텅 빈 교정. 종이 한장이 바람에 날려와 철사울타리에 걸렸다.

12시 15분. 승부를 결정할 골이 갑자기 중요해졌다. 이제는 웃음도, 농담도 없이 모두들 열심히 뛰었다. 경기를 하는 동안 거의 내내 대부분의 소년들은 핀볼기계 막대들처럼 제자리에 딱 붙은 채, 공을 몰고 다니는 몇몇 아이들이 혹간 그들의 지정된 지역 안에 공을 몰아넣을 때에만 갑자기 살아난듯 움직였었다. 경기의 소품에 불과했다. 이제는 모두 경기를 하고 있다. 각 팀이 일체가 되어. 그리고 포지션이 중요하게 되었다. 공을 가진 편에서는 움직이면서 빈 자리에서 공을 불렀다. 공을 갖지 않은 편에서는 마크를 하고 태클을 하면서 공을 다시 뺏으려고 애를 썼다. 하나의 동작이 거기에 상응하는 동작을 부르고, 그것이 다시 경기장의 다른 부분에서의 움직임을 결정했다. 공은 자석이었다. 가장 가까운 곳의 선수를 가장 세게 끌어당기고, 그러면서도 가장 멀리 있는 선수까지도 움직일 만큼 자력은 강력했다.

12시 20분. 빌리는 라인 위에서 펄쩍펄쩍 뛰었다. "제발 점수를 내라구. 누구든 점수를 좀 내." 째깍 째깍 째깍 째깍. 석덴이 다시 공을 놓쳤다. "저 새낀 눈이 멀었어. 깜깜 장님이라구." 석덴은 새빨개져서 짐을 끄는 말처럼 땀을 뻘뻘 흘리고 있었다. 소년들은 쉽사리 그를 지나쳐 달려나갔다 — 걸어 넘기려는 그의 다리와 셔츠를 움켜잡는 그의 손을 피해서 멀찌감치 떨어져서 움직였다.

맨체스터유나이티드는 심각한 수세에 몰렸다. 석덴은 자기편 페널티에어리어로 후퇴했다. 태클을 하고, 밀쳐내고, 빠져나가려고 했다. 그러나 상대편 선수들은 되돌아왔다. 티버트 편 선수들이골키퍼만 빼고 모두가 석덴 편의 진영으로 달려나와서, 경기장은 도미노의 6:1처럼 불균형하게 보였다.

그러나 아직 석덴은 그들을 견제하고 있었다. 자기편 선수들을 위협하여 필사적인 영웅들로 만들면서.

12시 25분, 26분, 27분. 빌리는 날아오는 공을 막아낼 때마다 비통한 것 같았다. 그는 공을 차낼 때마다 눈을 감고 상대편이 잡으려면 잡아라 하고 차내었다. 그리고 상대편이 공을 갖게 될 때마다 석덴은 눈을 공에다 둔 채 다음번 동작을 막으려고 움직이면서 폭력으로 선수를 위협했다. 누군가 지금 와서 봤다면 석덴이 앞으로 내달으며 공을 가진 소년을 명백하게 위협하는 것을 보고 놀랐을 것이다.

한번은 슈팅한 공이 똑바로 날아들어 빌리가 달려나갔는데, 공은 다리에 맞고는 골포스트를 스쳐 돌아나가버렸다. 코너! 잘 살렸어, 카스퍼. 농담도 웃음도 없었다.

그것은 훌륭한 코너였다. 공은 페널티킥 위치에 가깝게 떨어졌다. 슛, 막고, 태클, 엎치락뒤치락, 넘어지고, 파울, 우와, 석덴이 쳐내어버렸다.

"아웃이다. 나가! 필드 위로 가!"

빌리는 진흙덩이를 긁어서 무심코 손 안에서 주물럭거리기 시작했다. 소시지 모양으로 길게 만들었다가 둥글게 뭉쳤다가 조금씩 떼어내어 엄지손가락으로 튕겼다. 결국 거칠거칠한 손바닥에 마른 흙부스러기 조금밖에 남지 않았다. 그는 진흙을 또 한덩이 긁어서 다시 시작했다. 굴리다가 주무르다가 떼어서 튕기다가 그리고 몸을 돌려 골을 가로질러 골기둥에 던졌다. 철썩, 흙이 기둥에 달라붙었다. 그리고 다음번 슛이 그에게로 날아왔을 때 그는 야단스레 몸을 날려 애써 막으려는 체했다. 그러나 공은 그의 팔 너머로 튀어 천천히 네트로 굴러들어갔다.

골인!

티버트 편은 당장 축구장을 떠나 팔을 휘두르며 소리를 지르며 운동장을 가로질러 달려갔다. 빌리는 네트에서 공을 집어내는 것조차 하지 않고, 자기편이나 석덴 선생을 돌아볼 생각도 않고 그들을 따라 달려갔다.

ꕤ

석덴 선생이 탈의실에 들어섰을 때 빌리는 재킷을 꿰어 입고 있었다. 석덴은 그를 지켜보고 있다가, 빌리가 문을 향하자 한걸음 옮겨 딛어 길을 막았다.

"바쁘냐, 카스퍼?"

"예, 선생님. 집에 가야 돼요."

"정말?"

"네, 선생님?"

"뭘 잊어버리지 않았어?"

빌리는 빈 못과 그 밑의 빈 공간을 돌아보았다.

"아니오."

"확실해?"

빌리는 자신을 살펴보고 나서 석덴의 얼굴을 올려다보았다.

"네."

석덴은 그에게 미소를 지어 보였다. 대치 상태. 빌리는 그를 지나쳐 앞쪽을 보았다. 몸무게를 이쪽 발 저쪽 발로 옮겨서 한쪽 눈으로 석덴 몸 뒤편의 문을 볼 수 있었다. 오른쪽 눈, 왼쪽 눈, 오른쪽 눈, 왼쪽.

"샤워는 어떻게 됐지?"

그는 빌리의 머리 너머로 방 저쪽 끝 칸막이벽 너머로 피어오르는 수증기 쪽을 고갯짓으로 가리켰다. 빌리는 발 바꾸기를 멈췄다.

"했어요, 선생님."

석덴은 손등으로 그의 뺨을 세게 갈겼다. 얼굴이 휙 돌아가고, 옷들이 걸린 통로로 아이가 휙 밀려났다.

"거짓말!"

"했어요! 처음에 했다고요! 누구한테 물어보세요."

그는 눈물을 글썽이며 뺨을 만졌다.

"좋아, 물어보지."

석덴은 운동복의 엉덩이 주머니에서 호루라기를 훽 꺼내어 기다란 날카로운 소리를 내며 불었다. 그 소리는 소년들이 모두 나와 정렬을 한 뒤에도 한참 동안 울렸다. 잠시 동안 샤워의 물 쏟아지는 소리와 하수구에서 쿨럭거리며 물이 빠지는 소리 너머로도 그 울림이 들릴 수 있는 쥐죽은 듯한 정적이 만들어졌다.

"카스퍼가 샤워하는 것 본 사람 손들어."

손드는 사람 없고 대답도 없다. 소년들은 조용히 자기들이 하던 일을 계속했다. 어떤 아이들은 헝클어진 머리를 하고 옷을 입고 있었다. 어떤 아이들은 샤워 앞에 설치된 돌로 된 타일 단 위에서 몸을 닦고 있었다. 나머지는 칸막이벽 양쪽 끝에 몰려 서있었는데 벽 뒤로 슬금슬금 돌아가서 하던 샤워를 계속했다. 한 소년이 에로스 같은 자세를 하고서 쏟아지는 물줄기가 손바닥에 떨어졌다가 다시 몸을 닦는 곳의 타일 위로 폭포를 이루게 만들었다. 타일들은 거의 모조리 물로 번들거렸다. 그 미끌거리는 표면에 움직이는 소년들과 천장의 기다란 전구가 반사되어 어른거렸다. 벽 바로 밑에 타일 몇개가 마른 채 있어서, 이런 빛의 움직임에 무감각한 윤기 없는 회색 표면으로 남아있었다.

"자, 카스퍼. 아무도 말하지 않을 줄 난 알고 있었어!"

정지.

"퍼디. 재 사워하는 거 봤어?"

"아니오."

"엘리스?"

"못 봤어요, 선생님."

"티버트?"

그는 발가락 사이를 닦고 있다가 올려다보지조차 않고 고개를 저었다.

"또다른 사람에게 물어볼까, 카스퍼? 못된 거짓말쟁이 같으니!"

"엄마가 샤워 안해도 된댔어요, 선생님. 감기가 걸려서요."

"그럼 쪽지를 보자."

미소를 지으며 그는 손을 내밀었다. 빌리는 아무것도 내어놓지 않았다.

"없는데요."

"그럼 옷을 벗어."

"오후에 가져올 수 있어요."

"그건 소용없어, 임마. 지금 있어야 돼. 학교규칙 알지, 몰라? 체육시간이나 샤워를 면제받으려는 학생은 바로 그 시간에 부모나 법적인 보호자의 서명이 있는 봉해진 양해 편지를 내놔야 한다."

"아이, 그만두세요, 선생님. 집에 가야 돼요."

"집에 가도 좋아, 카스퍼."

"가도 돼요, 선생님?"

그의 얼굴이 밝아졌다. 그리고 석덴을 돌아서 문 쪽으로 가려고 움직이기 시작했다. 석덴은 조금 따라가서 다시 이전의 상태로 대치했다.

"샤워를 하고 나서 말야."

"전 수건이 없어요."

"하나 빌리렴."

"아무도 빌려주지 않을걸요."

"그럼 물을 털어 말려야겠구나, 그렇지?"

선생은 그것이 재미있는 말이라고 생각했다. 빌리는 그렇게 생각하지 않았다. 그래서 석덴은 보다 감상능력이 있는 청중을 찾아 둘러보았다. 그러나 아무도 듣고 있지 않았다. 그들은 몇초간 더 그렇게 마주 서있었다. 그러고는 빌리가 자기 옷걸이 쪽으로 돌아갔다. 그는 재빨리 옷을 벗었다. 운동화 끈을 풀지 않고 신발 뒤꿈치를 굽혀 벗긴 다음에 잡아 뺐다. 그가 일어섰을 때 양말의 검은 발바닥이 마른 바닥에 축축한 자국을 찍었다. 그것은 그가 양말을 벗고 바지를 벗으며 걸음을 옮겨놓자 곧 어지러운 발자국들 속에 섞여버렸다. 그의 발목과 뒤꿈치에는 묵은 때가 새까맣게 끼어있어서 마치 피부의 색깔이 그런 것처럼 보였다. 왼쪽 다리에는 진흙 얼룩이 묻어있었고 무릎엔 둘 다 진흙이 이겨져 붙어있었다. 이 흙 껍질의 표면은 가늘게 균열이 가있어서 무릎을 움직일 때마다 갈라진 틈이 찡그린 주름살처럼 벌어졌다.

한순간, 샤워 쪽으로 서둘러 달려가느라고 한쪽 다리는 구부러지고, 더러운 두 다리와 커다란 갈비뼈로 인하여 새하얀 살갗이 두드러지게 드러나고, 푹 패인 뺨과 눈자위의 그늘 때문에 빌리는 아주 잠깐 동안 홀로코스트를 그린 옛 판화 속의 아이와 닮아 보였다.

뜨거운 물은 너무 차가울 때와 마찬가지로 헉 하고 숨을 들이쉬게 만들었다. 그는 뒤꿈치를 들고 서서 물을 향해 팔을 쳐들었다. 팔꿈치 아래쪽 팔의 솜털이 피부를 잡아당겨 소름이 돋아났다.

나란히 있는 파이프에서 솟아나 있는 수도꼭지들은 지그재그로 붙어있어서 하나하나가 서로 반대편 벽의 두 수도꼭지 사이 공간으로 물을 쏟아내게 되어있었다. 빌리는 구석 쪽으로 물러서서 두 팔을 가까운 벽에 직각으로 누르고 끝에 있는 수도꼭지에서 나오는 물의 범위에서 벗어나려고 애썼다. 그러고 나서 물을 덜 맞고 빠져나갈 수 있는 길을 찾아 훑어본 다음 고개를 움츠리고 미끄러지면서 이쪽저쪽 벽에 닿았다 튀어나가며 달려나갔다. 수도꼭지를 쳐다보면서 흐르는 물을 피해 휘돌아 다음 꼭지로, 그것의 바깥쪽으로, 그 밑으로 그 사이를 빠져나가며, 발은 바닥의 질퍽한 물을 차서 물보라를 일으키면서 그렇게 다른 쪽 끝으로 달려나갔다. 그가 모퉁이를 돌자 석덴이 기다리고 있었다.

"바쁘냐, 카스퍼?"

빌리가 그 옆을 지나 빠져나가려 하자 그는 몸으로 틈을 막았다.

"뭐가 그리 바빠, 임마?"

"저 좀 나갈 수 있어요?"

선생이 생각하고 있는 동안, 제일 끝에 있는 수도꼭지에서 나오는 물이 빌리의 등과 뒤통수를 때리고 있었다.

"그 진흙을 다 없애고 제대로 씻을 때까진 아무 데도 못 가."

빌리는 샤워장 안으로 돌아가서 손으로 몸을 문지르기 시작했다. 다리의 진흙이 젖어서 검어졌고 계속해서 떨어지는 물로 뭉개져서 다리를 타고 흘러내리고 있었다. 흙물줄기가 무릎에서 정강이를 타고 타일 바닥으로 흘러내려 씻겨나갔고, 빌리가 손으로 무릎을 문지르자 다시 흙물이 왈칵 쏟아져 내려 종아리며 타일을 더럽혔다가 씻겨서 도랑으로 그리고 하수구로 흘러내려갔다.

그가 발목이며 발뒤꿈치를 씻고 있는 동안 석덴은 세명의 소년을 샤워장 한쪽 끝에 배치시키고 자신은 다른 쪽 끝으로 갔다. 그곳에선 파이프로 들어가는 물을 조절할 수 있었다. 물의 양을 조절하는 바퀴가 짧은 축 위에 붙어있었다. 더운물과 찬물 파이프가 만나는 부분에 온도계가 붙어있었는데, 화씨 109도(섭씨 약 42.8도) 눈금까지 빨갛게 올라가 있었다. 온도계 바로 밑에는 온수/미온수/냉수라고 찍혀진 둥근 크롬판 위에 크롬으로 된 손잡이가 붙어있었다. 뭉뚝한 바늘은 온수를 가리키고 있었다. 석덴은 그것을 미온수 쪽으로 제쳐 냉수까지 보내었다. 잠시 동안은 온도에 변화가 보이지 않았고, 여전히 온도계의 많은 부분을 빨간 부분이 차지하고 있었다. 그러나 줄어들기 시작했다. 처음에는 천천히 그리고 빠르게, 빨간색이 차지하고 있던 면적이 재빨리 줄어들었다.

차가운 물 때문에 빌리는 헉, 숨을 들이켰다. 그는 비가 오는지 어떤지 보려는 것처럼 손을 쳐들었다가 끝 쪽으로 달려갔다. 세명의 감시인이 출구를 막았다.

"야, 비켜! 나가게 해줘. 이 개새끼들아!"

그들은 쉽게 그를 막았다. 그래서 빌리는 계속 소리를 지르면서 다른 쪽으로 달려갔다.

"땀 좀 나냐, 카스퍼?"

"내보내주세요, 선생님. 갈래요."

"골에서 애를 썼으니 몸 좀 식히는 게 좋을 것 같은데."

"얼어 죽겠어요!"

"그래?"

"그만하세요, 선생님. 이런 법이 어딨어요!"

"그래 마지막 골을 들어가게 하란 법은 있냐?"

"어쩔 수 없었어요!"

"말도 안되는 소리."

빌리는 다시 달려나가려 했다. 석덴이 막았다. 그래서 그는 다시 다른 편으로 달려갔다. 그가 빠져나가려 할 때마다 세명의 소년들이 그를 막았다. 그리고 그가 다가들 때 수건을 휘둘러서 다가오지 못하게 했다. 그는 수도꼭지를 움직여보려고 했지만 어떤 쪽으로 돌려도 여전히 물은 그에게로 쏟아져 내려왔다. 결국 마지막에는 포기를 하고 몸을 얼리는 듯한 찬물이 쏟아지는 가운데 말없이 서 있었다.

빌리가 소리 지르기를 그치자 다른 소년들은 웃기를 그쳤다. 그리고 시간이 지나고 그에게서 아무 소리도 들리지 않자 소년들의 대화는 줄어들었고 차츰 샤워장으로 주의가 쏠렸다. 나중에는 그 세명만이 방 안의 소음이 줄어든 것을 깨닫지 못하고 서로 고함을 지르고 있었다. 문득 그들은 말을 멈추고, 어리둥절하여 둘러보고, 그러고는 다른 소년들과 함께 샤워장 쪽을 바라보았다.

차가운 물이 실내의 공기를 식혀서 증기는 사라졌고, 샤워장에서 들리는 소리는 칸막이 뒤의 물 떨어지는 소리뿐이었다. 그 단조로운 소리에 소년들은 천천히 몸을 닦는 곳으로 모여들었다.

감시인 소년들은 불안해 보이기 시작했다. 그들은 대장 쪽을 건너다보았다.

"인제 내보내줘도 돼요, 선생님?"

"안돼!"

"폐렴에 걸릴 거예요."

"그 녀석 뭐에 걸리든 상관없어. 본때를 보여줄 거야! 내가 90분 동안 정신없이 뛰고 나서 마지막에 일부러 지게 하는 걸 내버려둘 거라고 생각한다면 큰 오산이지."

아이들 사이에서는 불안해하는 기색과 투덜거리는 소리가 일어났다.

"그만하면 됐어요, 선생님."

"고작 게임인데요, 뭐."

"내보내주세요."

"닥쳐, 이 녀석들. 나가!"

아무도 움직이지 않았다. 그들은 마치 그 타일 바른 벽에서 영화가 상영되고 있기라도 한듯 칸막이벽을 계속 응시하고 있었다.

그때 빌리가 벽 꼭대기에 나타났다. 손이 보이고 머리 그리고 어깨가 빠르게 기어올라왔다. 커다란 함성이 일어났다. 마치 인형극의 등장인물 펀치가 커다란 몽둥이를 껴안고 그들 머리 위에 나타난 것 같았다. 석덴이 그를 보았다.

"내려와, 카스퍼!"

빌리는 칸막이벽에 걸터올랐다가 반대편 마른 쪽으로 내려왔다.

아이들이 웃었다(이를 가는 소리도 들렸다). 세명의 감시원은 자기들의 위치를 떠났다. 석덴은 샤워를 잠그고 아이들은 흩어졌다. 빌리는 몸과 팔다리에 맺혀있는 물방울을 손바닥으로 훑어내고 자기 옷걸이로 서둘러 가서 반바지로 몸의 물기를 찍어내었다. 셔츠가 젖은 몸에 달라붙어 옷을 입는데 등에서 뭉쳐 잘 내려오지 않았다. 그리고 얇은 플란넬 천에 습기가 배어 검게 얼룩이 생겼다.

ഇ

집으로, 똑바로 집으로 ― 그리고 곧바로 정원을 내려가 헛간으로 갔다. 그는 혀로 톡톡 소리를 내며 살창 사이로 들여다보았다. 매는 홰를 떠나 날갯짓 한번으로 문 뒤의 선반에 도달했다. 빌리는 살창을 가볍게 두드린 뒤, 차고 쪽으로 급히 돌아갔다.

안에는 뒷벽에 만들어 붙인 긴 의자 위에, 둘레에 'BREAD'라고 양각으로 새겨진 둥근 판이 놓여있었다. 나무는 새하얗게 닦여있었고, 표면에 이리저리 칼자국이 숱하게 나있어서 수많은 조그만 기하학적 무늬들을 만들고 있었다. 판을 가로질러서 칼이 하나 놓여있었다. 거친 칼등과는 대조적으로 칼날은 흠 없이 반들거리고 있었다. 손잡이는 두개의 놋쇠 조임나사로 조여져 있었고, 그것은 부목처럼 미끈하고 무감각하게 보였다. 판 옆에 가죽주머니와 청소용 솔이 솔 부분을 위로 하고 놓여있었다.

빌리는 가죽가방의 뚜껑을 열고 기름종이로 된 꾸러미를 꺼냈다. 꾸러미를 펼치자 쇠고기 몇조각이 종이에 달라붙어 있었다. 그는 고기를 냄새 맡아보고 나서 판 위에 놓고, 밖으로 나갔다.

그는 잠긴 부엌문을 열고 부엌을 지나쳐 똑바로 거실로 갔다. 춥고 조용했으며 구석들은 어두컴컴하게 그늘이 져있었다. 옷가지들이 가구에 이리저리 흩어져 있었는데, 옷의 무게와 천의 질감에 따라 다른 모양을 하고 있었다 — 털옷은 무더기로 되어있고, 무명옷은 펼쳐져 있고, 나일론 옷은 의자 한쪽 팔걸이에 걸쳐져 늘어져 있었다. 식탁 위에는 사용한 그릇들이 체크무늬 식탁보 위에 모여있어, 게임을 하다가 그만둔 체스판의 말들 같았다. 빌리는 무릎을 꿇고 긴 의자 밑을 더듬었다. 그는 공기총을 찾아내고, 화덕 쪽으로 가서 벽난로 선반 한쪽 끝에 서있는 만족스러운 표정의 토비 항아리에 손을 뻗었다. 항아리에는 납총알이 가득 들어있었다. 빌리가 항아리를 기울이자 납총알이 항아리의 검은 모자 부분에서 그의 손바닥으로 미끄러졌다. 항아리를 다시 제자리에 놓을 때 빌리는 시계 옆에 있는 접혀진 종잇조각을 누르고 있는 반크라운짜리 동전 두개를 알아챘다. 두개의 동전은 꼭 맞게 놓여있었다. 톱니가 일치해서 하나의 두꺼운 크라운화처럼 보였다. 그는 손가락을 아직 항아리 전에 둔 채로 멈칫했다. 그런 뒤 돌아서서 걸어나오다가 멈추고서 벽로선반을 돌아보았다. 그는 공기총을 꺾어 열고, 이마를 찡그리고 아랫입술을 깨물면서 장전했다. 총알이 제자리에 놓이고도 한참 후까지 밀대를 엄지손가락으로 톡톡 두드렸다. 기름얼룩이 엄지 끝에 묻었다. 그는 그것을 살펴보고, 엄지손가락과 집게손가락을 마주 비벼 검지 끝에 기름칠을 했다.

총은 22구경으로 망원렌즈가 부착된 것이었다.

"좋아. 다르게 나오면 가져가고 똑같이 나오면 안 가져간다."

그는 총을 들어올려 시계를 겨누었다. 조준경의 십자눈금이 시계판을 십자무늬가 찍힌 둥근 빵처럼 보이게 만들었다. 그는 총구를 옆으로 돌려 토비항아리를 향했다. 웃는 얼굴 모양, 배, 맥주잔, 다시 총구를 돌려 돈을 향하고 방아쇠를 당겼다. 위의 동전이 엄지손가락으로 튕긴 것처럼 핑그르르 돌면서 튕겨 올라가고, 밑의 동전은 벽로에서 튀어나와 양탄자 위에 앞면을 위로 하고 떨어졌다. 위의 동전은 달각거리며 돌다가 벽로선반 위에서 울리는 소리를 내며 뒷면을 위로 하고 자리를 잡았다. 그리고 돈을 걸 쪽지는 지그재그로 점점 큰 호를 그리며 내려와 식탁 아래에 떨어졌다. 빌리는 달려가 자신의 운을 확인했다.

"제길!"

그는 동전을 재킷 주머니에 떨어뜨려 넣고, 내기 걸 쪽지를 집으려고 식탁 밑으로 몸을 웅크렸다. 일어나면서 쪽지를 펼쳤다.

5/- 2번
크랙폿
헬힘히스테드

5/- J.H.

그는 그것을 다시 접어 돈을 넣은 주머니에 쑤셔넣었다. 그리고 집을 나가며 뒤로 문을 닫았다. 그 소리에 처마의 홈통에서 찌르레기 한마리가 날아올랐고, 빌리는 문을 잠그면서 쳐다보았다.

그는 차고로 들어가 뒤창문과 옆창문을 열고, 등받이 없는 작은 걸상을 분필로 X표를 한 자리에 가져다 놓았다. 그곳은 고개만 돌리면 두 창문으로 다 내다볼 수 있는 자리였다. 그는 걸상에 자리를 잡고 앉아 기다렸다. 아무 일도 일어나지 않았다. 총을 허벅다리 위에 가로놓고 나지막이 휘파람을 불면서 가락에 맞추어 소리없이 발을 흔들며 앉아있었다. 참새 한마리가 매가 있는 헛간 꼭대기에 와 앉자 빌리는 휘파람과 발장난을 멈췄다. 그는 뒤창문으로 기어갔다. 고개를 들었을 때 참새는 그곳에 없었다. 그래서 걸상으로 돌아와 다시 자리를 잡고 앉았다.

계속해서 참새의 짹짹 하는 소리가 들렸지만 보이는 것은 멀리 굴뚝 꼭대기의 조그만 형체뿐이었다. 그러다 참새 한마리가 뒤편 침실 창문 위 처마에 와 앉았다. 그놈은 한 다리로 서서 다른 발로 빠른 속도로 주둥이를 긁어 털고, 깃털을 부스스 일으키고는 자리를 잡고 앉았다. 처마 홈통 위로 복슬복슬한 몸뚱이가 마치 컵에 얹힌 달걀처럼 보였다. 빌리는 걸상에서 살짝 미끄러져 내려 창문으로 다가가 찬찬히 살펴보았다. 아직 그곳에 있었다. 그는 총을 들어올려 천천히 창틀로 내밀고, 기울이고 돌려서 참새 쪽을 향하게 했다. 참새는 짹짹거리기를 멈추고 둘러보았다. 깃털이 몸에 찰싹 달라붙어 본래의 가냘픈 몸매를 드러내었다. 빌리는 얼어붙은 듯 꼼짝도 하지 않았다. 정지. 참새는 긴장을 풀고 짹 짹 짹 하며 다시 노래를 계속했다. 빌리는 편안한 자세로 무릎을 꿇고 왼쪽 팔꿈치를 창턱에 괴고 총신을 창틀의 옆쪽에 기대고서, 가늠쇠 안으로 참새가 들어오게 했다. 검정 턱받이를 두른 회색 털북숭이. 정수리가 회색인 머리를 옆으로 돌려 소리를 낼 때마다, 조그마한 부리가 짝짝 벌어지는 옆모습이 보였다. 슬레이트를 배경으로 해서 검게 테를 두른, 아주 분명하게 드러난 스케치 같았다. 빌리는 조준경의 십자눈금이 참새 바로 턱 밑을 겨냥하도록 약간 조정했다. 꼼짝 마 — 발사. 총신의 반동 때문에 그는 펄쩍 뛰었다. 눈을 껌뻑이고 두 눈을 뜨자 때맞춰 참새가 날개를 펼친 채 곤두박질하며 벽돌 벽을 따라서 땅으로 떨어지는 것이 보였다. 총에 다시 탄환을 재면서 참새가 떨어져 있는 콘크리트 바닥으로 달려나갔다. 그는 총신 끝으로 새를 건드렸다. 그리고 조심스레 뒤집었다. 참새는 가만히 있었다. 그래서 그는 몸을 굽히고 그것을 집어들었다. 두 눈이 다 감겨있었다. 부리 사이로 가늘게 내비치는 피가 갈라진 틈을 두드러져 보이게 했지만, 그것 외에는 폭력의 흔적은 없었다. 빌리는 새의 가슴부분 깃털을 쓸어보고 날개를 펼쳐 그 아래를 살폈다. 총알이 들어간 자국은 없었다. 그는 깃털을 쓰다듬어 내리고 날개를 다시 접고 그리고 팔을 뻗어 총을 멀리 들고 발 옆의 땅속으로 총을 쏘았다. 흙은 날지 않았다. 총알이 들어간 곳에는 아무런 흔적도 없었다. 여전히 똑같이 잠잠한 흙덩이의 모습과 울퉁불퉁한 땅이었다.

그는 참새를 가지고 다시 차고로 들어갔다. 그것을 가방에 넣고 루어를 꺼냈다. 그 양쪽에 쇠고기를 한점씩 잡아매고 나서 다시 그것을 넣고 가방의 내용물을 점검했다. 앞주머니에는 주머니칼, 호루라기, 크린스줄, 뒷주머니에 회전고리와 리쉬줄, 루어, 참새 — 그리고 쇠고기 조각들. 그는 가방을 메고, 긴 의자 위 못에 걸린 승마용 가죽장갑을 내려서 차고를 나갔다.

매는 빌리를 기다리고 있었다. 그가 문을 여는 동안 매는 소리를 지르며 얼굴을 살창에 바싹 가져왔다. 그는 제일 큰 고깃점을 골라서 그 대부분을 손바닥 안에 감추고 엄지와 검지로 단단히 잡았다. 그리고 문을 살짝 열고 그 틈으로 장갑 낀 손을 들이밀었다. 매는 장갑 위에 뛰어올라 고기에 달려들었다. 빌리는 재빨리 헛간 안으로 들어가 문을 닫았다. 그리고 매가 고깃점을 물어뜯는 동안 회전고리와 리쉬줄을 달았다.

밖으로 나오자마자 매는 고개를 들고 긴장했다. 깃털을 몸에 찰싹 붙이고 위협적인 눈을 했다. 빌리는 가만히 서서 나직하게 휘파람을 불며 매가 긴장을 풀고 다시 먹기 시작하기를 기다렸다. 그러고는 헛간 뒤를 돌아가서 매를 머리 위쪽으로 높이 들고 조심스레 울타리를 넘었다. 키 큰 아가위나무 생울타리가 들판의 한쪽 가장자리를 두르고 있고 바람이 계속하여 가지 사이로 세게 불고 있었다. 그러나 들 한가운데에서는 바람이 잦아져 속삭임이 되어있었다. 그는 가운데에 도달하여 리쉬줄을 장갑에서 풀어내어 회전고리에서 빼내고 회전고리를 발목끈에서 떼어내고 손을 쳐들었다. 매는 날개를 치고, 꼬리날개를 부채처럼 펼쳤다. 발은 여전히 장갑 낀 손을 움켜잡고 있었다. 빌리는 장갑 낀 손을 위쪽으로 슬쩍 뿌리쳐 매를 떨어뜨렸다. 매는 떨어져나가 커다란 원을 그리더니 재빨리 위로 올라갔다. 그동안 그는 가방에서 루어를 꺼내어 막대에 감긴 줄을 풀었다.

"이리 와, 케스! 어서 와!"

그는 휘파람을 불고 줄을 짧게 하여 루어가 수직으로 면을 이루도록 흔들었다. 매는 몸을 돌려 그것을 보고는 달려들었다.

"카스퍼!"

빌리는 반사적으로 들 저편을 힐끗 쳐다보았다. 파아딩 선생이 울타리를 기어오르며 그에게 손을 흔들고 있었다. 매는 루어를 움켜잡았고, 빌리는 매가 그것을 가지고 땅에 내려앉도록 내버려두었다.

"이런 빌어먹을!"

빌리는 막대기를 땅에다 박고 일어섰다. 파아딩 선생은 뒤꿈치를 들고서 그에게로 다가오고 있었다. 풀밭을 지나오는라 신경을 쓰면서. 외투를 걸치고 바지 자락을 접어 올리고 있는 그 모습은, 바닷가를 거니는 가벼운 여행자 같았다. 빌리는 그가 30야드 거리까지 다가오게 내버려뒀다가 한 손을 쳐들어 제지했다.

"거기서 멈추셔야 돼요, 선생님."

"내가 너무 늦은 게 아닌지 모르겠다."

"아녜요. 그렇지만 거기서 보셔야 돼요."

"괜찮아. 너무 가까운 것 같으면 울타리로 돌아갈게."

"아녜요. 거기 계시면 괜찮아요. 가만히 계시기만 하면요."

"숨도 안 쉬고 있을게."

그는 미소를 짓고 손을 외투 주머니에 넣었다. 빌리는 몸을 굽히고 루어줄을 따라 매에게로 다가갔다. 그가 매에게 쇠고기 조각을 내밀자 매는 루어를 떠나 빌리의 장갑 위로 올라섰다. 그는 매가 고기를 먹게 하고 나서, 일어나서 다시 던져올렸다. 매는 들 주위를 높게 선회하였다. 빌리는 땅에서 막대기를 뽑아 들고 루어를 흔들기 시작했다. 매는 몸을 돌려 그리로 달려들었다. 빌리는 매가 내려오는 것을 지켜보며 매가 속도를 더하여 자기에게 빠르게 다가오는 순간을 기다렸다. 지금이다. 그는 팔을 펴고 줄을 늘여 루어를 매가 오는 길목으로 던졌다가, 매가 채 오기 전에 아래로 흔들어 내리고, 그러고는 매가 공격할 수 없을 만큼 높이 튀어 올라가게 하여, 매가 몸을 솟구치고 그 바람에 공중 높이까지 올라가게 만들었다. 매가 몸을 돌려 다시 달려들었다. 빌리는 다시 루어를 내놓았다. 그리고 또다시. 번번이 솜씨 좋게 매의 앞 1인치쯤 떨어지게, 그래서 날갯짓을 한번만 하면 잡을 수 있을 만큼, 아니면 또 한번만 더하면 잡을 수 있을 만큼, 일류 투우사가 망토를 가지고 하듯이 그렇게 루어를 흔들었다. 매를 부추겨 점점더 빨리 점점 세게 달려들게 했고, 매가 달려들어 아슬아슬하게 놓칠 때마다 파아딩 선생이 숨을 멈추게 만들었다. 매가 달려들 때마다 빌리는 계속해서 매를 불렀다. 그러고는 루어를 던지는 시간을 조절하며 몸을 기울여 루어를 길게 던져서 매가 그걸 따라 눈은 고정시키고 부리는 벌리고, 각도를 맞추어 속도와 방향의 조그마한 변화에도 맞추어 날 수 있도록 몸을 가누면서 루어를 쫓게 했다.

매는 새로운 책략으로 낮게 왔다. 땅 가까이, 소리가 들리지 않는 곳으로 날아들려는 것 같았다. 빌리는 무릎을 굽히고 흔들거리는 면을 평평하게 하여 길어지는 줄이 매보다 앞에 나가게 했다.

"이번이야, 케스! 이번이야!"

매는 이쪽저쪽으로 달려드는 거리를 줄였다. 그래서 공격의 빈도가 늘어났다. 빌리는 몸을 틀었다가 휙 돌고 하면서 그러면서도 루어와 매에 대한 통제력을 잃지 않았다. 그러다가 결국 매는 비껴 날아 나가 아가위나무 울타리 위 높이서 빙빙 돌기 시작했다.

"케스! 한번 더! 마지막이야!"

매는 왔다. 곤두박질하듯. 날개를 접고 빌리를 향해 쏟아지듯 달려들었다. 빌리는 기다리다가 휙 루어를 던져올렸다. 던져올리며 몸을 돌리며. 그리고 매가 다시 달려들 때 빌리는 루어를 말아서 매가 달려드는 길목으로 높이 던져올렸다. 매는 그것을 잡아 움켜쥐고 땅으로 내려왔다.

그는 매가 루어에 붙은 남은 고깃점을 먹도록 두었다가 손에 올려 회전고리와 리쉬줄을 달았다. 매가 손뼉소리를 듣고 휙 올려다보았다. 파아딩 선생이 가볍게 갈채를 보내고 있었다. 빌리는 그를 향해 걸어가서 중간에서 만났다. 매는 그들이 서로 다가가는 동안 줄곧 낯선 사람을 주시하고 있었다.

"놀라워, 카스퍼! 굉장해! 정말 멋지다!"

빌리는 낯을 붉혔다. 그들이 함께 매를 바라보는 동안 침묵이 흘렀다. 매는 마주 응시했다. 방금 한 운동 때문에 아직도 가슴이 들썩이고 있었다.

"정말 멋지구나. 매한테 정말 가까이 가본 건 처음이야."

그는 매를 향해 손을 들어올렸다. 매는 부리로 쪼고 할퀴었다. 그는 재빨리 손을 뒤로 뺐다.

"맙소사! … 별로 붙임성이 있지는 않구나, 응?"

빌리는 미소를 짓고 매의 가슴을 토닥거렸다. 날개 밑을 손가락으로 긁어주면서.

"너는 괜찮은 것 같은데."

"전 상관 않는다고 생각하니까 그런 거예요."

"무슨 말이냐?"

"매가 손을 쪼면 전 하나도 아프지 않은 것처럼 가만히 있거든요. 그래서 조금 해보곤 그만두는 거예요."

"대단하다. 나 같으면 그런 생각은 못했을 거야."

"그래도 발톱 근처에는 절대로 손을 가져가지 않아요. 맞으면 굉장히 아프거든요."

파아딩 선생은 비늘무늬가 있는 노란 정강이와, 펼치고 있는 네 개의 발가락 그리고 장갑을 움켜쥐고 있는 날카로운 발톱을 바라보았다.

"그래, 정말 아프겠다."

빌리는 가방에서 참새를 꺼내어 장갑 낀 손의 엄지와 둘째 손가락 사이로 밀어올렸다. 매는 당장 그것을 한 발로 붙들고, 부리로 참새 머리의 깃털을 뽑기 시작했다. 한줌씩 뽑아 좌우로 바람에 날려 보냈다. 한 점이 드러나더니 털이 뽑힌 분홍빛 살갗이 한조각 나타났다. 매는 그 살갗을 물어 잡아당겨 찢어서 구멍을 내어, 창백한 빛을 내는 두개골이 드러나게 했다. 그것은 참새의 알처럼 연약해 보였고 섬세한 곡선을 이루고 있었다. 우지끈. 머리뼈가 부서지고 머리 위쪽이 뜯겨 한입에 삼켜졌다. 한입 더 물자 머리가 다 없어졌다. 부리까지도 우선 잘게 조각조각 부순 뒤에 삼켜버렸다. 빌리는 참새를 손가락 사이로 밀어올려 몸통이 거의 드러나게 했다. 매는 고개를 낮추고 가슴과 날개의 털을 뽑기 시작했다. 가슴의 솜털이 하늘하늘 흩어지고 날개의 깃털은 바람개비처럼 빙글빙글 돌며 땅으로 떨어졌다. 때때로 매는 부리에 묻은 피에 달라붙은 깃털을 떼어내려고 고개를 흔들었다. 그것이 잘 안되면 발톱으로 긁어냈는데 발톱의 끝이 눈에 닿을 듯 말 듯 스치면 마치 두드러기가 난 사람이 시원스레 긁어댈 때처럼 반은 아프고 반은 기분이 좋은 듯이 움츠리곤 했다.

매는 참새의 가슴부분 털을 거의 다 뽑고 부리로 살갗을 찢어 열어 얄팍한 가슴살 밑의 조그만 내장이 꼬불꼬불 엉키어 조그만 몸통 속에 꼭 채워져 있는 것을 드러내었다. 매는 안을 비집어 창자를 끌어내어 그것을 흩뜨려놓았다. 위쪽이 사슬에 달린 시계처럼 매달려 있는 창자가 매의 부리에 달려 흔들렸다. 그리고 매는 줄줄 미끄러져 내리는 불그죽죽한 뭉치를 후루룩 집어삼켰다.

"윽!"

"비타민이 많아요, 선생님."

간 — 자줏빛 도는 갈색 덩어리. 심장 — 미끈거리는 조약돌. 살갗과 뼈와 깃털뿐인 시체만 남았다. 그것을 매는 뜯어서 조각조각 먹어치웠다. 부숴서 삼켜버리기에 너무 큰 뼈들은 던져버렸다. 깨끗한 하얀 조각들. 조그만 조각들은 풀 속으로 사라져버렸다. 다리만이 남았다. 매는 섬세하게 다리를 쪼아 조그만 살 조각도 남김없이 떼어내고, 발과 발목뼈만 남겨서 뱉어버렸다. 모두 사라졌다. 매는 몸을 세우고 고개를 흔들었다.

파아딩 선생은 빌리를 따라 울타리를 넘어 헛간 앞까지 갔다. 그리고 빌리가 안에서 매를 풀어놓는 동안 살창을 통해서 지켜보았다. 매는 곧장 자기의 홰로 날아가서 고개를 낮추고 부리 손질을 시작했다. 나무를 부리를 가는 혁지로 삼아서. 그런 뒤 몸을 세우고 자세를 가다듬었다. 빌리는 문을 열고 파아딩 선생이 들어올 수 있도록 옆으로 물러섰다. 그는 얼른 들어와서 매를 바라보며 나란히 섰다. 매는 한 발을 깃털 속에 접어 올리고 한 발로 자리를 잡고 있었다.

"다른 데를 보세요, 선생님. 매들은 쳐다보는 걸 좋아하지 않아요."

"그래."

파아딩 선생은 희게 회칠이 된 벽과 천장 그리고 깨끗한 선반 위의 방금 눈 새똥과 바닥의 깨끗한 마른 모래를 둘러보았다.

"이 속을 깨끗하게 잘해두고 있구나."

"그래야 돼요. 매가 병에 걸릴 가능성이 줄어들거든요."

"저 새를 몹시 아끼는구나, 그렇지?"

빌리는 그를 올려다보았다. 저 위 그의 눈까지.

"물론이에요. 선생님 거라면 안 그러시겠어요?"

파아딩 선생은 나직하게 한번, 웃었다.

"그래, 아마 그렇겠지. 넌 야생의 것들을 좋아하지, 그렇지 빌리?"

"네, 선생님."

"이전에도 새들을 길러본 일이 있니?"

"많아요. 짐승도 있고요. 한번은 여우 새끼를 가졌는데요, 키워서 보내줬어요. 정말 멋진 놈이었어요."

"무슨 새를 길렀었어?"

"많아요. 까치, 갈가마귀 같은 거요. 한번은 어린 어치를 갖고 있었는데 그건 정말 죽을 지경이었어요. 먹이기가 너무 어려워요. 그래서 그놈은 거의 죽을 뻔했어요. 그놈은 다신 안 키울 거예요. 제 어미한테 두는 게 제일 좋아요."

"그런데 어느 새가 제일 좋았니?"

빌리는 마치 파아딩 선생의 지능이 갑자기 백치의 지능으로 퇴화하기라도 한 것처럼 그를 바라다보았다.

"뭐라고요, 선생님?"

"매가 제일 좋단 말이지?"

"다른 건 완전히 격이 달라요."

"왜 그렇지? 이것이 그렇게 특별한 점이 뭐야?"

빌리는 몸을 굽히고 모래를 한줌 쥐었다.

"잘 모르겠어요. 이건 하여튼 달라요. 그뿐예요."

"까치는 어때? 멋진 새잖아. 어치는 또, 색깔이 곱지."

"색깔은 문제가 아녜요. 그건 아무것도 아니라구요."

"그럼 뭐가 문제냐?"

빌리는 손에서 모래가 솔솔 흘러 왼쪽 운동화 위에 떨어지게 했다. 모래알들은 개수대 속으로 쏟아져 내리는 수돗물 줄기처럼 운동화 앞 고무로 덮은 곳에 떨어져 튀어나갔다. 그는 고개를 흔들고 어깨를 으쓱했다. 파아딩 선생은 한걸음 나서며 한 손을 들어올렸다.

"나는 매의 생김새가 좋아. 아주 멋지게 균형이 잡혀있어. 매끈한 머리, 등 뒤로 날개를 모아 접은 모습, 꼭 맞는 길이의 꼬리 그리고 다리의 솜털 — 마치 골프용 반바지 같은."

그는 허공에 매를 그려보았다. 각 부분을 묘사하면서, 거기에 맞추어 손으로 곡선이며, 흐르는 선을 그려 보이며.

"그림을 그리거나 찰흙으로 만들어보고 싶은 그런 모습이지. 그리는 게 아마 제일 낫겠다. 저 아름다운 갈색 무늬를 모두 그려 넣을 수 있을 테니까."

"그렇지만 날 때 말이에요, 선생님. 매가 다른 새보다 뛰어난 건 바로 그때예요. 그때가 제일 좋은 때예요."

"그래 내 생각에도 그렇다. 저기에 앉아있는 것만 보고도 잘 난다는 걸 알 수 있지."

"그건 유선형으로 보이니까 그래요."

"내가 균형 얘길 한 건 그 얘기였어. 균형과 관계가 있는 것 같아. 경주마도 보기에 좋으면 실제로 좋은 말이기 쉽다는 말이 있거든. 이 경우에도 같은 것 같아."

"그래요."

"그런데 매가 날 때에는 뭔가 기이한 느낌이 있는 것 같아."

"뭐라구요, 선생님? 매가 제일 잘 난다구요."

"그런 말이 아니고…"

"다른 새 중에 잘 나는 게 없다는 말은 아니에요. 제비나 칼새나 푸른도요 같은 것이 공중제비를 하는 걸 보세요. 또 갈매기니 그런 것들요. 우리 식구가 어디 갔을 때 저는 그 새들을 몇시간씩이나 지켜보곤 했었어요. 스카보로에서가 제일 좋았어요. 거기선 절벽 꼭대기에 올라가서 새들을 지켜볼 수 있거든요. 그렇지만 매하곤 달라요. 어쨌든 저한테는 달라요."

"난 매가 멋지게 날지 않는다고 말하는 건 아니야. 그건 정말 근사해. 내 말은 … 글쎄, 매가 날 때에는 이상한 기분이 들게 하는 점이 있다는 말이야."

"선생님이 무슨 말씀하시는지 알겠어요. 세상이 아주 조용해지는 것 같다는 말씀이죠?"

"바로 그거야!"

그가 외치는 바람에 매가 움찔하며 긴장했다.

"조심하세요, 선생님. 매가 놀라 죽겠어요."

파아딩 선생은 자기 관자놀이를 두 손가락으로 겨누고, 엄지손가락으로 방아쇠 당기는 시늉을 했다.

"미안해, 잊었구나."

매는 경계를 하다가 다시 진정했다.

"세상이 조용해지는 것 같다는 그 말이 너무나 잘 맞아서 그랬어."

"다른 사람들도 그런 걸 알아봐요. 농부를 한사람 아는데요. 그 사람 말이 올빼미도 그렇대요. 자기 집 마당에서 밤에 쥐를 잡는 걸 봤다는데요. 올빼미가 쏜살같이 내려올 때는 귀가 먹먹해진 것 같아서 귓구멍을 쑤셔서 터지게 하고 싶대요. 그렇게나 조용해진대요."

"그래, 맞아. 나도 그런 기분이었어. 마치 … 마치 … 정적의 골짜기, 그래, 정적의 골짜기를 나는 것 같아. 참 이상해, 그렇지?"

"매는 이상한 새예요."

"이런 기분이, 이 정적이 옮겨지나 봐. 우리가 얼마나 낮은 소리로 얘기하고 있었는지 아니? 내가 목소리를 높이니까 얼마나 이상하게 들렸어? 마치 교회에서 소리를 지르는 것 같았지."

"그건 매가 신경이 예민하니까 그래요. 목소리를 낮춰야 하거든요."

"아니야, 그것만이 아니야. 본능적인 거야. 일종의 존경심이야."

"알아요, 선생님. 매를 데리고 나갔을 때 누가 '저 봐라, 빌리 카스퍼가 애완용 매를 가지고 있다' 하는 말을 들으면 화가 나는 게 바로 그 때문이에요. 그 사람들한테 이건 애완용이 아니에요, 매는 애완용이 아니라구요 하고 소리치고 싶어요. 또 사람들이 나를 세우고는 '그거 길들었니?' 하고 묻는다구요. 길드는 거 좋아하시네 — 훈련을 받은 거뿐예요. 매는 사납고 거칠다구요. 매는 아무도 상관 않아요. 저한테조차 별로 관심이 없어요. 그리구 그게 바로 근사한 점이에요."

"하지만 사람들은 그런 감정을 이해하지 못할 거야. 사람들은 친구 삼을 애완동물을 좋아하지. 그걸 갖고 야단법석하고 귀여워하기도 하고, 주인노릇도 좀 하고 말이야. 그렇게 생각하지 않니?"

"네, 그런 것 같아요. 그렇지만 저는 그런 덴 관심 없어요. 전 그냥 바라보고 날리고 하려고 매를 가지는 게 더 좋아요. 저한텐 그거면 충분해요. 토끼니 고양이니 앵무새 따위나 기르라지요. 저 매에 비하면 그런 건 쓰레기예요."

파아딩 선생은 빌리를 힐끗 내려다보았다. 빌리는 빠른 숨을 쉬며 매를 바라보고 있었다.

"그래, 네 말이 맞는 것 같다. 아마 그럴 거야."

"선생님, 아시겠어요? 저는 이렇게 서있게 해주는 것도 매가 저한테 선심을 쓰고 있는 것 같아요."

"그래, 무슨 말인지 알겠어. 그렇지만 우습지. 그게 정확히 무엇인가 하고 그걸 분석해보려고 하면 말이야. 예를 들면 저 새는 아직 다 자라지도 않았잖아, 그렇지?"

"그래요."

"그리고 끔찍이 무시무시하게 보이지도 않아. 사실 어떤 때는 정말로 아기같이 보일 때도 있어. 그러니까, 그럼 뭐가 그런 기분이 들게 하는 걸까?"

"모르겠어요."

파아딩 선생은 한쪽 발을 밀어서 모래 둔덕을 만들었다. 그리고 천천히 매를 올려다보았다.

"내 생각엔 일종의 자부심 그리고 소위 독립심인 것 같아. 자신의 아름다움과 용맹을 알고 그것에 만족하는 거 말이야. 그건 마치 똑바로 눈을 마주 바라보며 '넌 도대체 뭐냐?'라고 하는 것 같아. 로렌스의 '만일 인간이, 도마뱀이 도마뱀인 만큼 인간이라면 바라볼만한 가치가 있을 터인데' 하는 시를 생각나게 해. 매는 자기자신에 대해서 자부심을 갖고 있는 것 같아."

"맞아요, 선생님."

그들은 잠시 말없이 서있었다. 그러고 나서 파아딩 선생은 외투와 재킷 소매를 걷어올리고 시계를 보았다. 시계는 셔츠 소매단 밑에 숨어있었다. 그는 소매단을 들어올리고 시계가 손목 아래쪽으로 미끄러져 내려오게 해서 시계판이 드러나게 했다.

"아이고 맙소사! 시간 좀 봐. 한시 이십분이야. 가야겠다."

그는 문의 걸쇠를 더듬어 찾아 헛간 밖으로 물러나왔다.

"좋다면 태워줄게. 차를 가지고 왔어."

빌리는 낯을 붉히고 고개를 저었다. 파아딩 선생은 살창을 통해 안에 있는 빌리에게 미소를 지어 보였다.

"왜 그러지? 선생과 같이 다니는 걸 보이는 게 네 명성에 아무런 도움이 안된다는 거냐?"

"그게 아네요, 선생님 … 한두가지 할 일이 있어요."

"그럼 좋을 대로 해. 그렇지만 빨리 움직여야 될 거야. 안 그러면 늦겠어."

"알아요. 오래 걸리진 않을 거예요."

"좋아. 그럼 난 간다."

그의 얼굴이 살창에서 사라졌다. 그리고 잠시 뒤에 다시 나타났다.

"보여줘서 고마워. 정말 재미있었어. 넌 수준급이야."

그의 얼굴이 다시 사라졌다. 그리고 잠시 동안 그의 검정색 등이 살창의 사각형 전체를 채우고 있었다. 그러고 나서 빛과 집이며 차고, 정원 등의 다른 모습들이 조각그림 맞추기의 그림 조각들처럼 작아져가는 그의 뒷모습 둘레로 점점 커졌다.

자동차 엔진이 부르릉 소리를 내었다. 다시 한번 부르릉 소리를 내더니 시동이 걸렸다. 부릉부릉 하는 소리가 높아져서 절정에 다다르더니 우웅 하는 소리를 높이며 멀어졌다.

빌리는 내려다보고 발끝으로 털이 있는 갸름한 탄환 같은 것을 모래 속으로 이리저리 움직이기 시작했다. 사라져가는 자동차 소리에 불규칙한 울림이 있었다. 소리가 보다 부드럽게 바뀔 때 마치 맥박이 한번 거른 것처럼 잠시 멈추었다. 정지.

빌리는 탄환 같은 것을 집어올려 손바닥에 놓고 자세히 들여다보았다. 그것은 지빠귀의 알만한 크기로, 석탄빛이고 락카칠을 한 것처럼 희미하게 윤이 났다. 그는 그것을 손 위에서 한참 이리저리 굴리다가 냄새를 맡아보고 손가락 끝으로 조심스레 부숴다. 윤이 나는 껍질 안쪽에 털은 옅은 회색이었고 푸석하게 말라있었다. 털 안쪽에는 조그만 뼈들과 조그만 두개골이 점만한 크기의 이가 붙은 조그마한 턱뼈와 함께 들어있었다. 빌리는 털을 문질러 가루로 만들고 곡식에서 겨를 불어 날리듯 살짝 불어서 뼈와 두개골만을 손바닥에 남겼다. 그는 두개골을 문 뒤의 선반에 올려놓았다. 그런 뒤 집게손가락으로 그 둘레에 뼈들을 밀어놓았다. 처음에는 아무렇게나, 그리고 세모로 연결시켰다가 곧 헝클어버리고, 각이 진 C자로 만들었다. 그는 글자를 잘 들여다보고 다시 만들어보았다. 그러나 D자밖에는 만들 수 없었다. 그래서 아무 의미가 없는 형태로 뼈를 헝클어버렸다.

가장 긴 뼈를 골라서 바늘처럼 가느다란 그것을 엄지와 검지로 마주 집었다. 그 압력으로 두 손가락의 조그만 부분이 하얗게 되었다. 그러자 살갗이 뚫려 집게손가락 끝에 피가 한방울 나고, 뒤이어 엄지 끝에도 피가 났다. 그는 얼굴을 찡그리고 손가락에 힘을 주느라고 한쪽 눈을 감고 입술을 깨물었다. 뼈는 부러지지 않았다. 빌리는 손가락 집게를 벌렸다. 뼈는 엄지손가락 살갗에 꽂힌 채 조그만 기둥처럼 서있었다. 그는 손톱이 위쪽으로 가게 엄지손가락을 뒤집었다. 뼈는 여전히 떨어지지 않고 붙어있었다. 그래서 그는 그것을 뽑아내어 부러뜨렸다. 딱 하고 부러지는 소리에 매가 눈을 떴다. 빌리는 뼈를 떨어뜨리고 그것을 조심스레 발로 비벼 모래 속에 넣었다. 두개골만이 남았다. 그는 그것이 살창을 향하도록 돌려놓고 조용히 헛간을 나와 문을 잠그고 마지막으로 매를 힐끗 바라보고 나서 길을 따라 올라갔다.

☙

마권판매소는 주택지의 두 구역 사이 네모난 공터에 있었다. 뒤쪽 공터는 철사울타리로 옆에 있는 집들의 뒤뜰과 나뉘어 있었다. 집집마다 이 울타리에 구멍이 하나씩 있어서 공터를 가로질러 포장된 도로까지 지름길이 나있었다.

마권판매소 입구에서부터 길을 내는 일이 몇차례 고려되었었지만, 완공되지는 않았다. 문에서 시작하여 두줄로 주택용 벽돌이 세로로 땅에 박혀있고, 열개의 벽돌이 끝난 곳에서 석탄재의 띠에 이어지고, 그것은 또 점점 가늘어져 검은 흙에까지 이어져 있었다. 검은 흙은 콧물을 닦아 더러워진 소매처럼 낡고 번들거렸다. 재가 많은 부분의 석탄들은 밟혀서 부스러기가 되어있었으나 그 가운데에 납작한 셰일 조각들이 박혀있었는데 그것들의 흰 표면이 가운데 부분을 얼룩덜룩해 보이게 만들었다. 양끝에 사람들 발에 채인 석탄재가 흩어져 있어서 그 세 부분은 명확하게 구분이 되어있지 않았다.

마권판매소 둘레에는 온통 흙이 패인 자국이 있고, 그 구멍 가장자리에 밀려나온 진흙이 삐죽삐죽한 풀과 범벅이 되어 털갈이하는 짐승의 살갗같이 보였다. 그곳은 전체가 고르지 않은 풀들로 뒤덮여 있었고, 죽은 소루쟁이와 승아가 뭉쳐있는가 하면 오래된 분홍바늘꽃이 삐죽삐죽 솟아있었다. 말오줌나무 덤불이 부서진 벽돌 조각들의 공격을 받아 상해있고, 그 주변에는 종이, 깡통, 소스냄비 하나, 자전거 몸체 그리고 바퀴 없는 유모차 등이 놓여있었다.

마권판매소를 향해 보도를 걸어올라가면서 빌리는 길로 곧장 풍겨오는 생선이며 감자튀김 냄새에 콧구멍을 벌름거렸다. 그는 공터에 다다라 울퉁불퉁한 땅을 지나 비스듬히 가로질러 건너갔다. 그러고는 둔덕 위에 멈춰서서 고개를 들었다. 그는 두개의 반크라운짜리 돈을 호주머니 속에서 마주 비볐다. 그리고 바로 밑에 있는 웅덩이의 물에 비친 자기자신의 검은 그림자를 내려다보았다. 그는 침을 뱉어 그 그림자를 흩뜨려버리고, 돈을 주머니에서 꺼내어 끝을 마주 대고 두개의 톱니바퀴처럼 마주 굴렸다.

"좋아. 앞면이 나오면 갖고, 뒷면이 나오면 안 갖는다."

그는 한개를 주머니에 넣고 다른 하나를 던졌다. 떨어지는 것을 오른손으로 잡아서 왼손바닥에 탁 놓고, 손을 떼었다. 여왕(앞면).

"제길."

그는 여왕의 옆모습이 새겨져 있는 동전을 천천히 굴렸다. 일어나고, 바로 서고, 뒤로 넘어져 누웠다가 거꾸로 서고, 한바퀴의 4분의 3.

"좋아, 삼세판이다."

그는 다시 던졌다. 그리고 손가락을 벌려 그 사이로 동전을 보았다. 뒷면.

"한번씩이니까, 이번이 결판이다."

돈은 손톱에서 튕겨나가 핑그르르 돌면서 올라갔다. 은빛의 달걀처럼 떨어진다. 탁. 앞면.

"짜 — 식."

그는 둔덕을 달려내려가 마권판매소로 걸어갔다. 임대창고를 개조한 커다란 벽돌 구조물이었다. 커다란 앞창문은 안쪽이 녹색으로 칠해져 있고 출입문 위의 채광창에,

F. 로즈
공인 마권판매소

라고 쓰여있었다.

문은 닫혀있었다. 나무 손잡이가 달린 초록색 문이었다. 손잡이는 닳아 반들거렸고 질 좋은 나무의 나뭇결 무늬가 지도의 등고선처럼 표면을 따라 촘촘히 굽어져 있었다. 빌리는 손가락으로 손잡이를 쓸어보고 나서 내려서서 바닥의 벽돌 사이에 연골처럼 끼어나있는 풀을 발로 이리저리 쓸기 시작했다. 문이 열리고 한 남자가 나왔다. 바깥으로 몸을 돌리면서 어깨 너머로 되돌아보며 안쪽에 큰 소리로 대답을 하고, 문을 잡아당겨 뒤로 닫으며 바로 빌리에게 내려섰다. 그는 두 사람이 다 넘어지지 않도록 빌리를 붙잡았다.

"야, 임마. 거기 서있으면 어떻게 해, 엉?"

그는 빌리를 춤 상대처럼 한바퀴 돌리고 걸어가버렸다. 그의 구

두는 벽돌에 소리를 내며 석탄 부스러기를 버석거리며 갔는데, 도중에 흙 위를 지나면서 한동안 소리가 나지 않았다. 그러다가 다시 포장된 도로로 올라서자, 그동안 소리가 나지 않았던 때문에 조금 전 벽돌 위를 걸을 때보다도 발소리는 더 크고 날카로운 것 같았다.

빌리는 손잡이를 돌리고 문을 열었다. 저 안쪽 끝에 방의 폭을 다 차지하고 카운터가 있고, 그 위에 철사로 그물이 쳐져있었다. 벽을 따라 긴 의자들이 놓여있고, 한쪽 벽에는 초록색 펠트를 댄 판 위에 경마신문이 붙어있었다. 그런데 신문지 사이로 가느다란 초록의 띠가 두어개 보일 뿐이어서 바로 맞은편에 있는 화덕 옆에서 보면 종이 위에 펠트천 조각들이 무질서하게 붙어있는 것처럼 보였다. 화덕에는 소리없이 불이 타고 있고, 벽로선반 위 달력에 조용한 회색 말 위에 기수 한사람이 조용히 앉아있었다. 방 한복판 낡은 부엌용 탁자에 신문이 몇장 더 흩어져 있고 깨끗한 상자와 줄에 매달린 연필들이 있었다. 한 남자가 탁자 위로 몸을 굽히고 뭔가 쓰고 있었다. 연필을 수직으로 세우고 줄을 팽팽히 당긴 채로. 다른 한사람이 불 옆에 고개를 숙이고 팔꿈치를 허벅다리 위에 세우고 앉아있었고, 두사람은 게시판 앞에서 신문의 한곳을 가리키면서 서로 중얼거리고 끄덕거리며 의논을 하고 있었다. 남자들은 모두 모자를 쓰고 있었다. 카운터 뒤에서 한 여자가 유리병에서 차를 따르고 있었다. 컵을 쳐들더니 컵을 향해 입술을 내밀었고, 증기 때문에 눈을 가늘게 떴다.

빌리가 문을 열었을 때 그들 모두가 그를 쳐다보았다. 그리고 곧 바로 흥미를 잃었다. 빌리는 접혀진 종잇조각을 호주머니에서 꺼내어 탁자 위에 놓고 반반하게 폈다.

"저, 아저씨. 이 둘은 값이 얼마예요?"

그는 팽팽한 줄에 달린 연필을 가진 남자에게 쪽지를 보였다. 그는 연필을 내려놓고 쪽지를 집었다.

"뭔데?"

그는 집게손가락으로 경주마 목록을 빠르게 쭉 훑어내렸다. 크랙풋에서 문득 멈췄다가, 다시 마지막 S. P.에까지 천천히 내려갔다.

"크랙풋은 100에 6. 그리고 텔힘히즈데드는 … 어디 있지? 나도 바로 그걸 찾고 있던 참인데…. 텔－힘－히즈－데드 … 4에 1, 두 번째로 인기있는 거구나!"

그는 쪽지를 빌리에게 돌려줬다.

"100에 6 그리고 4에 1이다."

"가망이 있어요?"

남자는 목구멍 속에서 낄낄 웃는 소리를 내고, 고개를 저었다.

"아니 얘야, 내가 어떻게 알겠니?"

"아저씨라면 걸겠어요?"

그 남자는 다시 정색을 하고 탁자에서 종이를 집어들었다. 빌리는 그곳에 그의 계산이 나타나기라도 하는 것처럼 그의 얼굴을 쳐다보았다.

"그 텔힘히즈데드는 가능성이 많아. 경주에서 제일 좋은 말이야. 분명히 그럴 거야. 하지만 또하나는 대단하다고 생각지 않아. 기수도 안 나와있다구. 누가 타는가로 결정나겠지. 그래, 나 같으면 거기 안 건다."

"그럼 그것들이 이기지 못할 거라고 생각하시는 거죠?"

"어떻게 했어, 두배로?"

그는 쪽지를 다시 한번 보려고 빌리의 손목을 잡아올렸다.

"제 게 아네요, 우리 쥬드 거예요."

"이기면 괜찮겠구먼. 그래도 내 보기엔 별론데."

그는 고개를 젓고 다시 자기 것을 골랐다. 빌리는 쪽지를 비틀어 뭉쳐서 표창을 던지듯이 불에 던져 넣었다. 그것은 화덕 옆에 튕겨 불은 붙지 않았다. 빌리는 밖으로 나갔다.

생선과 감자칩을 파는 가게는 거리 끝에 가게들이 늘어서 있는 중에 있었다. 조합가게 바로 다음에 있었는데 조합가게가 모퉁이에 있어서 다음 길 — 코오퍼레이티브 2가(街)의 첫째 번지를 달고 있었다. '생선 F. 하틀리 칩스'. 가게 폭대로 뻗어있는 간판은 초록색 글자로 가게와 위층 셋집을 연결하고 있었다.

F. 하틀리는 카운터 뒤 선반 위에 깔끔하게 쌓여있는 포장지 무더기의 제일 윗장을 읽고 있었다. 하틀리 부인은 버스럭거리며 봉지더미에서 납작한 봉지를 집어 그 속으로 손가락을 넣어 축제 종이모자처럼 벌리고, 그것을 자기 왼쪽에 무더기로 만들어놓고 있었다. 그들은 둘 다 가슴주머니에 초록색으로 'F. H.'라고 수놓인 흰색 덧옷을 입고 있었다. 가게에는 다른 사람은 없었다. 빌리는 카운터 앞에서 뛰어올라 팔짱을 끼고 팔에 체중을 실어 그곳에 매달렸다. 발가락은 땅에서 거의 1피트나 떨어진 지점의 나무판자를 두드려댔다.

"1실링어치 생선하고 감자칩이요."

그는 F. H.가 숙독하고 있는 페이지를 거꾸로 내려다보았다. 여전히 눈을 떼지 않으면서 F. H.는 느린 동작으로 책을 집어들어 조심스레 한쪽으로 놓았다. 그리고 카운터 너머로 자신의 얼굴을 가까이 바라보고 있는 빌리의 얼굴을 쳐다보았다.

"내려가. 네가 발로 그렇게 차대면 남아날 나뭇조각이 없겠다."

빌리는 미끄러져 내려가서 다시 카운터 너머를 보려고 줄서는 칸막이를 기어올라갔다.

"음식을 줘요, 메리."

메리는 봉지 벌리기를 중단하고 냄비들 쪽으로 돌아섰다. 그녀는 뚜껑들을 밀어 열고 감자칩 더미를 한주걱 떠올렸다. 빌리는 주걱이 꼬맹이 덤퍼처럼 짐을 들어올리는 것을 지켜보았다. 메리는 생선을 집으려고 손을 뻗다가 멈추고는, 거울에다 대고 말을 했다.

"이 감자칩, 치워버려야 할까 봐요, 플로이드. 오래됐어요."

플로이드는 대답하지 않았다. 메리는 기다렸다. '수요일 영업, 점심식사'라고 쓰여진 글자를 통해 그를 바라보면서. 거울 속 글자의 동그라미가 그녀의 눈에 걸려 안경처럼 보였다.

"부스러기도 좀 주실 수 있어요, 아줌마?"

메리는 감자칩을 조금 더 떠서 봉지에 쏟았다. 봉지는 가득 차고 넘쳐 신문 위에 흘렀다. 부스러기 반주먹, 꼬리쪽 한토막 – 이것을 담은 그 커다란 종이깔대기를 카운터 너머로 넘겨주는 데 두 손을 다 사용해야만 했다. 빌리는 0.5크라운짜리를 5,000크라운짜리라도 되는 듯한 감격의 눈빛을 하고 냈다. 소금 좀 치고, 식초도 쏟아 넣고 그리고 거스름돈을 주머니에 넣고. 그는 그 휴대용 성찬을 들고 걸어나왔다.

조합가게를 지나 모퉁이를 돌아서 '조지 비일 정육점'으로.

"쇠고기 4분의 1파운드요."

"야, 냄새 좋구나."

"드실래요?"

빌리는 봉지를 카운터 너머로 내밀었다. 푸줏간 주인은 피 묻은 손가락으로 두조각을 집어 먹어치웠다.

"근사한데."

그는 옆 카운터로 돌아서서 쇠고기 조각을 칼질 한번으로 관절에서 깨끗이 베어냈다.

"아직도 그 새를 갖고 있는 게로구나?"

그는 고기를 저울 위에 털썩 놓고, 바늘이 흔들리다가 자리를 잡는 동안 이를 빨았다. 빌리는 돈을 만져보았다. 조지 비일은 고기를 싸서 넘겨주었다.

"자, 가져라."

"공짜로요?"

"작은 조각인걸 뭐!"

"감자칩 좀더 드실래요?"

"아니, 곧 점심 먹으러 가야 돼. 잘 가."

빌리는 고기를 안주머니에 넣고 늘어선 상점들의 창들을 들여다보며 걸었다. 과일가게 — 자줏빛 종이에 싸인 사과들, 미장원 — 종이에 그려진 새로 파마를 한 미소 짓는 여자, 끝에는 고급 식품점. 그는 들어갔다. 엠버씨 열개와 성냥 한통. 그리고 점심을 먹으며 학교로 천천히 걸어갔다.

교문에 도달하기 직전에 그는 점심을 다 먹었다.

ꕥ

오후의 정적. 어두워지는 하늘. 구름은 점점 짙어지는 색조를 띠고 낮게 날고 있다.

학교 전면의 교실들에는 불이 켜져있었다. 1에서 6까지의 교실들. 현관과 사무실들이 가운데에 끼어있어 밝은 덩어리가 두개. 길에서 철책을 통해 풀밭을 건너 바라보면 교실마다 소리없는 영화처럼 보였다. 같은 이야기에 다른 배우들. 앞에는 선생님, 창문 쪽 줄에 앉은 학생들의 옆모습들. 6번과 5번 교실에서는 선생님들이 앉아있고 4번 교실에서는 칠판 앞에 서있다. 교감의 사무실, 책상 앞에 앉은 교감. 현관은 그 다음에 있는 교장실과 마찬가지로 침침하고 비어있다. 사무실에 있는 비서. 등을 꼿꼿이 세우고 손가락이 타자기 위에서 춤추고 있다. 3번 교실, 비었다. 불은 켜진 채. 2번 교실, 빌리가 줄의 중간쯤에 있다. 창은 닫혀있고 꼭대기의 창유리에 김이 서려있다.

학급은 조용히 공부하고 있었다. 선생님은 책을 읽으며 책장을 넘길 때마다 올려다보았다. 분위기는 무거웠다. 공기에서는 신 우유와 땀 냄새가 났다. 빌리는 의자에서 몸을 느슨히 낮추고 책상 밑으로 다리를 뻗었다. 그는 왼팔을 라디에이터에 나란히 놓고 눈을 감았다.

책장 넘기는 소리, 의자 움직이는 소리, 소근거리는 소리, 소리 죽여 웃는 소리, 기침 소리 — 모두가 하나씩 동떨어져 과장된 소리들.

"카스퍼."

신(神)들의 목소리.

"카스퍼!"

빌리는 하얀 얼굴을 하고서, 너무 오래 누워있었던 사람처럼 눈을 크게 뜨며 몸을 일으켜 앉았다. 그는 손가락을 깍지 끼고 기지개를 켰다. 관절들이 폭죽이 터지는 것처럼 딱딱 소리를 내었다.

"공부를 해." 그러고는 자기 책으로 되돌아갔다.

빌리는 펜을 잉크에 찍고 왼손으로 눈을 가리며 책 위로 몸을 기울였다.

42,174 나누기 781.

펜을 바로 잡고 펜촉은 페이지를 향하고. 펜촉의 잉크 방울이 터져 황색의 줄 사이에 점들이 흩어졌다. 빌리의 눈꺼풀이 처지기 시작했다. 그의 팔꿈치는 책상을 따라 미끄러지기 시작하고 그에 따라 몸도 기울어지다가 책상뚜껑 끝이 가슴에 닿자 눈을 떴다. 그는 팔꿈치를 옮겨놓고 장딴지를 라디에이터에 붙여 세우고 다시 자리를 잡았다. 번들거리는 눈을 창문에 고정한 채. 김이 서린 창문. 그는 손을 들어 창에 서린 김에 펜촉으로 물처럼 맑은 선을 그었다. 그의 손은 힘없이 창턱에 놓여있었다. 펜촉이 마르고 그의 연습장의 잉크자국도 말랐다.

쥬드는 천천히 학교를 지나쳐 걸었다. 철책을 통해 불이 밝혀진 교실을 바라보면서. 그는 건물의 끝까지 갔다가 몸을 돌려 되돌아 왔다. 교문에 이르자 꺾어서 진입로를 걸어올라갔다.

빌리는 눈을 뜨고 무언가 들리는 듯 창문을 주시했다. 창유리 전체가 흐릿했다. 그는 서린 김을 구멍처럼 닦아내고 그곳으로 내다보았다. 아무도 없었다. 지나가는 차가 한대 있을 뿐이었다. 깨끗하지 않은 유리가 그 윤곽을 선명하지 못하게 만들고 그 불빛을 눈물처럼 번지게 만들었다.

"할 말 있나, 카스퍼?"

빌리는 몸을 돌려 앞을 향했다.

"바깥 일엔 상관 말고 공부를 계속해."

42,174 나누기 781.

빌리는 그것을 바라보고는 옆에 있는 소년을 쿡 찔렀다.

"야, 너 방금 누가 진입로로 걸어오는 거 봤냐?"

그는 공부하느라 바빴다. 그는 고개를 저었다. 빌리는 앞의 소년을 집적거렸다.

"왜?"

"누가 방금 진입로로 올라오는 것 봤니?"

"모르겠어. 안 보고 있어서."

뒤의 소년. 아니.

그러자 복도 쪽에서 멀리 딸각거리던 소리가 천천히 쇠굽을 박은 구두 뒤축 울리는 소리로 되었고, 모두는 기대하며 소리 나는 쪽을 바라보았다.

쥬드. 지나가면서 들여다본다. 시야에서 사라지고 발소리는 복도 아래편으로 멀어진다. 소년들은 빌리를 바라보았다. 핏기가 그의 얼굴에서 싸악 가셨다. 바로 소년들의 눈앞에서. 똑, 똑, 똑, 똑. 아직도 들리는 시계처럼 규칙적인 소리. 그러고는 갑자기 멈추고는 되돌아온다. 눈들이 모두 문 옆의 모퉁이를 향하고 소리가 점점 다가오는 동안 지켜보고 있었다. 소리는 점점 커져서 실제로 쥬드의 상체가 시야에 나타나기 몇초 전에 벌써 나타날 것을 알려주었다. 찬장 위에 얹어놓은 오리 모형처럼. 가버린다.

"너의 그 유명한 형 아니니, 카스퍼?"

빌리는 아직도 쥬드가 사라진 모퉁이를 응시하고 있었다.

"난 너희 형이 모교를 찾아올 타입이라곤 생각지 않았는데."

선생은 책 쪽으로 시선을 내리려다가 다시 흘낏 빌리를 쳐다보았다.

"너 괜찮으냐, 얘?" 정지. "카스퍼, 왜 그래? 어디 아프냐?"

"아네요, 선생님."

"정말이야? 나가서 물이라도 마시거나 할 테냐?"

"아니오."

"그럼 창문을 좀 열어. 그러면 기분이 나아질 거야."

"괜찮아요."

"좋도록 해."

빌리는 학급의 다른 아이들로부터 얼굴을 가리고 공부를 하는 척했다. 눈물이 땀과 섞여 코허리에 맺혀서 빰을 타고 내렸다. 그는 그것을 핥아 없애고 손으로 얼굴을 닦아내렸다.

종이 울렸다.

"좋아, 책들을 앞으로 보내. 제일 앞에 앉은 아이들이 모아가지고 오도록."

빌리는 몸을 젖히고 둘러보았다. 책상마다 교과서와 연습장이 있었다. 접혀서 제출될 책이 일흔두권. 2초 후, 책들은 다 덮이고 뒤에서 앞으로 릴레이가 시작되었다. 빌리는 느릿느릿 책을 앞으로 전달했다. 그러나 그럼에도 선생님이 지시한 지 20초가 채 안 되어 책들은 모두 각 줄 앞에 단정한 무더기로 쌓였다. 그것들은 또 선생님의 책상으로 옮겨져 같은 높이의 세개 무더기로 쌓였다 ─ 한 무더기는 서른여섯권 연습장, 다른 두 무더기는 열여덟권 교과서. 그 모든 일이 27초 동안 완수되었다.

"좋아, 가도 돼."

의자들이 뒤로 밀리고 통로가 가득 차고 그리고 학생들이 교실을 빠져나갔다. 빌리는 꼼짝 않고 있다가 선생님이 움직이지 않자 의자를 뒤로 밀고 바닥을 더듬었다. 때때로 책상뚜껑 위를 넘겨다 보면서. 선생님은 소설책을 덮고 그것을 연습장 꼭대기에 놓고 일어서며 그 무더기를 집어들었다.

"왜 그러지, 카스퍼. 뭘 잃었나?"

그는 몸을 돌려 문으로 향했다. 빌리는 있던 곳에서 기어나와 열을 건너 선생님이 복도로 막 나설 때 그에게 다다랐다. 선생은 오른쪽으로 돌았다. 빌리네 학급은 왼쪽으로 갔다. 가장 뒤처진 소년이 빌리로부터 20야드 떨어져 있었다. 조금 더 먼 곳에서 티버트가 쥬드에게 말하고 있었고, 쥬드는 게시판에 등을 기대고 장화 신은 한쪽 발을 벽에 올려놓고 있었다. 빌리가 나타나자 티버트가 그를 가리켰다. 쥬드는 몸을 세우고 주머니에서 손을 꺼내었다. 빌리는 선생님을 따라잡아 몇걸음마다 뒤를 돌아보며 바싹 따라갔다. 그들은 모퉁이를 돌았다. 안뜰을 가로질러 창문을 통해서 쥬드가 그들을 따라오는 것이 보였다. 빌리가 그를 지켜보는 동안 선생님은 한 교실로 들어가 문을 닫았다. 쥬드가 모퉁이를 돌았다. 빌리는 그를 바라보고는 뛰었다. 몸을 피하며 이리저리 부딪치며 복도의 끝까지. 교실들을 지나고 탈의실을 지나 화장실 안으로. 그는 문에 기대었다. 문은 급히 닫히다가 갑자기 느려졌다. 그는 다리로 문을 밀었지만 문에 달린 공기제동기 때문에 빨리 닫히지 않고 정해진 자신의 속도로 꽉 닫혔다. 귀를 문에 대고 들으면서, 공포에 질린 눈. 그는 똑바로 화장실을 가로질러 달려가서 옆문으로 나갔다. 뜰은 텅 비어있었다. 들을 가로질러 까마귀 한마리가 옆으로 날개를 치며 공중을 날았다. 축구장 끝까지 날아서 골의 가로대 위에 앉았다. 빌리는 벽에다 몸을 납작 붙였다.

안쪽의 문 열리는 소리. 발자국 소리. 정적. 짤깍 하며 문 닫히는 소리. 다가오는 발자국 소리. 그는 달릴 준비를 갖추고 있다. 그러자 탕, 탕, 탕 하고 화장실의 칸막이 문들이 발에 채여 벽에 부딪치는 소리. 그는 몸을 웅크리고 키를 낮춘 채 학교 옆을 따라 교실 창문 아래로 달렸다. "그러므로 AB는 AC와 같아야 한다. … 오 오 이십오, 오 육 사암십! … 꼭대기에 눈이 덮인 초록빛 유리벽과도 같이. 배는 …" 옆문으로 들어선다. 머뭇거리며 복도의 아래위를 살펴본다. 비었다. 그는 방금 바깥으로 지나쳐온 교실들을 거꾸로 되짚어 지나 걸어간다. 파아딩 선생. 앞에는 책을 놓고 학생들은 열중해 있고 … 구구단 6단이 유리를 통해 웅얼웅얼 들려오고 … 크로슬리 선생이 칠판 앞에서 원 안에 있는 삼각형을 가리키고 있다…. 빌리는 탈의실로 뛰어들어 코트들이 걸려있는 사이로 저쪽 끝까지 달려갔다. 그는 잠시 귀를 기울이다가 비옷이며 외투 등을 한무더기 벗겨서 옆에 있는 마지막 못에 포개어 걸어 나무둥치 같은 덩어리를 만들고는 그 속에 숨어 복도를 내다볼 수 있도록 조금 벌려놓았다. 한 소년이 콧구멍을 후비며 무심히 지나갔다. 빌리는 웅크리고 앉아 기다렸다.

기다린다. 아무도 나타나지 않는다. 그래서 그는 숨은 자리에서 나와 벤치에서 내려서서 복도 위편으로 몇야드를 달려가본다. 아무도 없다. 전등에서 나는 웅웅 소리와 공중에 스며드는 메아리뿐. 그는 바로 옆의 화장실로 들어간다. 비었다. 칸막이의 문들은 각각 다른 각도로 열린 채 있다. 그는 바깥문을 향해 달려간다. 그리고 한쪽 뺨을 격자무늬 유리에 누르고 바깥쪽 벽을 따라 곁눈질을 해보려 한다. 삐죽삐죽 나온 벽돌이 시야를 가렸다. 그래서 그는 물러서서 들을 건너 저쪽을 살펴보았다. 까마귀는 가로대에서 날아가버렸다. 골대들이 가로 세로로 모두 유리의 그물무늬와 평행을 이루었고 골 기둥이 그물 한칸에 꼭 들어맞았다.

그는 문을 왈칵 밀치고 뜰로 달려나갔다. 어깨 너머로 벽을 돌아보며. 비었다. 그는 다시 벽 쪽으로 달려가 모퉁이까지 살금살금 다가가서 학교 뒤편을 살짝 내다보았다. 자전거 보관소, 쓰레기통들 그리고 석탄무더기뿐. 그는 자전거 헛간으로 뛰어가 안을 훑어보았다. 자전거들. 옆을 따라 기어가 모퉁이 저쪽 뒤편과 멀리 위쪽을 살짝 내다보았다. 그러고는 자기가 출발했던 헛간 앞쪽을 건너다보고는 소매로 이마를 닦았다.

학교 안 어디에선가 한 학급이 노래를 부르고 있었다. 그들은 한 절을 노래하고 나서 그것을 토막토막낼 것이다. 한두소절마다 피아노가 멈추고 후우— 하아— 히이— 하는 목소리가 가락을 끌며 점차 사라질 것이다. 같은 토막이 되풀이되고 또 되풀이되고 그리고 나중에 전체를 모두 다시 노래하도록 허락이 될 텐데, 그러나 그것은 처음 것과 똑같이 들릴 것이다.

빌리는 아스팔트를 건너 되돌아 달려가서 보일러실 문을 밀어보았다. 열렸다. 더운 공기가 어둠 속에서 나와서 그를 지나쳐 몰려나갔다. 전등 스위치는 왼편 벽에 있었다. 그는 스위치를 찾아 옆으로 더듬어가다가 짤깍 하고 켰다. 문 안쪽으로 1야드쯤에서 바닥은 10피트의 낭떠러지였다. 빌리의 발치에 일정한 간격을 두고 보일러 꼭대기들이 있었다. 뛰어난 넓이뛰기 선수라면 자전거 보관소에서부터 똑바로 달려들어와 그 꼭대기로 건너뛸 수 있을 것이다. 보일러로부터 나온 파이프들이 벽을 따라 굽어 올라가 천장을 통해서 사라졌다. 콩 줄기에서 벌어진 가지처럼. 희게 회칠한 벽은 먼지로 회색이 되어있고, 천장으로부터 긴 코드에 매달려 있는 전구 위에는 먼지가 솜처럼 두텁게 쌓여있었다.

빌리는 낭떠러지 가장자리로 다가서서 빙 돌아 쇠사다리를 내려갔다. 사다리의 가로쇠 양쪽 끝은 녹이 슬어있었다. 중간은 우묵하고, 닳아서 은빛이었다.

바닥은 보일러가 대부분을 차지하고 있었다. 빌리는 그것을 둘러싼 단열재에 손가락을 살짝 댔다. 그리고 몹시 뜨거울 것으로 기대하는 양 얼른 뗐다. 그것은 따뜻했다. 타월에 싸인 뜨거운 물병처럼 기분 좋은 열이었다. 그는 한쪽 옆으로 걸었다. 뒤쪽에 벽과 보일러 사이에 1야드의 간격이 있고, 바닥 높이에 굵은 파이프가 가로지르고 있었다. 그는 보일러 옆을 옆걸음질로 돌아가 사다리를 올라가서 안에서 문을 닫았다. 전등을 끄고 가만히 서서 어둠 속에서 검은 형체들이 드러나기를 기다렸다. 그리고 다시 사다리를 내려와 보일러 뒤의 공간으로 가서는 앉아서 머리를 파이프에 기대었다. 아늑하게, 따뜻하게 그리고 안전하게. 앞에는 어둠에 뒤에는 굵은 파이프에 둘러싸여서. 그는 꾸벅꾸벅 졸기 시작했다.

그가 깨어났을 때 불은 켜져있었고 누가 가까이에서 움직이고 있었다. 그는 가만히 앉아서 보일러 그림자 밖으로 불쑥 나와있는 자기 운동화를 내려다보고 있었다. 숨을 멈추고 무릎을 굽혀 발을 끌어들여 엉덩이 가까이에 가져다 놓았다. 그리고 손가락 끝으로 버티며 몸을 밀어올려 몸무게를 발뒤꿈치에서 발가락으로 옮기고, 몸을 앞으로 숙여 손을 짚고 고양이처럼 엎드렸다. 잠시 멈추어 귀를 기울이고는 보일러 모퉁이를 돌아 살짝 내려다보았다. 관리인이 벽의 못에 걸린 재킷 속을 더듬고 있었다. 그는 스무개비짜리 답뱃갑을 찾아내어 흔들어보고는 돌아섰다. 그가 사다리를 올라갈 때 장화에 박힌 징이 금속에 닿아 음악을 만들었다. 그는 불을 짤깍 끄고 문을 획 닫았다. 문간에 보이던 띠 모양의 하늘이 재빨리 좁아지고, 벽 위에는 어둠이 밝은 판자 위에 커튼처럼 미끄러져내렸다.

빌리는 일어서서 기지개를 켰다. 그는 사다리를 밟고 올라가 문의 걸쇠를 더듬어 찾아 잡아당겼다. 꼭 끼었다. 잡아당기고 흔들었다. 잠겨있다.

"빌어먹을."

그는 자물쇠를 만져보고 움켜쥐었다가 손가락 끝으로 더듬어보고는 미소를 지었다. 그건 예일자물쇠였다.

바람은 이미 자있었다. 비가 오기 시작하고 있었다. 하늘에서 떨어진 동전처럼 커다란 얼룩들이 아스팔트 위에 흩뿌려졌다. 자전거 헛간 위를 검은 고양이 한마리가 걷다가 말고 딱 멈춰서 빌리를 빤히 내려다보았다. 그가 문을 닫았을 때 그 소리와 움직임에 놀라 고양이는 소리없이 함석의 골을 타고 내려가 헛간 뒤쪽으로 사라졌다.

바람 없이 조용했다. 새들은 노래하지 않았고 학교에는 노랫소리가 그쳐있었다. 학교로부터는 아무 소리도 없었다. 빌리는 문간에 물러서서 귀를 기울이고 헛간의 뒤쪽 모퉁이를 지켜보았다. 아무 일도 일어나지 않았다. 그는 달려가서 살펴보았다. 고양이는 가버렸다. 헛간 지붕 위에는 빗방울이 심장의 고동소리처럼 빨라지고 있었다. 빗소리가 하나의 소리로 되더니 빗물이 함석에서 떨어지기 시작했다. 누런색과 주황색의 녹을 씻어내리면서. 빌리는 돌아서서 달렸다. 건물의 모퉁이를 돌아 똑바로 화장실 안으로 그리고 복도로. 비었다. 그가 들여다본 첫번째 교실은 비어있었다. 두번째 교실에는 학생들이 있었다. 그는 학생들이 모두 쳐다볼 때까지 안을 들여다보고 있었다. 그러자 선생님이 문으로 달려왔다.

"왜 그러는 거냐, 카스퍼? 뭘 쳐다보고 있는 거야?"

"지금 몇시예요, 선생님?"

"몇시냐고! 시간은 상관 마! 원하는 게 뭐냐?"

그는 몇걸음 복도로 나섰다. 빌리는 물러섰다.

"이 반이 3B반인가요?"

"아니, 그렇지 않아. 왜 그러지?"

"그 반인 줄 알았어요. 전할 말이 있어서요."

"그러면 사무실에 가."

"왜요? 그 반이 사무실에 있나요?"

"아냐. 그 반이 어디 있는지 거기 가서 알아보란 말야, 이 바보야! 서기에게 시간표를 봐달라고 해."

"예, 선생님. 잊어버렸어요."

"아주 잊어버리게 될 거야, 너. 또 이렇게 와서 방해를 하면."

그는 문을 쾅 닫고 찡그린 얼굴로 자기 책상으로 돌아갔다. 수업을 다시 시작할 때에도 여전히 찡그린 채였다. 미간에 두개의 세로 주름. 빌리는 천천히 걸어가서 다음 교실을 들여다보았다. 한 학급이 공부하고 있었다. 그는 보이지 않을 만큼 물러서서 두 교실 사이에 있는 라디에이터에 등을 기대고 서있었다. 계속해서 복도의 위아래로 좌우를 살피면서.

종이 울렸다. 그리고 종소리가 그치기도 전에 문들이 열리고 소년들이 복도로 나왔다. 처음 몇초 동안에는 소년들 사이에는 넓은 공간이 있었지만 교실들이 비고 학생들이 모두 뒤섞여 소리치고 밀치고 제 갈길을 찾아가느라고 빈 공간은 재빨리 줄어들었다. 빌리도 그들과 함께 소리치고 밀치고 했다. "4C반 봤니? 야, 우리반 봤어?" 다른 아이들 머리 너머로 볼 수 있도록 뛰어오르면서. 잘 안되니까 일시적으로 유리한 자리를 얻으려고 다른 아이들 등을 타고 오르면서. 그들은 몸을 뒤틀고 그를 메어치려고 했지만 그는 너무나 빨라서 그들이 아직 몸을 굽히고 있는 동안 뛰어내려서 피해 달아나버렸다.

그는 자기 반을 발견하고 그들에 섞여 달려갔다. 미소를 지으며 서로 어깨를 부비면서. "너 어디 갔었니, 카스퍼?" 빌리는 그냥 미소만 짓고 섞여서 티버트 곁으로 다가갔다.

"우리 쥬드 봤어?"

"야 임마. 어딨었냐? 너 찾느라 난리였어."

"누가?"

"멍청이 그라이스랑 모두."

"뭣 땜에? 아무 짓도 안했는데."

"청소년 취업 말야. 지난 시간에 너 인터뷰했어야 되는 거야."

"우리 쥬드 봤어?"

"그 전에 봤어. 왜?"

"무슨 말 해?"

"너 어디 있냐고 물었어. 그뿐야. 봤으면서 왜 달아났니?"

"그 뒤에도 봤어?"

"무슨 일이야? 너 잡을 일이라도 있어?"

그들이 교실에 다다랐을 때 그라이스가 문 앞에 서있었다. 그는 빌리를 보자 따귀를 두번 때렸다. 왼쪽 빰을 한대 때리고 손등으로 오른쪽 뺨을 한대 때렸다.

"그래, 도대체 어디 가있었던 거냐, 임마?"

빌리는 손으로 귀를 싸쥐었다.

"아무 데도 안 갔어요." 귀머거리처럼 소리쳤다.

"아무 데도 안 가! 웃기지 마, 임마! 네가 뭐야, 투명인간이라도 된단 말이냐?"

그라이스가 다가들자 빌리는 빈 교실로 뒷걸음쳐 들어갔다.

"배가 아파서요. 화장실에 갔었어요."

"어디 있었단 말야? 변기 밑에 빠졌냐? 내가 반장 아이들을 변소에 보냈었어. 걔들이 네가 없다고 하던데?"

"나중에 밖에 나갔어요. 맑은 공기를 좀 마시려구요."

"내가 맑은 공기 좀 마시게 해주지."

빌리는 여차하면 문으로 튈 수 있도록 적당한 거리를 유지했다.

"지금 막 들어온 거예요, 선생님."

"네 인터뷰는 어떻게 할 거냐? 널 찾으려고 온 학교를 동원했다."

"지금 가요."

"그럼 빨리 가! 널 고용할 사람은 정말 안됐다."

빌리는 걸음을 떼다 말고 멈춰서 몸을 반쯤 돌렸다.

"어디로 가야 돼요?"

"양호실! 조회시간에 깨어있었으면 어디로 갈지 알 거 아냐!"

그는 팔을 휘둘러 다시 한번 때리려고 했다. 그러나 빌리는 이미 가버려서 그는 균형을 잃고 공을 맞받아 치려다가 놓친 테니스 선수처럼 비틀거렸다. 문간과 복도 창문으로 들여다보고 있던 관중들은 돌아서서 감히 시선을 맞추지 못하고 허공을 바라보고 있었다. 그라이스는 커튼을 밀어제치듯 그들을 헤치고, 자기 어깨를 문지르며 복도를 성큼성큼 걸어갔다. 그는 문지르기를 멈추고 조그만 소년의 뒤통수를 때리고 한쪽 옆으로 밀쳤다.

"저리로 가, 임마! 아직 우측통행도 몰라?"

ꕤ

양호실 밖에는 의자 네개가 있었다. 한 여자와 한 소년이 문에서 가까운 쪽의 두 의자를 차지하고 있었다. 빌리는 그들과의 사이에 빈 의자를 남겨두고 앉았다. 소년은 여자 앞쪽으로 몸을 기울이고 빌리에게 고개를 끄덕였다. 여자는 돌아보더니 몸을 다시 소년 쪽으로 돌렸다.

"그리구 저기 들어가걸랑 멍청하게 앉았지 마라."

소년은 낯을 붉히고 다시 빌리를 건너다보았다. 빌리는 똑바로 앞을 바라보며 앉아있었다. 윗니로 아랫입술을 잘근잘근 씹어 입술을 하얗게 만들면서.

"좋은 일자릴 찾는다고 그래. 사무직으로."

"누가 사무실에 간대요?"

"그럼 어디 갈 거냐?"

"말 좀 그만 하세요."

"그 넥타이 좀 바로 매."

소년은 매듭을 쥐고 뒷가닥을 잡아당겼다. 매듭이 밀려 올라가 깨끗한 흰 셔츠의 제일 위 단추를 덮었다.

“잔소리 좀 안함 좋겠어요.”

“잔소리 할 사람이 있어야 돼.”

문이 열렸다. 여자는 일어서더니 미소 짓는 연습을 한번 했다. 한 소년이 나왔고, 방 안을 돌아보며 미소를 지어 보이면서 여자가 한명 뒤따라 나왔다. 여자들은 서로 미소를 지었다. 소년들은 씩 웃었다. 그들은 서로 지나쳤다. 문이 닫히고 인터뷰를 마친 쌍은 열심히 말을 주고받으며 걸어가버렸다. 그들은 발을 맞춰 걸었지만 하이힐 소리만 두드러져 들렸다. 복도 아래쪽으로 발소리의 울림이 발보다 앞서갔다. 빌리는 그들이 가는 것을 지켜보고 나서, 손으로 얼굴을 받치고 다리 사이로 아래를 내려다보았다.

바닥은 체크무늬의 빨강과 초록색 플라스틱 타일로 덮여있었다. 타일 표면에는 대리석처럼 보이라고 흰 얼룩들이 들어가 있었다. 어떤 타일에는 얼룩이 많고, 어떤 타일에는 점 하나뿐이었다. 그리고 얼룩이 많은 타일이 연이은 곳에는 흰색이 크게 우세해서 마치 거기에 무언가 쏟아진 것처럼 보였다.

빌리는 바로 자기 다리 사이에 있는 빨간 타일의 양쪽 끝 위에 두 발을 나란히 놓았다. 발은 타일 길이에 조금 못 미쳤다. 그는 뒤꿈치를 모퉁이 쪽으로 천천히 당겨서 발가락 쪽의 타일 끝과의 간격을 넓혔다. 그러고는 발가락 쪽의 간격을 좁히면서 그리고 뒤꿈치 쪽은 점점 넓히며 발을 앞으로 움직였다. 그는 발을 앞으로 뻗으려고 발가락을 꿈틀거렸다. 운동화가 애벌레처럼 울룩불룩 움직였다. 그러나 간격은 그대로 있었다. 그래서 그는 발을 들어 보이지 않게 의자 밑의 가로막대기 위에 얹었다.

붉은 타일의 흰 무늬들과, 이웃한 초록색 타일의 무늬들은 꼭 맞는 일이 없었다. 그것들은 지층의 단층처럼 조금씩 어긋나 있었다. 구획선을 넘어서 이 맞게 연결되고 있는 것은 고무창을 댄 구두가 미끄러진 자국뿐이었다. 미끄러진 자국은 모든 타일에 흠집을 내고 있었는데, 뭉툭하게 닳은 자국부터 기다란 칼 모양으로 된 것까지 각양각색이었다. 그것들은 모두 복도 아래편을 향하고 있었지만 모양이 다 달라서 서로 평행하거나 타일 끝이 이루고 있는 선과 나란하게 되어있는 것은 없었다.

빌리는 기대앉아 고개를 들었다. 맞은편 벽 양호실 문 바로 건너편에 화재경보기가 있었다. 그 아래에 커다란 빨간 글자로, "불이 났을 때는 유리를 깨시오"라고 쓰여있었다. 경보기 상자는 붉게 칠해진 금속이었다. 유리는 커다란 시계 유리처럼 둥글었다. 빌리는 앉아서 그것을 노려보았다. 가까이에서 한 여자가 웃었다. 그는 본능적으로 소리 나는 쪽으로 돌아보았다. 그리고 일어서서 경보기 쪽으로 걸어갔다. 유리 저쪽에 거의 유리에 닿을 정도로 손잡이가 있었다. 빌리는 손가락으로 둘레를 죽 훑었다. 먼지가 손톱 밑에 끼었다. 그는 유리 위에 입김을 불고 김이 서린 위에 영국 국기를 그렸다. 그리고 소매로 닦아냈다. 유리가 반짝거렸다. 그는 손톱으로 유리를 톡톡 두드렸다. 손마디로 똑똑 두드렸다. 그런 뒤 주먹으로 쾅쾅 두드렸다. 생각보다 큰 소리가 나서 얼른 물러서서 복도 아래위를 돌아보았다. 조용했다. 아무도 없었다. 그러자 문이 열렸다. 빌리는 휙 돌아섰다. 소년. 여자. 그 뒤에는 책상 앞에 앉은 남자. "안녕하세요?" 경보기를 가린 채 건너다보면서 안쪽에서 글씨를 쓰고 있는 남자의 대머리를 향해 말했다. 그는 고개를 들고 바깥의 빌리를 쳐다보았다.

"네가 다음이냐?"

빌리는 움직이지 않고서 안을 들여다보았다.

"자, 들어와, 들어올 거면. 하루 종일 이러고 있을 순 없으니까."

빌리는 걸어들어가 문을 닫고, 방을 가로질러 갔다.

"앉지, 워커 군."

"전 워커가 아네요."

"그럼 누구지? 차례대로 하면 다음이 제랄드 워커인데."

그는 명부를 살펴보았다.

"올리버, 스텐튼 그리고 워커."

"저는 카스퍼예요."

"카스퍼. 아 그래, 네 차례가 벌써 지나갔지, 안 그래?"

그는 카드를 뒤적여 넘겼다. "카스퍼 … 카스퍼 … ." 카드를 앞에 놓고 나머지 무더기는 다시 옆으로 옮겨놓았다.

"음."

그가 빌리의 카드를 조사하는 동안 빌리는 그의 머리를 조사했다. 꼭대기는 깨끗하고 분홍빛이었다. 짧고 단정하게 잘린 머리카락은 뒤와 옆쪽에 둥글게 나있었고 기름칠이 된 몇가닥이 대머리를 가리려고 앞쪽으로 조심스레 빗질이 되어있었다. 그러나 그건 실패였다. 잎사귀로 잘 덮이지 않은 구덩이처럼.

"자, 그럼 카스퍼. 어떤 종류의 일자리를 생각하고 있지?"

그는 기록부 카드를 한쪽으로 비켜 놓고 줄이 쳐지고 칸이 그려진 빈 종이를 앞에 놓았다. '카스퍼, 윌리엄'이라고 첫줄에 붉은 글씨로 쓰여있었다. 그는 나이, 주소, 기타 사항들을 기록카드에서 옮겨 쓰고, 펜을 바꾸고 올려다보았다.

"응?"

"모르겠어요. 제대로 생각을 해보지 않았어요."

"생각을 해야지. 시작을 잘하고 싶겠지, 안 그래?"

"그래요."

"아직 일자릴 찾아보진 않았겠군."

"네, 아직요."

"그럼 뭘 하고 싶나? 네가 잘하는 게 뭐지?"

그는 다시 빌리의 기록카드를 살펴보았다.

"취업 경험 … 적성과 능력이라 … 그러면 … 사무실에서 일을 하고 싶나? 아니면 기술직을 더 좋아하나?"

"그게 뭔데요, 기술직요?"

"그건 손으로 일을 한다는 뜻이지. 일테면 건축, 농사, 기술 등 말이야. 펜을 들고 하는 일에 상대되는 그런 직업이지."

"제가 사무실 일을 할 수 있겠지요, 안될까요? 저는 읽고 쓰는 일을 하고 있어요."

취업지도관은 종이에 '기술직'이라고 써넣었다. 그러고는 마치 자기 정수리에도 그것을 또 써넣으려는 듯이 펜을 든 손을 쳐들었다. 대신 그는 머리를 긁었다. 손톱으로 긁은 자국이 피부 위에 희게 남았다. 그는 빗어둔 머리카락을 손가락으로 조심스레 매만지고는 쳐다보았다. 빌리는 그를 지나쳐 똑바로 창밖을 바라보고 있었다.

"견습생으로 기술을 배워볼 생각을 해봤니? 전기공 일이나 벽돌 쌓는 일, 그런 것 말이야. 물론 견습을 하는 동안은 돈을 그리 많이 못 받지. 네 나이의 다른 일을 하는 애들이 너보다 훨씬 많이 버는 걸 보게 될지 몰라. 그러나 그런 일자리엔 만족감이나 안정성이 없어. 잘 붙어만 있으면 그만한 가치가 있다는 걸 알게 될 거야. 그리고 혹시 무슨 일이 생기더라도 넌 적어도 손에 익은 기술은 갖고 있게 되는 거지. 응? …

자, 어떻게 생각해? 네가 손으로 일하는 것이 더 기분 좋다고 이미 말을 했으니까 아마 이것이 제일 좋은 길이 될 거야. 물론 기술학교를 다니고 여러가지 시험을 치기 위해 공부를 해야 된다는 뜻이지만 요즘은 대부분 사업주들이 자기네 직원들이 그렇게 하는 걸 권장하지. 또 보통 매주 하루씩은 학교에 다니도록 시간을 내주고 있어. 낮에 학교에 다니는 것은 직장에서 허용하지 않지만 공부를 할 생각이라면 저녁시간에 학교에 다녀야만 하겠지. 그렇게 하는 애들이 있어. 어떤 애들은 몇년 동안 매주 2~3일씩 저녁에 공부를 하지. 학교를 졸업하고 바로 시작해서 스물댓살 되도록 한다구. 그래서 공인 자격증을 따거나 학위까지도 받지.

출세를 하려면 그렇게 해야만 해. 다들 결국은 그만한 보람이 있었다고 할 거야. … 졸업한 다음에 어떤 식으로든 공부를 계속할 생각을 해봤나? … 내 말은, 너, 듣고 있는 거냐?"

"네."

"내 보기엔 그런 것 같지 않은데? 하루 종일 이러고 있을 순 없어. 네시 전에 다른 애들도 만나야 한다구."

그는 다시 빌리의 서류를 내려다보았다.

"자, 무슨 얘길 했더라? 그래, 만일 내가 여태 말한 것이 하나도 마음에 들지 않는다면, 그리고 힘든 일도 해낼 수 있다면 또 더러워지는 걸 개의치 않는다면 말이지, 광산에 좋은 기회가…"

"전 탄광엔 안 가요."

"작업환경이 썩 개선됐어…."

"탄광엔 죽어도 안 가요."

"그럼 뭘 하고 싶은 거지? 이 영국에는 너한테 맞을만한 직업이 없는 것 같은데?"

그는 빌리의 기록카드를, 마치 그곳에 어떤 힌트가 있을지 모른다는 듯이 자세히 들여다보았다.

"취미는 어때? 무슨 취미를 갖고 있지? 정원 손질이나 모형 만들기나 뭐 그런 걸 좋아하나?"

빌리는 천천히 고개를 저었다.

"아무런 취미도 없어?"

빌리는 잠시 동안 그를 바라보다가, 그러고는 황급히 일어섰다.

"지금 가도 되나요?"

"아니, 왜 그러는 거냐? 앉으라구. 아직 끝나질 않았어."

빌리는 선 채로 있었다. 취업담당관은 서류의 빈 자리를 빠르게, 소란스럽게 채워넣기 시작했다.

"참, 애들을 꽤 많이 면담을 했다만 너 같은 애는 만난 적이 없다. 뜨거운 벽돌에 앉은 고양이마냥 안절부절 못하는가 하면 그렇지 않을 땐 내 말을 듣지도 않고 말야."

그는 서류를 압지 위에 얹어놓고 주먹 쥔 손으로 그 위를 문질렀다. 압지 위에서 누르는 동작을 하면서 책상 앞 무더기에서 푸른 종이의 인쇄물을 하나 집었다.

"자, 이걸 가져가서 읽어봐. 학교를 졸업하고 일을 시작하는 데 관해서 여러가지 정보를 알려줄 거야. 의료혜택이나 국민보험 같은 것 등등이야. 뒤에…" 그는 그것을 뒤집어 손가락으로 가리켰다. "떼어낼 수 있는 신청서가 있어. 네 카드를 받고 싶으면 신청서를 써서 사무실로 보내라구. 꼭대기에 주소가 있지. 알겠어?"

빌리는 인쇄물을 바라보며 고개를 끄덕였다.

"그럼 이걸 가져가. … 그리고 결정하는 데 문제가 있으면 잊지 말고 와서 날 만나라구. 됐어?"

그 인쇄물에는 〈학교를 마치고〉라는 제목이 붙어있었다. 겉장의 내용은 네모난 안경을 쓴 남자가 책상 너머로 양복저고리와 플란넬 바지를 입은 건장한 젊은이와 악수를 하고 있는 그림 둘레에 들어있었다. 그들은 이를 드러내고 웃고 있었다. 남자 뒤의 창문을 통해 나무 하나와 V 모양의 나는 새가 보였다.

"좋아, 카스퍼. 이상이다. 다음 소년에게 들어오라고 해."

나오자 그는 달리기 시작했다. 똑바로 학교를 나와 집까지 계속 달렸다.

헛간 문이 열려있었다. 매는 없었다. 문고리는 잠겨진 채로 문틀에 붙어있었지만, 문고리를 문에 붙이고 있던 네 나사못이 빠져서 금속판에 매달려 있었다. 문에는 금속판이 붙어있던 자리가 들판의 돌멩이 뒤집어진 자리처럼 창백한 자국으로 남아있었고, 나사못이 억지로 비틀려 빠진 자리의 나무가 갈라지고 흠집이 나있었다. 빌리는 헛간으로 달려들어갔다가 다시 달려나와 뒤로 돌아가 담 위로 뛰어올라갔다.

"케스! 케스!"

그는 뛰어내려서 집으로 달려올라가 부엌문에 달려들었다가 문이 열리지 않아 튕겨져 나갔다.

"쥬드!"

그는 계단 아래를 더듬어 열쇠를 찾아서 허둥지둥 자물쇠에 밀어넣어 열고 달려들어갔다.

거실 커튼은 아직 닫힌 채였다. 빛이 부엌을 통해서, 문간을 지나서, 바닥의 리놀륨을 가로질러 낡아빠진 양탄자 조각처럼 스며들어왔다. 그는 거실을 질러 뛰어가서 복도 쪽 문을 열었다. 현관문의 위칸이 우윳빛 유리로 되어있어서 그곳은 조금 더 밝았다. 그는 제일 아래 계단에 엎어져서 계단 위로 고함을 질렀다.

"쥬드! 쥬드!"

그가 네 발로 계단을 마구 기어올라가자 메아리는 멈췄다. 뒤쪽 침실문은 열려있었다. 안은 조용하고 어두웠다. 빌리는 한 손으로 문기둥을 잡은 채 방 안으로 들어섰다.

"쥬드?"

그는 전등 스위치를 켰다. 침대는 그날 아침 남겨둔 꼭 그대로였다. 베개는 뒤틀리고 담요는 헝클어지고 벗겨진 홑이불은 구겨져서, 쑥 내민 혀처럼 그를 향해 삐죽하게 나와있었다. 그는 계단을 급히 내려가 거실을 지나 부엌으로 되돌아갔다. 그리고 문턱에서 잠시 멈추어 들판과 하늘을 샅샅이 살펴보았다.

하늘은 거대한 숯덩이처럼 굳어있었다. 바로 앞의 들 너머도 아무것도 보이지 않았고, 석양 속에 새들도 보이지 않았다. 새소리도 없었고, 소리라고는 웅얼거리는 빗소리뿐이었다.

빌리는 차고로 달려들어가 가방에서 루어를 가지고 왔다. 그리고 마당을 급히 내려와 울타리를 기어오르면서 줄을 풀고 흔들기 시작했다.

"케스! 케스! 자, 이리 와, 케스!"

그는 들판을 헤매고 다녔다. 끊임없이 부르면서. 더는 할 수 없을 때까지 손을 바꿔가며 루어를 흔들었다. 그러다가 풀 속 보이지 않는 곳에 떨어뜨리고 말았다. 그는 몇초 동안 서서 둘러보다가 달리기 시작했다. 루어는 그가 줄을 감자 뒤에서 튀며 끌려왔다. 그는 마당으로 다시 뛰어들어 집 옆으로 달려가 대문으로 갔다. 한 여자가 포장도로 저쪽에서 다가오고 있었다. 그녀가 주차된 차들 뒤로 지나갈 때는 마치 컨베이어벨트 위를 머리가 가고 있는 것처럼 보였다. 그 외에는 아무도 보이지 않았다. 빌리는 길을 건너 달려가 어느 차 앞에서 불쑥 튀어나와 그녀를 놀라게 했다.

"오오! 이런 망나니 같은 녀석. 놀라서 죽을 뻔했네."

"그쪽에서 우리 쥬드 봤어요?"

그는 거리 아래쪽을 향해 머리를 끄덕여 보였다.

"너희 쥬드 말야? 아니 못 봤어, 왜?"

그녀는 빌리가 보도 위쪽으로 달려가는 것을 지켜보았다. 그러고는 가슴에서 손을 떼고, 비를 막느라 고개를 숙이고, 그가 간 쪽으로 걸어갔다.

"아유, 정말 이상한 집구석이야."

ഇ

빌리가 공터에 다다랐을 때 마권판매인의 아내는 문을 걸어잠그는 참이었다.

"이보세요, 로즈 부인!"

그녀는 돌아보았고, 그리고 열쇠를 마저 돌리고 나서 손가방을 열었다.

"우리 쥬드 보셨어요?"

그녀는 걸쇠를 눌러 찰칵 닫고 길을 걸어내려가기 시작했다. 빌리가 뒤따랐다.

"네가 아직 못 만난 걸 알겠다. 만났으면 지금 성한 몸이 아닐 테니까."

"그럼 보셨군요?"

"봤냐고? 흥, 우리 가게를 온통 때려부술 뻔했다."

"그러고 나서는 봤어요?"

"나한테 온갖 욕을 다 했어. 나보고 협잡꾼이라나. 자기 눈알까지 훔쳐가려고 한데. 토미 리치가 말을 하려고 하니까 잡아먹을 듯이 굴더라. 정말 난리굿이었지. 결국 네가 그 내기 쪽지를 내지 않았다는 걸 증명하려고 에릭 클라우와 에릭 스트리트까지 불러왔었어."

"그러고 나서 다시 왔어요?"

"그게 둘 다 이겼단 말야. 크랙폿은 8 대 100이었어. 텔-힘-히즈-데드는 네배였고. 열배 이상 벌어들일 뻔했지."

"지금 어디 있는지 아세요?"

"왜 안 걸었니?"

"알 게 뭐예요? 그놈들이 이길 줄 내가 어디 알았어요?"

그는 울기 시작했다. 로즈 부인은 고개를 설레설레 저었다.

"죽을 거야, 너. 그 사람이 널 잡으면."

그들은 거리 끝에 있는 조합가게에 다다랐다. 빌리는 멈추고, 로즈 부인은 그와 떨어져 계속 걸어갔다. 그는 돌아서서 왔던 길을 되돌아 달려갔다. 마권판매소를 지나서, 공영주택지를 가로질러, 길을 내려가 막다른 골목으로, 그리고 쪽문을 통해 들판으로.

길을 따라 몇야드 나가자 탁한 붉은색이던 집이 어스름 속에서 검은 형태로 흐려졌다. 지붕의 윤곽만이 하늘을 배경으로 해서 뚜렷하게 보였다. 빌리는 안주머니에서 루어를 꺼내고 다른 주머니를 뒤져 손수건을 찾았다. 그는 손수건을 펼쳐서 루어에 붙잡아 매고 길을 천천히 걸어가면서 그것을 흔들기 시작했다.

"케스! 케스! 이리 와, 케스!"

그는 내내 위를 쳐다보고 있었다. 길에서 벗어나 풀밭으로 들어섰다가, 다시 길로 나왔다가, 웅덩이로 진창으로 이리저리 헤매 다

냈다. 다시 풀밭으로 들어서면 진흙이 신발에서 닦여나갔다.

"이리 와, 케스! 제발 와!"

처음에 손수건은 뒤에서 마치 연의 꼬리처럼 빳빳하게 휘돌며 올라갔다 내려갔다 했다. 그러나 비와 젖은 풀들이 금방 그것을 어둠속에서 펄럭거리는 흠뻑 젖은 회색빛 넝마 조각으로 만들어버렸다.

빙빙, 너무나 빨리 돌려서 줄이 잉잉 소리를 내었다. 늦추어서 좀 쉬고 손을 바꾸었다. 그러고는 줄을 짧게 하여 줄과 루어와 천 조각이 수레바퀴 모양이 되도록 빠르게 돌렸다. 줄을 늦추어주면 로케트처럼 풀려나가며 하늘로 치솟았다가, 속도가 느려져 힘이 빠지면 다시 땅으로 떨어졌다. 그는 달려가서 그것을 집어서 즉시 다시 흔들었다.

"케스! 케스! 케스!"

빌리가 부르는 소리는 악을 쓰다시피 높아졌다. 그는 헐떡거리며 흐느끼고 있었다. 그러나 루어의 가속도를 높이기 위해 줄을 짧게 잡을 때마다, 그는 숨을 멈추곤 했다. 루어가 하늘로 치솟아오를 때마다 그는 숨을 죽였고, 루어가 매를 부르지 못하고 다시 떨어질 때까지 정적이었다. 그러면 그는 그것을 집으러 달려나갔다. 울면서.

들판의 가장자리에는 생울타리 사이에 층계문이 있었다. 두개의 기둥이 차갑고 미끈거렸다. 빌리는 두 계단 올라서서 기둥에 매달려 가로막대기 위로 기어올라가 천천히, 매우 조심스럽게 발의 바깥쪽으로 세로막대를 누르고, 기계체조하는 사람들이 피라미드를 만들었을 때 그 꼭대기에 선 사람처럼 균형을 잡으며 몸을 곧게 세웠다. 생울타리보다도 더 큰 키가 되어 그는 주위를 살펴보았다. 양쪽과 앞쪽으로는 울타리며 관목들이 회색 담요의 검은 가두리처럼 되어있었다. 그는 멀리로 숲이 있는 곳을 열심히 바라보았다. 그러고는 몸을 돌렸는데, 그 바람에 빌리는 거의 뒤로 떨어질 뻔했다. 그는 기둥을 움켜잡고 몸을 가누고서, 그리고 천천히 루어를 흔들기 시작했다.

어스름 속에서 두 발을 버티고 들판 위에 높이 서서 그는 루어를 흔들었다. 매를 부르고 부르고 부르면서. 때로는 루어가 생울타리에 부딪쳐 몸의 균형과 루어를 흔드는 리듬을 깨뜨렸다. 그러면 무릎을 굽히고 허리를 가누어 선 자세를 유지하며, 다시 루어가 흔들리게 했다. 손수건이 아가위나무로 된 버팀목에 스쳐서 매번 조금씩 찢어지다가 결국은 루어에서 아주 떨어져나가 생울타리 꼭대기에 걸린 채 얹혀있었다. 빌리는 그것을 그냥 내버려두었다. 생울타리 위의 거무스름한 모습으로. 어스름 속에서 생울타리의 모습도, 그 위를 지나치는 루어도 윤곽만이 드러나고 있었다.

빌리는 루어를 자기 앞에 떨어지게 하고 뒤따라 내려왔다. 그리고 그것을 다시 흔들어 올리고는 숲을 향해 길을 따라가며 계속 흔들었다. 숲의 전면이 어스름 속에서 솟아나기 시작했다. 좌우로 뻗은 검은 띠 모양을 하고 있던 숲은 그가 다가감에 따라 하늘을 점점더 많이 차지했다. 루어는 수직으로 끝까지 흔들어 올렸을 때에 울퉁불퉁한 나무들의 윤곽 위에까지 올라가서 떨어져내리기 전 잠시 동안 더 짙은 회색 하늘을 배경으로 드러나 보였다가, 내려왔다가 더 낮은 포물선을 그리며 끌려 올라갔다. 그러나 빌리가 숲으로 다가감에 따라 아무리 높이 루어를 흔들어 올려도 루어는 나무 꼭대기 위로 올라가지 못했고, 전체적인 배경 속에 묻혀서 눈에 띄지 않게 되기에 이르렀다.

그는 달리기 시작했다. 그는 숲으로 이어지는 생울타리 층계문에 다다라 루어를 뒤에 끌면서 그것을 뛰어넘었다. 루어가 가로막대에 걸려서 빌리는 멈췄다. 그는 루어를 잡아당겨 끈을 손에 감고 앞으로 내달았다. 끈이 끊어졌다. 그는 균형을 잃고 앞으로 비틀거렸다. 다시 몸을 가누고, 느슨한 끈을 손에서 털어버리고, 길을 벗어나 키 작은 풀숲 속으로 들어섰다.

"케스! 케스! 케스! 케스!"

금방 더 어두워졌다. 그는 연한 나뭇가지에 얼굴을 다치지 않도록 팔을 앞으로 내밀고 움직여야 했다. 어린 가지들 위로 아가위나무의 검은 둥치들이 있고, 그 위 높은 곳에 키 큰 나무들의 가지가 하늘을 배경으로 격자무늬를 이루고 있었다.

그는 어둠 속으로 외쳐 부르면서 계속 나아갔다. 비틀거리고 엎어지고 지친 짐승처럼 잠시 고개를 떨어뜨리고 쉬다가 다시 일어나 계속 나아갔다. 그는 낮게 자란 나뭇가지들을 벗어나 숲의 중심으로 들어갔다. 그곳은 나무들 사이의 간격이 넓었고 지하실처럼 캄캄하고 습했다. 썩은 나뭇잎이 그의 발밑에서 내려앉았고 가을바람에 낙엽이 쓸려 모인 구덩이나 경사의 아래쪽에서는 발이 아주 보이지 않게 되었다. 주저앉기도 하고 발을 높이 쳐들며 걷다가 다리가 지치면 느린 동작으로 발을 밀어 미끄러지듯이 움직이기도 하고, 낙엽 부스러기가 무릎까지 올라오면 멈추었다. 발을 멈추었을 때는 외쳐 부르고 기다렸다. 그러나 들리는 것이라곤 자신의 목소리의 메아리와 빗소리뿐이었다.

비. 일초에 수백만방울씩. 어떤 것은 가지 사이로 떨어지고 또 어떤 것은 나뭇가지를 때리고는 흩어졌다가 아래쪽에서 더 큰 방울로 모였다가, 무거워지면 나뭇가지로부터 떨어져 썩어가는 낙엽더미 위에 철썩 떨어졌다. 똑같은 빗방울들이 연속해서 떨어졌다. 숲 전체에 걸쳐 수백만개 나뭇가지들로부터, 일초에 수백만개의 빗방울들이 하늘에서 땅으로 곧바로 떨어지는 빗소리를 배경으로 톡톡톡 하고 떨어졌다.

"케스! 케스! 케스!"

부르는 소리 한음절이 빗방울의 톡톡 떨어지는 소리 속에 되울려서, 빌리가 나아감에 따라 온 숲 속에 속삭임처럼 들렸다. 새로이 부를 때마다 사라지다가는 당장 다시, 부르는 소리보다도 더욱 섬세하게 더 끈질기게 울렸다. 그는 마른 잎들이 아직 빽빽이 달려있는 어린 상수리나무를 스쳤다. 그것들은 뱀처럼 서걱거리는 소리를 냈고, 그 바람에 빌리는 몸을 돌려 아무 데로나 마구 내달렸다. 외치면서, 발이 걸리고 두텁게 깔린 풀 밑에 엉켜있는 그루터기며 나뭇가지 위에 넘어지고 하면서. 그는 다시 길로 들어서서 건너편 숲으로 들어가 뒤로 돌아 처음 들어갔던 층계문으로 나왔다. 들판은 캄캄했다. 멀리 하늘은 오렌지빛을 하고 있어 마치 공영주택지가 불타고 있는 것 같았다. 빌리는 다시 숲으로 들어섰다. 똑바로 가시덤불이 있는 오솔길로 달렸다. 처음의 충동으로 몇야드를 나아갔다. 이윽고 덩굴들이 그의 바지에 감기고 천을 잡아당기고 가시가 양말을 뚫고 발목을 할퀴었다. 속도는 점점 느려져서 나중에는 마치 악몽 속에서처럼 아주 느리게 달리고 있었다. 제자리 걸음만을 하다가, 멈추고는 다시 걸음을 내딛었다.

그는 이미 지나갔던 지역을 다시 돌았다. 가지 않았던 곳을 가보려고 승마로를 건너갔다. 그러고 나서 먼저 돌았던 곳으로 가려고 다시 건너왔다. 아무런 계획도 없이. 나무나 다른 표적을 보고 방향을 가늠하기에는 너무나 어두웠기 때문에.

이윽고 나무들이 성글어지고, 그 사이로 그는 수도원 농장의 불빛을 볼 수 있었다. 그는 숲과 농장을 가르고 있는 수렛길 가 생울타리에서 숲을 벗어나 그리로 갔다. 부엌 커튼이 열려있어서 그 불빛이 잔디와 여기저기 서있는 작달막한 사과나무를 비추었다. 집 오른편으로 마굿간과 헛간 등을 알아볼 수 있었고, 이 건물들과 약간 떨어져서 어둠 속에 헛간 모습이 어렴풋이 보였다. 집의 왼쪽에 수도원 담이 서있던 공간이 있었다. 공터는 무너진 석조건물에서 떨어져 나온 석판 몇개가 풀 위에 검은 물체로 드러나 보이는 것 외에는 깨끗이 치워져 있었다. 빌리는 생울타리 너머로 오랫동안 농장을 지켜보았다. 그러다가 그는 떨기 시작했고, 돌아서서 느리게 숲 속을 지나 되돌아오기 시작했다.

무언가가 버스럭 하고 그의 앞을 지나 달려갔다. 새 한마리가 놀라 가지 사이로 날아갔다.

"케스!"

그는 길을 찾아, 그것을 따라서 층계문으로 되돌아왔다. 문을 기어 넘을 때, 끊어진 루어줄이 다리에 닿았다. 그는 문 가로막대에서 줄을 풀어 루어에 다시 감고는, 뛰어내려서 공영주택지 쪽으로 들판을 가로질러 달리기 시작했다.

집채들은 오렌지빛 배경으로 검게 오려낸 윤곽으로 점점 가까워졌다. 그 형체의 아래쪽에는 불 켜진 1층 창들이 다채로운 사각형들로 된 열을 이루고 있었는데, 갑자기 어느 집 2층 침실에 불이 켜지면서 아래층 창들의 열은 흐트러지고 말았다.

빌리는 주택지에 도달하여 층계문을 뛰어올라가 막다른 골목으로 들어섰다. 둘레에 흐릿한 후광을 이루면서 그곳에 몰려 서있는 세개의 외등과, 길 양편으로 어긋나게 늘어서 있는 가로등들의 오렌지빛 속으로.

거실에는 불이 켜져있었다. 빌리는 길을 달려가 부엌문으로 돌아가서 손잡이를 눌렀다가, 멈추고 그것이 다시 튀어나오게 그냥 둔 채 문에서 돌아서서 어둠을 통해 헛간 쪽을 바라보았다. 천천히 그는 그쪽으로 걸어갔다. 더 느리게 더 느리게, 거의 멈춘 것처럼. 그러고는 마지막 10야드 정도를 달려갔다. 문은 아직 열린 채였다. 헛간은 여전히 비어있었다.

빌리가 부엌을 통해 집 안으로 달려들어갔을 때, 그의 어머니와 쥬드는 빌리의 모습이 나타나기에 앞선 요란한 소리에 놀라 탁자에서 반쯤 일어선 참이었다. 누군지를 알고 나자 둘 다 다시 앉았다.

"어딨어? 어떻게 했어?"

쥬드는 그를 힐끗 올려다보고 다시 설탕그릇에 기대어 세워져 있는 만화책으로 시선을 돌렸다. 어머니는 고개를 저었다.

"아니, 그런 꼴로 어디 갔었니? 네 꼴을 좀 봐라, 흠뻑 젖었어!"

방 안은 따뜻했다. 화덕에 불이 높이 타고 있었고, 라디오가 켜져있었고, 식탁 위에 차가 있었다.

"가서 젖은 옷을 벗어. 그리고 와서 차를 좀 마셔라."

어머니는 잡지를 집어 안쪽이 겉으로 나오게 가운데를 접어 뒤집어 들었다.

"그리고 그 문 좀 닫아, 빌리. 바람이 막 들어오잖아."

빌리는 가만히 서있었다. 아직도 거친 숨을 쉬면서, 내내 쥬드를 바라보면서.

"어딨냐고 했잖아?"

쥬드는 들은 척도 하지 않았다. 그의 바로 앞에, 식탁보의 가장자리와 만화책 사이의 꼭 가운데에 찻주전자가 있었다. 찻주전자 옆에 원통형으로 된 비스킷통이, 주전자보다 키는 크고 주전자보다 날씬한 모양으로 서있었다. 차에서 김이 오르고 있고, 몇초마다 쥬드가 내쉬는 숨이 그 김을 만화책의 사면 위로 불어올렸다. 그 전체적 모습은 최신식 산업공장의 모델을 연상시켰다.

쥬드는 계속 읽었다. 비스킷을 하나씩 기계적으로 집어서 차에 담갔다가, 젖어서 색이 짙어진 그 동그라미 전체를 막 흐무러지기 직전에 입속으로 던져넣으면서. 그는 그런 식으로 네개의 비스킷을 먹어치웠다. 그리고 다섯번째 것을 담근 채 아직도 자신을 노려보고 있는 빌리를 쳐다보았다.

"뭘 봐!"

고함소리가 카스퍼 부인을 화들짝 놀라게 만들었다. 쥬드는 찻잔에서 급히 비스킷을 꺼내었다. 너무 늦었다. 그것은 흐무러져서 찻잔 속으로 빠져버렸고, 축축한 한조각만이 엄지와 검지 사이에 남았다.

"너 땜에 어떻게 됐나 봐!"

빌리는 식탁으로 달려갔다. 어머니가 펄쩍 일어나 잡지로 그를 내리쳤다.

"왜 그래? 왜 이렇게 악을 쓰고 야단이야?"

빌리는 잡지를 피하면서, 동시에 쥬드를 가리키며 대답했다.

"쥬드한테 물어보세요, 무슨 일인지 다 안다구요!"

쥬드는 일어서서 탁자 너머로 빌리를 쥐어박았다.

"그래 임마, 그리구 내가 널 일찍 잡았더라면 너도 알았을 거다."

"뭘 알아? 늬들 무슨 얘길 하는 거야?"

그녀는 앉았다. 다리를 포개 꼴 때 나일론 양말이 스치는 소리를 내었다.

"앉아, 빌리. 그리고 그 젖은 옷 좀 벗어, 폐렴에라도 걸리기 전에."

빌리는 울기 시작했다. 커다란 흐느낌이 숨을 막았다.

"아니, 정말 왜 그러는 거야?"

빌리는 대답할 수 없었다. 다만 쥬드를 가리키기만 했다. 쥬드는 시선을 돌리고 앉아서 만화책으로 머리를 숙였다.

"이번에는 얘한테 뭘 한 거니, 쥬드?"

쥬드는 손등으로 만화책을 쳐서 탁자에서 날아가게 하고 벌떡 일어섰다. 그 바람에 그의 어머니는 의자에서 몸을 세웠고, 빌리는 흐느끼기를 잠시 멈추었다. 드러난 설탕그릇이 똑바로 전등불 아래에 있었다. 그릇 가장자리에는 그릇 속의 반짝거리는 흰설탕과 대조적으로 부연 설탕덩이가 말라붙어 있었다.

"재 잘못이야! 내가 시킨 대로 돈을 걸었으면 이런 일이 없었다구요!"

"안했니? 내가 아침에 일하러 가기 전에 말을 했는데."

"하긴 뭘 해."

"잊지 말라고 그랬잖아, 빌리."

"잊어버린 게 아녜요. 돈을 가졌다구요."

"그래, 어떻게 됐어? 이겼어?"

"이겨요? 저 새끼가 도둑질을 안했으면 열배나 벌었다구요!"

"열배나! 오오 빌리, 이번엔 정말 잘못했구나."

식탁 너머에서 그들은 빌리를 건너다보았다.

"8 대 100 하고 1 대 4로 들어왔다구요. 난 그럴 줄 알았어. 텔-힘-히즈-데드는 보나마나였고, 그 크랙폿도 이번 시즌 내내 지켜보고 있었다구. 반드시 이기게 돼있었어. 단지 오르기를 기다리고 있었던 거란 말이야."

그는 손해가 너무나 막대해서 도저히 가만히 서있을 수 없다는 듯 식탁에서 걸어나갔다.

"10파운드야. 그게 있었으면 일주일 일을 안해도 되는 건데."

그는 부젓가락을 집어들어 불에다 내리쳤다. 불꽃들이 소나기처럼 튀어 굴뚝으로 올라갔다.

"아까 오후에 저 새끼를 잡았으면 죽여버렸을 거야."

"그럼 잰 뭣 땜에 울고 있는 거야?"

"저게 내 매를 죽였어요. 그 때문이에요!"

쥬드는 계속 불을 뒤적거렸다.

"설마. 정말 그랬니, 쥬드?"

"그랬어요! 내가 다 알아요! 날 못 잡으니까 그랬다구요."

"그랬어, 쥬드?"

쥬드는 휙 돌아섰다. 부젓가락을 쳐든 채로.

"그래, 좋아! 내가 죽였다! 그래서 어쩔 테야?"

빌리는 식탁을 돌아 어머니에게 달려가서 품에 얼굴을 파묻으려 했다. 그녀는 당황해서 그를 제지했다.

"이러지 마, 빌리. 왜 이렇게 날뛰냐."

"멍청이. 지 잘못이었어! 난 그냥 내보낼 셈이었다구. 그런데 헛간에서 나오려고 하질 않는 거야. 쫓아내려고 할 때마다 발톱으로 내 손을 할켜대잖아. 이걸 봐. 손이 갈기갈기 찢겼다고!"

쥬드는 손을 쳐들어 보였다. 빌리는 똑바로 그를 겨냥하고 달려갔다. 쥬드는 한 손으로 부젓가락을 쳐들더니, 다른 손으로 그를 밀어냈다.

"개자식, 썩어빠진 개자식!"

"개자식이라고 부르지 마. 안 그러면 네놈이 다음 차례야."

"개자식! 이 빌어먹을 개자식!"

빌리는 버티었다. 그러고는 어머니가 쥐어박자 돌아섰다.

"닥쳐, 빌리! 여기서 그따위 말 하는 건 안돼!"

"그럼 어떻게 좀 해요. 쥬드 좀 어떻게 하라구요!"

그녀는 그의 머리 위로 쥬드를 바라보면서 그냥 서있기만 했다.

"어디 있어, 쥬드? 어떻게 했어?"

그는 화덕으로 돌아서서 부젓가락을 화덕 안에 내려놓았다.

"쓰레기통에."

빌리는 그들 사이에서 튀어나가 부엌을 지나 차고 옆에 있는 쓰레기통으로 달려갔다. 뚜껑을 잡아 젖히고 들여다보았다. 안은 깜깜했다. 그래서 그는 손을 내밀어 쓰레기를 손가락으로 가볍게 더듬었다. 그러다가 더듬기를 멈추고 재빨리 몸을 세웠다. 손에 매를 들고서.

그는 그것을 부엌으로 가지고 가서 자세히 보려고 거실문을 등지고 섰다. 갈색 눈은 뜨고 있었다. 유리 같은 눈. 굽어진 부리는 약간 열려져 그 틈으로 간신히 혀가 보였다. 고개는 축 늘어져서 빌리가 깃털에 묻은 먼지며 재를 털어내려고 이리저리 돌리자 그에 따라서 아무 쪽으로나 흔들렸다. 빌리는 깃털을 깨끗이 불어내고, 입김을 불어서 깃털을 부풀렸다가 손가락으로 살며시 쓰다듬어 내렸다.

ঔ

그는 한쪽 날개를 부채처럼 펼쳐 열고 그 안쪽 솜털 위를 몸통까지 손가락으로 가만히 쓸었다. 마치 매의 날개가 인간의 귀에는 들리지 않는 연약한 소리를 내는 깃털 달린 악기이기나 한 것처럼. 그는 날개를 조심스레 등 위로 다시 접고 나서, 거실로 가지고 돌아갔다.

쥬드는 불을 등지고 서있었다. 어머니는 식탁 앞에 서서 차를 따르고 있었다. 만화책은 아직 마룻바닥에 떨어진 채로 있었다.

"무슨 짓을 했나 보세요, 엄마! 이걸 좀 보세요!"

그는 매를 식탁 위로 그녀에게 쳐들어 보였다. 발목끈이 매달린 노란 다리를 위로 하고, 새의 발톱은 허공을 움켜쥐고 있었다.

"정말 부끄러운 짓이구나. 얘, 이리로 가져오지 마라."

그녀는 앉았다. 그래서 얼굴이 매가 있는 높이로 내려갔다.

"그래도 좀 보세요! 무슨 짓을 했나 보라구요!"

그녀는 그것을 바라보았다. 윗입술을 말아올리면서. 그러고는 쥬드에게로 고개를 돌렸다.

"치사한 짓이야, 쥬드."

"저놈이 한 짓도 마찬가지예요. 안 그래요?"

"알아. 그렇지만 쟤가 그 새를 얼마나 생각하는지 알잖니?"

"내가 그 10파운드를 생각한 것의 반만큼도 아니죠."

"그래도 쟤한텐 그게 제일이었어. 이제 그걸 식탁에서 치워라, 빌리."

"그게 10파운드 값이나 나가나요, 어디?"

"알아, 그렇지만 그래도 역시 잘못한 거야. 그걸 내 앞에서 치워, 빌리. 이제 다 봤어."

빌리는 새를 들고 그녀에게 더 가까이 가려고 했지만 어머니는 그렇게 두지 않았다.

"너무해요, 엄마. 너무하다구요."

"그런 줄 안다. 하지만 이제 지난 일이잖아. 어쩌겠니?"

"쥬드 말예요. 어떻게 할 거예요? 좀 어떻게 하라구요."

"어쩌란 말이야?"

"때려요! 혼을 내주라구요! 좀 갈겨주란 말예요!"

쥬드는 콧방귀를 뀌고 돌아서서 벽난로 위에 걸린 거울 속 자신의 모습을 들여다보았다.

"그렇게 좀 해보라지."

"말이 되는 소릴 해라, 빌리. 내가 어떻게 저 앨 때리니?"

"엄만 언제나 아무렇게도 안하지요! 쥬드는 무슨 짓을 해도 괜찮다고요!"

"아유. 이제 그만 좀 해라. 그만하면 충분히 울었다."

"엄만 상관도 않는 거지요?"

"상관 않긴 왜 않니? 그렇지만 그건 새에 불과해. 다른 걸 또 구하면 되잖아?"

그녀는 잡지를 내려다보며 찻잔을 들어올렸다. 빌리는 비어있던 손으로 주먹을 쥐어 찻잔을 갈겼다. 그것은 손잡이에서 떨어져 방 건너편으로 날아갔고, 차가 혀 모양으로 왈칵 쏟아졌다. 거울 속으로 그 장면을 지켜보던 쥬드는 반대 방향으로 일어나고 있는 일을 얼른 파악하지 못해서 미처 돌아서거나 비켜설 틈도 없이 어깨뼈 사이를 잔과 차에 정통으로 맞았다. 카스퍼 부인은 손가락에 걸려 있는 손잡이를 바라보고 있었다. 빌리는 차와 찻잔을 뒤쫓아 쥬드의 등으로 달려가 두 팔로 그의 목을 감아쥐었다. 쥬드는 빌리를 기둥에 매달린 아이 모양으로 휘둘렀다. 카스퍼 부인이 벌떡 일어나서 빌리를 떼어내려고 했다. 그는 산토끼 모양으로 뒷발질로 어머니를 차내어 그녀는 가슴을 움켜잡고 식탁으로 밀려났다. 주전자가 흔들거렸다. 비스킷통과 우유병이 넘어졌다. 병은 식탁에서 굴러떨어져 박살이 났다. 비스킷은 식탁보 위에 쏟아진 우유 때문에 굴러가지 않고 멈추었다.

빌리는 쥬드의 귀에 대고 악을 쓰며 울고 있었다. 쥬드는 뒤로 손을 뻗어 빌리의 머리카락을 움켜잡으려 했으나 손이 뒤로 넘어올 때마다 빌리는 뒤나 옆으로 몸을 기울여 피했다. 그러자 쥬드는 몸을 빠르게 숙여서 빌리를 머리 위로 넘어오게 했다. 빌리는 매달려 버티었으나 거꾸로 쏟아지는 몸무게를 견디지 못해 손을 놓았고, 가슴과 무릎을 긴 의자 등받이에 부딪쳐 의자를 넘어뜨렸다. 앞다리에 붙은 바퀴가 삐걱이며 핑그르 돌고 의자 아래쪽의 축 늘어진 삼베 천이 드러나 보였다. 두 사람이 다 빌리에게 달려갔다. 빌리는 일어섰다. 그리고 매의 발을 붙들고 그들에게로 휘둘렀다. 날개가 펼쳐졌다. 그리고 뜨고 있는 눈과 얼굴 앞으로 달려드는 깃털들 때문에 그들이 멈칫하는 동안 빌리는 뒤집어진 긴 의자를 뛰어넘어 그들 사이를 달려나갔다. 두 문을 다 쾅쾅 닫으면서.

그는 진입로를 따라 대문으로 달려갔다. 이웃사람들이 반쯤 열린 문이나 문간에 붙어 서서 그를 지켜보았다. 그는 담 위로 뛰어올라갔다가 포장된 길로 뛰어내려 도랑으로 몸을 굽히고 흐르는 물 속에서 돌이나 자갈을 찾아 더듬었다.

"빌리! 빌리, 이리 돌아와!"

그는 목소리를 듣고 몸을 돌렸다. 그의 어머니가 이웃사람들을 모두 둘러보면서 뛰듯이 걸어오고 있었다. 그녀가 대문에 다다랐다. 그러나 그것을 열기도 전에 빌리는 길 위쪽으로 가버렸다. 그녀는 대문의 끝이 뾰족한 세로막대들을 움켜쥐고 그가 멀어져가는 것을 지켜보고 서있었다.

"빌리! 이리 돌아와, 이 조그만 자식아!"

"날 잡진 못할걸! 절대로 못 잡을 거야."

그가 시야에서 사라지고 한참 후에야 그녀는 들어갔다. 비가 내리고 있었지만 그녀가 들어가서 문을 닫을 때까지 사람들은 아무도 자기 집으로 돌아가거나 문을 닫지 않았다.

ꟿ

빌리는 어깨 너머로 돌아보았다. 그리고 지금 막 장거리경주를 마친 것처럼 천천히 속도를 줄여 보통 걸음으로 걸었다. 그는 몹시 헐떡거렸으나, 멈추어서 쉬지 않고 계속해서 천천히 길 한가운데로 걸어내려갔다. 주위에는 차량이 별로 없었고, 차가 오면 잠시 옆으로 비켜서서 그것이 지나가게 했다. 그는 소매로 얼굴을 닦으려고 오른팔을 쳐들었다. 그러자 그의 눈앞에 매가 아직 그의 손에 움켜잡힌 채로 있었다. 그는 보도 가장자리로 가서 가로등 밑에 멈춰섰다. 그가 손을 바꾸어 들 때 오른손 손바닥은 뜨겁고 땀이 나 있었으며 매의 가슴털이 축축하게 엉켜있었다. 그는 그것을 토닥거려 쓰다듬어 내리고 등과 날개를 토닥거리고, 재킷을 열어 조심스럽게 커다란 안주머니에 넣었다. 재킷이 다시 닫혔을 때 조금도 불거져 보이지 않았다. 그는 바지에 두 손을 닦고 다시 걷기 시작했다. 길의 끝에 이르자 쳐다보지도 않고 오른쪽으로 돌아 다음 길로 들어서서 고개를 숙인 채 길 가운데로 계속 걸어갔다.

이 도로 양쪽과 그 옆 도로 그리고 공영주택지의 모든 도로, 큰 길과 작은 길, 오솔길과 비탈길에 있는 집들은 모두 똑같이 설계되어 있었다 — 가운데 굴뚝이 하나 있고, 전면에 네개의 창문이 있는 한덩어리가 두 집을 이루고 있었다. 간혹 담으로 둘러져 무리를 이루고 있는 연금생활자들의 방갈로들은 다른 모양을 하고 있었지만 그것들도 다른 집들과 마찬가지로 똑같은 붉은 벽돌로 지어진 것이었다.

집마다 앞에 네모난 뜰이 있는데 콘크리트 기둥들 사이에 철망을 친 울타리로 옆집과 구획되어 있었다. 대부분의 뜰은 마구 밟힌 네모난 땅이거나 오래된 식물들이 마구 자라있었고, 울타리들은 위로 넘어다니고 밑으로 뚫고 다니고 해서, 술집 문처럼 중간 부분만 온전히 남아있기 일쑤였다. 어떤 울타리는 아주 망가져버려서 네개의 콘크리트 기둥만이 경계로서 남아있었다.

마당들을 보도와 나누고 있는 것은 집들과 같은 벽돌로 쌓은 3 피트 높이 담이었다. 제일 윗줄의 벽돌은 옆으로 뉘어져 튼튼하고 매끈한 마감이 되어있었지만 여러 군데에서 벽돌을 억지로 떼어내서 이빨 빠진 자리처럼 빈자리가 남아있었다. 벽돌 하나가 떨어져 나가면 바로 옆의 벽돌도 곧이어 떨어져 한 부분이 통째로 떨어져 나가게 되는데, 어떤 집은 일부가 V 모양으로 떨어져나가버려 그것이 비공식적인 통로로 활용되고 있었다. 이러한 통로들은 모두 마당을 비스듬히 가로질러 집 모퉁이 콘크리트 포장길과 만나게 되어있었다. 떨어져나온 벽돌들은 담 아래쪽 그늘에 무질서하게 더미로 쌓여있었다.

담들 중 몇몇은 쥐똥나무가 덧심어져 보호받고 있었고 철망으로 된 구획은 생울타리로 보강되어 있었다. 생울타리들 사이에는 반드시 조그만 잔디가 있었는데 보통 복잡한 모양으로 꾸며져 있었다. 모퉁이가 잘려나가든지 세모나 둥근 모양이나 별 모양으로 가운데가 잘려있거나 했고, 한 경우에는 두개의 모퉁이가 잘려져 있었고 다른 두 경우에는 잔디 가운데로 대각선이 그어져 있었다. 그리고 또 이상스런 포석과 가장자리에 새 물먹이통이 달린 돌로 된 새 목욕통이 있었다. 페인트칠한 격자무늬 장식이 있었고 배수 파이프로 만든 화분들이 있었다. 난쟁이나 황새, 점무늬가 있는 두꺼비 등의 모형들이 부자연스러운 색채로 칠해져서 가로등과 네모난 불 켜진 창에서 나오는 빛에 그림자를 던지고 있었다. 이러한 정원에는 대문이 없는 경우가 많았고, 대문이 있는 경우에도 말뚝이 하나 이상 빠져있었다.

차고는 어느 집에나 다 있었는데, 때때로 자동차가 보도 가장자리에 주차해 있었다. 보도 가장자리와 보도 사이에 좁다랗게 흙이 덮인 부분이 있었는데, 일정한 간격을 두고 두드러진 글자로 '씨앗이 심겨있음. 밟지 마시오'라고 씌어진 검은 쇠판이 꽂혀있었다. 어떤 차들은 한쪽 바퀴를 흙 위에 올려놓고 주차해 있었다. 쇠판 중의 어떤 것들은 묘석처럼 흙 위에 납작하게 눌려있었고, 흙에는 바퀴자국이 나있었다. 흙은 밟혀서 단단하게 되어있었다. 종잇조각, 담뱃갑, 반쪽 난 벽돌과 개똥 등이 박혀있고 50야드 간격으로 어린 나무가 삐죽삐죽한 말뚝으로 둘러져 있었다. 둘러싼 말뚝보다 더 크게 자란 나무는 거의 없었고 대부분이 그저 말뚝들 안쪽에 있는 중간 말뚝에 불과했다. 촘촘히 박힌 말뚝의 울타리는 그러나 쓰레기통으로 활용되고 있어서 병이며 낡은 장난감 상자, 자전거 부속품 등이 그 속으로 던져져 나무밑둥 둘레에 뒤엉켜 그늘을 이루며 머물러 있었다.

빌리는 그것들 모두를 지나쳤다. 그는 티버트와 맥도월의 집을, 앤더슨과 세명의 흡연가와 말을 전하러 왔던 소년의 집을 지나쳤다. 가로등과 시티로드의 차량들의 불빛으로 흐리게 조명이 된 놀이터를 지나쳤다. 그는 학교와 텅 빈 경기장들과 공영주택지의 건너편에 위치하고 있는 유아학교, 초등학교들을 지나쳤다. 그는 마권판매소와 그 길 끝에 있는 일련의 상점들, 생선과 감자칩을 파는 가게, 조합가게, 푸줏간, 과일가게, 미장원, 식료품점을 지나쳤다. 다른 거리의 모퉁이에 있는 똑같은 모양의 상점들도. 모두 닫혀있고, 창은 어두웠다.

주변에는 사람들이 별로 없었다. 어쩌다 한쌍, 남자 하나, 여자 하나. 모두 말없이 고개를 숙이고 어딘가로 서둘러 가고 있었다. 차가 한대 지나갔다. 타이어가 젖은 도로 위에서 치익 하는 소리를 내고, 바퀴에 그림자를 달고서 저 앞에서 오른쪽으로 돌면서 한쪽 눈을 껌뻑거렸다.

그림자 하나가 드리워진 커튼을 가로질러 물결치듯 움직였다. 어디에선가 불이 켜지고 또 불이 꺼졌다. 웃음소리, 외침 소리, 이름을 부르는 소리, 어느 집에 너무 크게 켜진 텔레비전 소리가 대화를 마당에까지 내보내고 있었다. 레코드 소리, 라디오 소리, 조용한 거리에 가끔 들리는 소리들.

이윽고 그는 시티로드에까지 나왔다. 그곳은 더 밝았고 차량이 많았다. 빗속에서 자동차들이 번쩍거렸고 차의 지붕은 그들이 막 지나치는 가로등의 불빛을 되비쳤다. 차가 지나가고 나면 가로등은 젖은 아스팔트 위에 둔하게 번들거리는 기둥으로 남아있었다. 빌리는 자동차들을 바라보며 서있었다. 눈에 띄는 자동차를 아무거나 따라서 고개를 왼쪽으로 혹은 오른쪽으로 돌리면서. 그리고 오른쪽으로 돌아서 시내 쪽으로 가기 시작했다. 그는 차량이 뜸해지기를 기다려 비스듬히 길을 건너갔다. 차 한대가 경적을 울렸고, 그가 지나가도록 속도를 줄였다. 그가 보도에까지 갔을 때 운전사가 내다보았다. 그는 포터의 가게를 지나갔다.

집들과 상점들, 상점 위의 셋집들. 주차장을 갖추고 있는 새로 생긴 술집. 길 끝에 있는 테라스가 달린 오래된 술집들. 자동차 수리점. 함석으로 지은 교회. 대문이 잠겨있고 난간 너머로 야트막한 수영장에는 지난겨울 이후로 물이 차지 않은 어린이 놀이터. 잇따라 서있는 버려진 집들. 그 옆에는 길에서 조금 들어가 있는 버려진 영화관. 빌리는 지나가면서 그것을 흘낏 쳐다보았다. 그러고는 걸음을 멈추고 돌아서서 그 앞에 섰다.

'더 팰리스'. 아라비아풍으로 쓴 글씨가 아직도 문간 위 회벽에 보였다. 그레코 아라비안식 건축물의 정면. 문간은 초승달 모양으로 동굴 입구 같은 기분이 나고, 바로 그 위에는 정면의 홍예머리가 같은 곡선을 나타내고 있었다. 양쪽에 기둥들이 벽 위에 덧대어져 지붕 꼭대기의 옆을 대고 있는 작은 탑에까지 뻗어올라 있었다. 건물의 전면 모두가 석회로 마감처리가 되어있고 기둥에는 골이 져있었다. 그러나 이것들은 전면의 다른 부분들과 마찬가지로 겉이 벗겨져 벽돌로 쌓은 속을 노출하고 있었다. 상연 예고 광고판에는 아무것도 들어있지 않았다. 줄였다 폈다 할 수 있는 대문이 입구를 막고 있었으나, 문간의 위쪽 곡선부분까지 가리지는 못했다. 그리고 문 뒤의 통로에는 매표소와 판자를 댄 문들에 던진 돌이며 벽돌 조각들이 놓여있었다.

빌리는 극장 앞 공터를 천천히 가로질러 입구로 갔다. 그는 문을 흔들었고, 절그럭거리는 소리가 나자 얼른 주위를 살폈다. 그는 한쪽 모퉁이까지 걸어가서 옆을 둘러보았다. 정면 뒤 건물의 나머지 부분은 벽돌로 된 장방형이었다. 그는 건물 옆을 따라 걸어내려갔다. 정면 가까이에 있는 작은 창문에 판자가 대어져 있었다. 뒷면에는 비상구에 판자가 대어져 있었고 다시 정면 쪽으로 돌아오면서 저쪽 옆에 있는 것과 상응하는 또하나의 막힌 창문이 있었다. 빌리는 손을 뻗어보았다. 간신히 제일 아래 판자에 닿을 수 있었다. 꼭대기의 판자는 뛰어올라야 닿았다. 그는 주위를 둘러보고 슬금슬금 건물을 돌아 빈집들 뒤로 가서 온전한 벽돌들을 주워다 와서 그의 어깨를 창턱과 같은 높이로 올려줄 만큼 서로 어긋나게 포개었다. 판자 두개가 창문을 가로질러 대어져 있었다. 그는 그 사이로 손가락을 비집어 넣고 아래쪽 판자를 잡아당겼다. 그것은 가운데가 쪼개지면서 양쪽 끝에 못이 박힌 채로 덧문이 열리듯이 열렸다. 그 바람에 빌리는 뒤로 넘어졌고, 벽돌 한장이 그와 함께 덜거덕 떨어졌다. 그는 그 소리에 놀라 건물 옆을 달려내려가 모퉁이를 돌아서서 뒤돌아 살폈다. 자동차들이 계속해서 지나가고 있었다. 그러고는 한 남자, 또 자동차들, 소년 하나.

그는 창문으로 되돌아가서 발판을 다시 갖추고 두번째 판자를 처음 것처럼 가운데를 부러뜨려서 떼어내었다. 창문은 사방 1피트의 정사각형으로 아연으로 된 그물창이 덧대어져 있었다. 빌리는 그것을 눌러보았다. 유리는 없었다. 그리고 그 뒤에 창살도 없었다. 그는 내려서서 벽돌을 하나 집어 창 가운데를 쳐서 구멍을 내었다. 걸쇠는 쉽게 벗겨졌고 창문은 빽빽하게 부서진 판자 쪽으로 열렸다. 그는 머리를 들이밀었다. 검은 네모. 주머니 속에서 성냥 상자를 찾아내어 성냥을 그어 어둠을 밝혔다. 그러나 머리는 성냥만큼 들어가 둘러볼 수가 없었다. 그래서 그는 성냥은 떨어뜨리고 창틀의 크기를 살펴보았다.

그러고는 오른팔을 집어넣어 안쪽의 벽을 거머잡고 머리를 끌어당겨 위쪽으로, 그리고 왼팔이 들어갈 자리를 내도록 옆으로 비집고 들어갔다. 왼팔이 들어가고 몸을 돌려 머리를 아래로 하고 배는 창턱에 누르고. 반쯤 들어가서 몸이 감자자루 모양으로 창턱에 걸쳐졌다. 손이 세면기에 닿아 잡아당기고, 발은 공중에서 허우적거리고, 손이 세면기를 벗어나고, 다리가 창턱을 미끄러져 내려오다 발이 창턱에 걸려 멈추고, 창턱을 밀어내고 손이 마루에 닿고, 배는 세면기에 걸쳐서 앞으로 끌리고, 장딴지가 세면기에 닿았다가는 일어섰다.

어둠 속에서 그의 숨소리가 크게 들렸다. 그는 성냥을 켰다. 두 개의 소변기, 문이 없는 칸막이 안에 변기 하나, 수도꼭지가 없는 세면기. 문 쪽으로 두걸음 가자 성냥이 다 타버렸다. 그는 문을 열고 성냥을 또하나 켰다. 불빛이 너무 흐렸다. 그는 몸을 숙이고 바닥을 수색했다. 신문을 한장 발견하고 길다랗게 비틀어서 새 성냥으로 불을 붙였다.

복도였다. 맞은편 먼 쪽에 발코니로 오르는 계단과 문이 있었다. 앞문들은 막혀있고 벌거벗은 과자판매대가 그것을 마주하고 있었다. 벽을 둘러싸고 빈 유리진열장들이 있고 카운터 양쪽엔 1층의 좌석으로 들어가는 두쪽짜리 문들이 있었다. 빌리는 가까운 쪽 문으로 다가갔다. 두개의 들여다보는 구멍 그리고 문이 열렸을 때 가운데를 나누는 금속판이 바로 그 사이에 있었다. 그는 횃불을 하나 더 만들고 문 하나를 밀고 들어서서 오른손으로 문이 되흔들려 열리지 않도록 붙잡았다.

공기는 축축하고 고양이 오줌 냄새가 났다. 두개의 칸막이가 아직 뒤쪽의 제자리에 있었으나 그가 그 사이로 들어서보니 뒷열은 없었다. 좌석은 아예 없고 빈 판자 바닥만이 앞으로 내려가며 경사를 이루고 있었다. 양탄자가 깔려있던 가운데 통로 부분은 판자의 색깔이 더 엷었다. 빌리는 그 부분을 따라 앞으로 천천히 나아갔다. 포장지들이 바닥에 흩어져 있었다. 몇개의 좌석 바닥과 등받이 쿠션들이 한쪽 벽에 기대어 쌓여있었다. 그가 지나가는 데 따라, 한때는 점각으로 무늬를 넣어 파스텔 빛으로 칠해져 있었지만 이제는 더러워진 벽의 각 부분들을 횃불이 비추었다. 거대한 장방형의 도안들, 장방형 속의 장방형들이 이제 간신히 볼 수 있을 정도였고 라디에이터가 있던 자리는 열기로 벽이 시커멓게 그을어 무늬가 보이지 않았다. 앞에는 헐벗은 목조 무대가 있고 그 뒤는 벽돌담이었다. 빌리는 돌아서서 경사를 다시 걸어올라가 횃불을 쳐들고 발코니를 비추었다. 그러나 발코니는 너무 멀었고, 불빛은 펄럭거리며 그늘을 지우고 채 그곳까지 미치지 못했다. 그는 벽에 기대어 쌓여있는 좌석 쿠션으로 다가갔다. 플러시 천으로 된 껍데기는 찢어져 있고, 어떤 것은 속이 삐져나와 있었다. 빌리는 하나를 걷어차고 그것을 뒤로 끌고 갔다. 그는 그것을 칸막이 벽에 밀어붙여놓고 그 위에 앉았다. 등은 나무에 기대고서. 횃불이 타내려갔다. 그는 그것을 던져버리고 옆에서 다 타도록 내버려두었다.

암흑. 먼 차량의 웅웅거리는 낮은 소리로 정적이 강조되어 울리는 듯이 느껴졌다. 빌리는 몸을 부르르 떨고 재킷을 몸에 바싹 잡아당겼다. 팔은 재킷 안에 접어넣고 손을 겨드랑이 밑에 넣어 온기를 느끼면서. 그곳의 온기 … 영화관의 온기 … 가득 찬 영화관 … 아빠와 다른 한 남자 사이에 있는 빌리 — 그들 사이에 조그맣게, 등받이 위로 머리가 간신히 보이게 좌석에 앉아있다. 사방에 사람들이 가득하고, 과자봉지가 그의 다리 사이에 놓여있다. 자욱한 연기 속의 따뜻함. 영사기 빛살에 잡힌 연기. 아빠를 쳐다보며 소곤소곤 묻고 아빠는 대답을 해주려고 몸을 숙인다. 과자를 씹는다. 작은 영화. 뉴스. 예고편과 광고들. 불이 밝아지고 빌리는 몸을 세운다. 자리 위에 무릎을 꿇고 사방을 둘러보고 아는 소년에게 손을 흔들어 보이고 아빠에게 아는 아이라고 말한다. 아이스크림. 아빠도 아이스크림 하나. 두개의 아이스크림통. 불이 어두워지면서 휘장은 분홍색으로, 연한 자줏빛으로, 그러고는 자줏빛으로 물든다. 몸을 기대어 앉는다. 가득 찬 아이스크림 한통과 아직 봉지 속에 남아있는 과자들. 아빠와 다른 남자 사이에 따뜻하게 자리잡고 앉아있다. 큰 영화. 큰 영화. 끝. 사람들 무리 속에서 아빠 재킷을 꼭 잡고서 통로로 해서 바깥 복도로 나온다. 그러고는 집으로 걸어온다. 말하면서 이것저것 물으면서, 길 아래쪽으로. 그러다 아빠는 말을 않고, 묻는 데 대답하지 않고 서두른다. 빌리는 뒤떨어지지 않으려고 달린다. 왜 그래요, 아빠? 왜 달려가요? 미크 아저씨의 차가 집 앞에 있다. 쥬드가 운전석에 앉아서 놀고 있다. 여기 있어, 빌리. 쥬드는 미친 듯이 차를 몬다. 아빠가 진입로를 올라가고, 빌리는 부엌문에 들어서며 아빠를 따라잡는다. 거실에 불이 확 켜진다. 그의 어머니와 미크 아저씨가 긴 의자에서 펄쩍 뛰어 일어난다. 놀란 눈으로 낯을 붉힌다. 펠트모자 하나가 탁자 위에 있다. 미크 아저씨의 눈 아래 살이 귤껍질 갈라지듯 쉽게 터진다. 피가 흘러내린다. 악쓰는 소리. 외치는 소리. 미크 아저씨는 손가락으로 흐르는 피를 찍어내며 서있고, 마치 손에 묻은 것이 무엇인지 알아보지 못하는 듯이 손가락을 바라본다. 쥬드가 들어오고, 미크 아저씨는 떠나고, 펠트모자는 여전히 탁자 위에 있다. 잠자리에 든다. 외치는 소리가 벽 판자를 뚫고 들려온다. 빌리는 어둠 속에서 운다. 쥬드는 듣고만 있다. 고함 소리. 고함 소리. 복도 문이 열리자 소리는 더 커지고 그리고 계단을 오르는 발소리. 앞의 침실로. 이제 조용하다. 침실에서 움직이는 소리. 층계참 발소리. 빌리가 문으로 달려간다. 아빠가 여행가방을 들고 층계참에 서있다. 어디 가요, 아빠? 가서 자거라, 빌리. 어디 가요? 곧 돌아온다. 쥬드가 뒤에서 — 집 나가는 거야. 아니야! 아니야! 임마, 너 누구한테 소릴 지르는 거야? 영화관. 따뜻하다. 사람들로 가득하다. 담배연기, 영화, 주인공 빌리, 화면 속의 빌리, 커다란 빌리. 그의 팔 위에 케스. 커다란 케스. 클로즈업. 총천연색. 둘러본다. 무서운 눈빛으로 모두를 내려다본다. 청중들이 웅성거린다. 청중 속의 빌리. 그들 모두를 둘러본다, 자랑스럽게. 무어엣지에 있는 빌리와 케스. 멀리 펼쳐져 있는 황무지. 텅 빈 황무지. 빌리가 케스를 던져올린다. 낮게 날며 재빨리 휘익 한바퀴를 돌고 나서 날아올라 선회하며 떠있다가, 날개를 펼치고 옆으로 몇야드 미끄러져 내리다가, 돌면서 솟아올라 빌리가 앞으로 걸어나가는 것을 기다린다. 쥬드가 숨어있던 데서 뛰어나와 히스풀 사이를 달려간다. 케스가 그를 보고 내려온다. 숨막히는 하강. 관중은 숨을 죽인다. 너무 빠르다! 너무 빨랐던가 보다. 화면이 흐려진다! 단절. 쥬드는 아직 달린다. 케스가 내리덮친다! 흐려지면서 단절, 단절. 다시 화면 속의 빌리. 다시 화면 속의 케스. 관중 속에서 의기양양한 빌리. 매를 다시 던져올린다. 선회하며 오른다. 선명한 모습. 여유만만하게 날개를 펴고 그리고 점점 올라간다. 쥬드가 뛰어나온다. 아직 깨끗한 화면. 더 빨리. 숨막히게. 흐려진다. 흐려지면서 멀어진다. 단절! 단절!

빌리는 벌떡 일어서서 칸막이 사이를 더듬어 나갔다. 두쪽짜리 문에 쾅 부딪치고 나가서 화장실 문을 찾아 벽을 더듬었다. 화장실 안은 조금 밝았다. 창문이 열려있어서 물건들이 간신히 보였다. 그는 세면대에 기어올라가 창문으로 발부터 내밀고 비집고 나가서, 극장 앞 빈터를 가로질러 보도로 달려갔다.

자동차들은 여전히 달리고 있었다. 건너편 보도에서 한 여자가 걸어가면서 그를 넘겨다보았다. 그는 영화관을 되돌아보고, 돌아서서 몸을 부르르 떨었다. 오싹한 기분이 들었다.

비는 그쳐있었다. 구름이 갈라지고 그 사이로 별들이 보였다. 빌리는 잠시 서서 시티로드 아래위를 훑어보았다. 그리고 그가 왔던 길을 다시 걷기 시작했다.

그가 집에 도착했을 때 안에는 아무도 없었다. 그는 매를 헛간 바로 뒤, 들에 묻었다. 들어가서, 잠자리에 들었다.

옮긴이의 말

빌리 카스퍼는 종합중학교(comprehensive school) 과정의 졸업을 앞둔 소년이다. 빌리 몫의 우유까지 마셔버리고 빌리의 자전거를 타고 일터에 가버리는 배다른 형이나, 집안을 돌보지 않는 어머니는 가족이라기보다는 부담스러운 동거인일 뿐이다. 아무에게도 보살핌을 받지 못하는 이 소년은 그래서 신문을 배달하면서 기회가 있는 대로 먹을 것을 훔쳐 아침식사를 해결하는 등 스스로 생존하는 방법을 터득하고 있다. 학교에서 빌리는 열등생들의 학급에 속해있다. 대부분의 선생들에게 이 '멍청이'들은 그저 귀찮은 존재이거나, 자신들의 힘을 과시할 수 있는 대상일 뿐이다. 빌리에게 분명한 것은 자신은 형처럼 광부가 되지는 않겠다는 것이다.

빌리는 동물들을 잘 다룰 줄 안다. 축구장에 뛰어들어온 떠돌이 개를 다룰 수 있는 것은 조그만 빌리뿐이다. 모두들 겁을 먹고 선생은 크리켓 막대를 가져다 개를 때려 쫓아낼 궁리를 하는데 빌리는 우호적인 태도로 개에게 다가가 달래어 데리고 나간다. 이런 빌리가 유일하게 정을 줄 수 있는 대상은 케스이다. 폐허가 된 높다란 성벽 위 매 둥지에서 꺼내다 키운 새매이다. 케스는 그러나 소위 애완동물은 아니다. 빌리가 주는 먹이를 먹고 빌리의 손에 훈련을 받지만 본래의 야성을 그대로 가지고 있는 케스는 거의 누구에게나 쫓기고 매 맞고 구박을 당하면서도, 비굴하지 않고 세상과 타협하지 않는 빌리의 다른 모습이다.

영어시간에 황당한 허구의 이야기를 쓰라는 지시를 받고, 빌리가 쓴 글은 너무나도 평범한 가정의 일상적인 모습을 담고 있다. 그것은 빌리가 가지고 있는 자신의 처지에 대한 냉정한 인식과 함께 열다섯살 소년의, 가정의 소박한 안락에 대한 간절한 소망을 웅변으로 보여준다.

커튼이 걸려있지 않아서 밤 하늘이 그대로 내다보이는 침실의 새벽 장면으로 시작하여, 죽은 매를 뒷마당에 묻고 자러 가는 것으로 끝나는 빌리의 길고 긴 하루는, 우리가 영위하는 삶에 대한 진지한 반성을 요구한다. 누구에게나 기초적인 교육이 제공되고, 학교를 마치는 아이들에게는 내용은 어찌 되었든 상담을 통해 적절한 일자리를 주선해주는 사회, 가난한 이들을 위해 마련된 공영주택이 있고, 광부들도 일요일이면 하루를 즐겁게 지낼 수 있는 사회, 이런 복지사회가 그 속에서 자라나는 아이들에게 행복한 삶을 보장해주지는 못한다. 그것은 물론 개인들의 탓이라고도 하겠지만 너그러움과 이해, 사랑과 책임 등에 기초하지 못한 사회라면, 온갖 복지제도로도 그 구성원들에게 바람직한 삶을 약속할 수 없다.

빌리가 경험하는 삶의 범위는 아직 제한된 것이지만 그 속에서 우리는 외면할 수 없는 인간의 삶의 누추함을 본다. 동물들을 잘 다룰 줄 아는 빌리의 재주는 사실 상대를 신뢰하고 자신과 대등한 존재로 인정하며 그 특성을 존중할 줄 아는 것 외에 다른 것이 아니다. 그것이 사람들 사이에서 이루어질 수 있다면 우리의 삶은 얼마나 더 평화롭고 살만한 것이 될 것인가.

이 소설의 지은이 배리 하인즈(Barry Hines)는 1939년 영국 북부의 광산촌에서 태어났다. 아버지는 광부였다. 에클레스필드 그래머스쿨에 다닌 그는 영국 그래머스쿨 축구팀의 선수로 뽑히는 영광을 누렸다. 학교를 마치고 반즐리 축구팀의 선수로 활약하면서 광산 감독견습, 수력탄갱 프로펠러 수리공, 대장간 조수 등의 일을 하였다. 그는 다시 교원양성대학에 들어가 3년간 체육교육을 공부하고 런던으로 가서 2년간 체육교사 생활을 하였다. 그러고 나서 북쪽으로 돌아갔다.

이 책은 1968년에 *A Kestrel for a Knave*라는 이름으로 처음 출판된 이래 10년 넘게 해마다 한두번씩 재판을 거듭하였고, 영국에서는 텔레비전 영상물로 제작되어 널리 보급되었다. 번역대본은 1969년 펭귄 판을 사용하였다.

1998년 8월

김태언

역자

김태언(金泰彦)

1948년 경북 출생

서울대학교 영문과 졸업

현재 인제대학교 영문과 교수

역서

리처드 라이트 《검둥이 소년》

헬레나 노르베리-호지 《오래된 미래》

마사 베크 《아담을 기다리며》

마하트마 간디 《마을이 세계를 구한다》

미셸 오당 《농부와 산과의사》 등

케스 – 매와 소년

초판 제1쇄 1998년 8월 20일 발행
개정판 제1쇄 2011년 12월 30일 발행

저자 배리 하인즈
역자 김태언
발행처 녹색평론사

주소 서울시 종로구 필운동 146-1번지 201호
전화 02-738-0663, 0666
팩스 02-737-6168
웹사이트 www.greenreview.co.kr
이메일 editor@greenreview.co.kr
출판등록 1991년 9월 17일 제6-36호

ISBN 978-89-90274-70-0 03840

값 12,000원